2021
中国少数民族
文学之星丛书

巴别塔的砖

黄立康 著

作家出版社

图书在版编目（CIP）数据

巴别塔的砖 / 黄立康著 . -- 北京：作家出版社，2021.11
（中国少数民族文学之星丛书·2021年卷）
ISBN 978-7-5212-1532-8

Ⅰ.①巴⋯　Ⅱ.①黄⋯　Ⅲ.①散文集-中国-当代　Ⅳ.①I267

中国版本图书馆 CIP 数据核字（2021）第 185249 号

巴别塔的砖

作　　者：	黄立康
责任编辑：	史佳丽　李亚梓
特约编辑：	刘　皓
装帧设计：	孙惟静
出版发行：	作家出版社有限公司
社　　址：	北京农展馆南里 10 号　　邮　编：100125
电话传真：	86-10-65067186（发行中心及邮购部）
	86-10-65004079（总编室）
E-mail：	zuojia@zuojia.net.cn
http://	www.zuojiachubanshe.com
印　　刷：	三河市北燕印装有限公司
成品尺寸：	152×230
字　　数：	178 千
印　　张：	14.5
版　　次：	2021 年 11 月第 1 版
印　　次：	2021 年 11 月第 1 次印刷
ISBN	978-7-5212-1532-8
定　　价：	42.00 元

作家版图书，版权所有，侵权必究。
作家版图书，印装错误可随时退换。

编委会名单

主　任：邱华栋
副主任：彭学明　黄国辉
编　委：
霍俊明　付秀莹　颜　慧　刘大先　舒晋瑜
周　芳　杨玉梅　陈　涛　刘　皓　李　婧

以民族的情意，打造文学的星辰
——"中国少数民族文学之星"丛书总序

邱华栋　彭学明

"中国少数民族文学之星"丛书是中国作家协会少数民族文学发展工程的一个新项目，于2018年开始实施，由中国作家协会创作联络部具体组织落实。出版"中国少数民族文学之星"丛书的目的，是重点培养少数民族文学中青年作家，打造少数民族文学精品，为那些已经在少数民族文学界和全国文学界成绩斐然、广有影响的少数民族中青年作家再助一力，再送一程，从而把少数民族文学最优秀的中青年作家集结在一起，以最整齐的队伍、最有力的步伐、最亮丽的身影，走向文学的新高地，迈向文学的高峰，让少数民族文学的星空星光灿烂，少数民族文学的长河奔流不息。以文学的初心，繁荣民族的事业；以民族的情意，打造文学的星辰。

入选"中国少数民族文学之星"丛书的作家，必须是年龄在50岁以下的、在少数民族文学界和全国文学界广有影响的少数民族作家。不管是否出版过文学书籍，只要其作品经过本人申请申报、各团体会员单位推荐报送、专家评审论证和中国作协书记处审批而入选的，中国作协将在出版前为其召开改稿会，请专家为其作品望闻问切，以修改作品存在的不足，减少作品出版后无法弥补的遗憾。待其作品修改好后，由中国作协统一安排出版，并进行广泛的宣传推广。

中国是一个多民族的大家庭。每一个民族都沐浴着党的民族政策的光辉、感受着党的民族政策的温暖，都在党的民族政策关怀下，蓬勃发展，欣欣向荣。在这个伟大的新时代，我们正创造着中华民族的新辉煌。每一个民族的发展与巨变，每一个民族的气象与品质，都给我们提供了生生不息的创作源泉。我们每一个民族作家，都应该以一种民族自豪感，去拥抱我们的民族，以一种民族责任感，为我们的民族奉献。用崇高的文学理想，去书写民族的幸福与荣光、讴歌民族的伟大与高尚，以文学的民族情怀，去观照民族的人心与人生、传递民族的精神与力量。

我们期待每一位少数民族作家，都能够到火热的生活中去，到广大的人民中去，立心，扎根，有为，为初心千回百转，为文学千锤百炼，写出拿得出、立得住、走得远、留得下的文学精品。不负时代。不负民族。不负使命。

目 录

深沉的文化记忆　　周芳　/1

A 面

抄木氏土司诗　/3

A 面房间　/20

木呷的多重身份　/36

薄地　/47

雾中的姐姐　/58

他的名字叫月亮　/72

风中的声音　/82

云岭间　/94

长征路的长征　/119

B 面

柔软的馋　/125

B 面房间　/135

气味博物馆　/156

巴别塔的砖　/163

雪孩子　/183

如果我们是蚌　/193

猜童话　/207

江湖远　/212

深沉的文化记忆
——散文集《巴别塔的砖》序

周 芳

黄立康是近年来在云南文坛崭露头角的纳西族青年作家,为人低调内敛,潜心创作,以作品说话。他的散文集《巴别塔的砖》入选2021年"中国少数民族文学之星"丛书,其中收录了具有代表性的《A面房间》《B面房间》《气味博物馆》《雾中的姐姐》等篇什,也有最新创作的《抄木氏土司诗》《雪孩子》,从他的散文中显而易见的是,作品讲述了一个个关于纳西族历史与文化、过往和现今的故事,带领我们更好地认识和了解这个民族。同时,这些作品从一个侧面反映了云南文学的面貌,既保持了坚韧的民族性,又有鲜明的时代性,既有独到的思考与视角,又有作家与土地的亲密相拥。

黄立康的散文写作,从内容题材来看,有着清晰的脉络,主要分为两类:一类关乎民族历史和社会现实,一类关乎家族记忆和个人内心。当然,这两者无法割裂,而是息息相关的。因此,他笔下的童年生活的文化记忆,体现的正是具有地域和民族特色的文化内涵;而他个人的人生成长和体悟,也正是源自对现实世界的深刻观照,这些相互融通,从而使其散文的境界新奇而深厚,也更具文化的内蕴和宽广的审美价值。

黄立康的写作是从写诗开始的，在个人的兴趣和民族的历史之间摸索坚持了10年。2016年开始写散文，先是在云南省作家协会主办的《边疆文学》上发表散文《江边风物》，随后发表《A面房间》《B面房间》等多篇散文，虽然从事专业创作的时间不长，但已反映出其不俗的实力。黄立康试图借助自己的文学作品将纳西族的历史与文化传递给更多人，希望以宽博的历史文化记述、内向性结构式的思考与鲜明的文化现代性引起关注。正如他自己所说，他想通过文学创作把民族特点表达出来。

收入散文集的《A面房间》《B面房间》内容上有让人品味不尽的新意，文化内蕴更是极其深厚。作者赋予"房间"丰富的意义指涉，其作品反映出来的民族文化描写和思考，值得深思探究。房间原本很平常，但一旦和一个民族的历史、一个家族的血脉、一个地域的文化联系在一起，就能从平凡中见其非凡。房间虽然很小，但在作者笔下以小写大，A面书写不同民族的发展史、文化品格与民族精神，B面呈现个人的心灵与成长史，这样就以一种史诗般的架构，完成了一部具有先锋性、探索性的文化散文。

作为少数民族作家，黄立康以个人的成长经历和感悟在散文中细腻地反映纳西、藏、彝等不同民族的思维方式、生存状态、审美感受与生活理想，善于发现其独有的光彩，然后运用艺术的手段表现出来，对弘扬交相辉映、历久弥新的民族文化和多元一体的中华优秀传统文化做了切实努力。"一方水土一方人，我们身上透出山野之气，平和自乐，谨慎计较，这气质来自养育我们的山川城镇，来自隐于暗处的历史。"在写作中，黄立康的姿态是紧密连接"地气"的，他的目光是时代的，在价值取向上，则倾情于文学的审美和文化历史的探寻。

黄立康同时是一位细心观照现实且以担当责任之心进入生活的作家，从小说化散文《雾中的姐姐》可看出他的情怀。《雾中的姐姐》写了金沙江边山区小学老师与学生的故事，故事简单，细节却极为丰富，尤为可贵的是，在江边的雾中，美丽善良的姐姐与天真纯朴的学生，并没有因生活贫困而显露凄凉，这篇写江边民族教育的作品，以一种现代理性的表达获得了时代的理性与温暖，情感内敛，含而不露，带给心灵千钧的力量。

黄立康对散文技巧的把握是极其讲究的，读过他散文的人，很清楚地发现，其散文都是从一个核心出发。例如《巴别塔的砖》的核心是"通往城市的道路"，《抄木氏土司诗》的核心，则来自他看过的一个综艺节目《乐队的夏天》。

意象和隐喻共同打造了黄立康的核心写作。这个意象可能是一个具体的物，也可能是一个动作。借助意象本体、喻体间的虚实转换，去不断挖掘本义和喻义中暗藏的形与神，黄立康的散文中塑造了很多这样的意象，如"房间""巴别塔的砖""重塑雕像的权利""气味""馋""图腾与血族"等等。

除了意象和隐喻，黄立康的散文创作还有一个固执的坚持：搭建明晰而又自然天成的结构。例如《风中的声音》以阴、阳、上、去、轻五个声调，来对应地写雁、牛、马、象、虎五个图腾；《江湖远》通过拆开一首诗来串联；《巴别塔的砖》以跳棋的形式，从眼见、手触、试衣，到租房、奔波、病痛折叠等不断深入地体验城市生活的方式来写作；《抄木氏土司诗》借古诗说历史，从山水诗、边塞诗、感怀诗、咏物诗等题材将纳西族诗人和中原诗人对比，并在其中加入"重塑"这一核心概念；《雪孩子》结构比较简单，主要就是食与色两面。

切入口小，结构精巧，层次丰富，气脉相通，这是黄立康的散文写作追求。

黄立康用他的努力让我们细致地领略了云南这片土地上奇异的自然

风貌和独特的民族文化，用质朴、美妙的文学形式，铭刻和传递着民族的记忆和情感。在这条努力跋涉的道路上，他一次次走进民族文化，然后再走出来，因此，他形容自己更像是个翻译者，如何找到合适的表达方式，他一直在苦苦追寻。《巴别塔的砖》抑或只是起点，一切都还在行进中。

A 面

抄木氏土司诗

> 云漏斜晖影，山藏古雪阴。
>
> ——木公《游十九峰深处》

喜欢抄诗，抄唐诗宋词、李白苏轼，借诗句，临摹旧山水的磨痕，俯视那年岁的人间。

某天，特意寻来木氏土司诗，抄下："云漏斜晖影，山藏古雪阴。"

这句山水诗，让我想起杜甫诗"星垂平野阔，月涌大江流"。当天地间的动静、冷暖、刚柔、明暗随着笔端光影落到宁静开阔的纸上，我相信，那个在阴天仰望雪山的土司，那个在星夜俯察江流的诗圣，他们想到的都是过去的苍茫事。

抄木氏土司诗，因为一个故乡传说。

故乡后山有观音洞，近年香火重炽。我去寻幽。洞外崖壁上，新香烟痕清晰，旧诗墨迹隐约。洞深处，观音静立，黑暗如同她的慈悲，深幽。我身后，金沙江在下，两岸的云岭山向上斜劈，斧刃锋利。被砍裂的天空像一只残破倒扣的青瓷碟，有光韵和水纹流动，那是云，云是天上的江水。

在洞外，三姑父一反往日的寡言，为我讲起那传说：从江对岸看，我们身旁的山包像虎头。木天王手下的东巴算到这地方风水好，山下村子要出厉害的人才，就建议木天王在山包后挖一条沟，把"虎头"砍断，破风水。去年村里请东巴做法事，青壮男人全部出动，背上水泥沙石，上山填沟，把"虎头"接上。

传说与历史交叠，深意藏在语言的命根中。像一种召唤，魔幻的因果和戏剧性的"续貂"触动了我潜意识底层的懵懂记忆，而这个故事仍在被创作、续写，它仍"活"着，这更让我惊讶。

木天王即木氏土司，于距今八百年的元代崛起，清代被降为土通判，距今近三百年。相隔久远，为什么我的族人还会在不经意间清晰、本能地提到木氏土司，且语气敬畏，仿佛这人，还活着？我看到一场乡民与土司、凡夫与英雄、自我与超我、个体与母体跨越漫漫时空的对答。女娲、上帝照着自己的形象造人，这些神话传说的内核，隐喻我们的言行被虚拟、被按照某种理想塑形。当我们追问"我是谁"，是否可以换一个角度跳到起点询问："是谁，按照什么坯体塑造了我们？"

我的三姑父不会知道"木天王"专指第十七任土司木增，他所说的木天王可能是土司中的一个，也可能是他们的合体。就连古代典籍对木氏土司的记载，也笼统、模糊：

> 丽江木氏土官于诸土酋中，传世最远，自唐贞观以来，谱系历历可考。
>
> ——明代谢肇淛《滇略》

> 木氏居此二千载，宫室之丽，拟于王者。盖大兵临则俯首受绁，师返则夜郎自雄，故世代无兵燹，且产矿独盛，宜其富

冠诸土郡云。

——《徐霞客游记》

　　从1253年"迎降"南征的蒙古军队，到1723年雍正元年"改土归流"被降为土通判，经元、明、清三代，其间四百七十年，木氏共历经二十二任土司。春秋笔法将四百七十年熔成一块方形黄铜，把二十二位土官统一写成：木氏土司，端端正正刻在木府大印上、史书语境里。当我们谈论"丽江木氏"时，二十二位土司，是一个人，一个拥有多张面孔的合体。

　　一场场大雪覆盖高原，凝结不化的古雪，衬出玉龙山的陡峭冷峻，而木氏千年传承的古血，也一层层向上堆积，最终塑形成另一座玉龙雪山，在滇川藏交界的人心和历史间，反射东方的光热，透露古雪的阴寒。

　　如同云岭诸山仰望玉龙雪峰，在漫长的时光里，木氏土司成为了纳西人自我理想的完美化身，他对纳西族和滇西北来说，如同孔孟老庄之于中华、中国。但在他们生而为人、身为泥胎时，又是谁的女娲之手在揉捏他们？

　　凤诏每来红日近，鹤书不到白云闲。

——木泰《两关使节》

　　乌云密布的冬日，和云南博物馆的气质很搭，而馆内记载的历史就像乌云，无法触摸到，但一切都在它的笼罩下。

　　去省文联开会，中午休息，到博物馆一游，这一游，游园惊梦、井底之蛙的天梦。二楼墙壁上有张云南地图，图上密密标注着圆点和小字，正中几个宋体大字："明代云南土司设置略图"。当我眯眼看到地图西北角的三个小字"丽江府"时,地图变成转盘突然开始旋转。纳西族、滇西北(甚至整个云南、西南)只是庞大的中华泥身的一部分。

《明代云南土司传笺注》中记载土司数量为四百二十五家(包括土指挥使、土宣慰使、土知府、土知州、土知县等职),木氏作为土知府只是其中之一。土司制度开始于元,完备于明,延续于清,残存于民国,废除于1956年。木氏土司经历的四百七十年,可以视为七百年"羁縻"制度的枝杈。

夏日盛大的阳光照耀着丽江,青幽幽的玉河水轻悠悠地穿过大研古城。河水穿过映雪桥,穿过四方街,穿过木府门前的石拱桥,倒映两岸:柳树是少有的没有临摹古意的景物,它冒着新鲜的绿意;树后有牌坊,造型如同一张方正忠勇的面孔,正中刻有"忠义"二字;忠义坊后是木氏土司府,大门上有对联:"凤诏每来红日近,鹤书不到白云闲",摘自第十任土司木泰《两关使节》。

因为崇尚中原文化,倡导学习诗书,经过百年熏染,从木泰发轫,后来几代土司接力积淀,渐成气象,就有了"明代木氏作家群"。《明史·土司传》中对此评价甚高:"云南诸土官,知诗书,好守礼义,以丽江木氏为首。"

相传《两关使节》是纳西族文人写的第一首汉诗,木府门前摘取颈联,"白云"自喻,"红日"喻皇帝。也有人称它"中国第一媚联"。诗本简单,人多猜疑。第一次读到"还君明珠双泪垂,恨不相逢未嫁时",屏住呼吸的瞬间,我似乎听到了两颗明珠轻触时发出的脆响。后来得知《节妇吟》是一首政喻诗,在赞叹张籍诗艺高妙时,随着某种纯粹的消弭,我似乎听到明珠崩裂的痛音。

"媚",并不讨喜,在"媚"的另一面,我通过诗歌这一特殊"语言",触摸到了兵临城下、顺生逆死时土司们的无奈和苦楚。由此,我推测"云南诸土官"面对强大的武力，都无法选择自己的命运，揉捏他们泥身的女娲之手，谁都无法对抗，只能顺势。

土司们境遇相似。

唐王朝吐蕃争夺南诏的百年拉锯间，纳西族部落"常持两端，无寇则称效顺，有寇则为前锋"（《资治通鉴》）。宋朝纳西族被大理政权统治。1252年，阿琮阿良迎降忽必烈。明洪武十五年（1382年）阿甲阿得（木得）率众先归。清顺治十六年（1659年），大军入滇，木懿争先投诚。

"迎降""投诚"或许是整个云南土司朝代更迭时的姿态，女娲之手来自中原。（而揉捏中原的外力又来自哪里，南下的铁骑、西来的佛陀、东南的舰队？）

覆巢之下，焉有完卵。

我们可以猜想木氏土司失眠的迎降前夜，他明烛正襟静坐在木椅上，高堂内无其他人。前朝的官帽朝服被木架撑开，稻草人般随夜风轻摆。他就这样静坐着，不觉月出东山，不觉东方既白。身形维持着一个姿势一动不动，然而他的心已在动荡的天下间奔走了无数遍。微光照着的脸上，许多张面孔如川剧的变脸，突现、变幻。我们可能会看到那张脸上闪现旧臣抚心蹙眉的神情，看到谋士掐指沉吟或是平静不惊，看到一张凶狠狡黠的面孔闪过——赌徒的脸，看到怒发冲冠的勇士、悲壮高歌的冲动匹夫、咬肌跳动目光坚毅的军人，又或者，看到敏感脆弱的成人内心深处蜷缩着一个易惊无助的孩童。他们其实只是有精神缺陷或洞晓常情的"闭门天子"，没有人能体会，他或者是其他四百二十四位土官在迎降前夜表情复杂、心绪纵横的煎熬。两鬓是否添了新霜？那些带着土司冠冕的凡人站在朝代轮回的垭口观望，似曾相识，却也无力无奈。

金沙江在长江第一湾转向东北，流过石鼓镇，流经我的故乡拉马落，流过虎跳峡，弯曲着向东流去。1936年4月，中国工农红军第二、第六兵团分别从丽江石鼓到巨甸的五个渡口抢渡金沙江，取道中甸北上抗日。未想到，我寂静的故乡，曾与汹涌的历史现场那么近。而在七百六十九年前，"摩娑蛮主"阿琮阿良在"剌巴江口"（即石鼓）迎降忽必烈，从此开始将土司家族推上历史高地，塑成英雄。

　　豪气边疆宁，寒光牛斗掞。
　　　　　　　　　　——木高《大功大胜克捷记》

石鼓镇有一块汉白玉雕成的鼓状石碑，两面都有字，一面是十二任土司木公诗文《太平歌》，另一面是十三任土司木高所作的《大功大胜克捷记》。

五百年风霜，早已将石鼓碑泅成一幅秋雨断续、白雾覆山的淡墨画。浪漫山水间，竖排文字像等待冲锋的军队，惨烈战场藏于长文："戊申年，因蕃贼出掠……严君令长子木高率领勇兵殄贼……杀退贼兵二十余万，获贼首级二千八百余颗，如破竹然……"

尚武好战，颂扬军功，木氏土司将自己塑造成怒目圆睁、持剑扬鞭的"木天王"。

"守石门以绝西域，守铁桥以断吐蕃，滇南借为屏藩"，借着"屏边"的圣旨，精明的木天王在滇藏川交界处腾挪转移，"开门节度，闭门天子"。平日镇守，上贡朝廷。仅明朝就贡银6.6万两。战时随皇朝出征，镇压叛乱。对明朝影响深远的麓川之战，木天王随军征讨外通缅甸的麓川土司，《木氏宦谱·木森传》中记述了对战的细节："奋勇先阵过江，烧营栅七处""获象二只"。

镶着金边的牌匾雪片般飞来："诚心报国""辑宁边境""西北藩篱""忠义"……明文记载，皇帝赐予木天王牌匾多达二十八次。依仗着皇朝的信任，木天王开始向北进军，他的女娲之手开始用力，转动滇西康南的转盘。向西，到达怒江；向北，到达西藏盐井、芒康，争夺盐矿；向东北方，发动二十余次战争，抢占木里黄金，俄亚铁矿，并移民戍守。《明史·四川土司传》中记载："（盐井卫）地与丽江、永宁二府邻近，丽江土官木氏侵削其地几半。"

从丽江到香格里拉途中，快到小中甸时，路边有一指示牌："木天王堡遗址"。天王堡属木天王的夏宫，也是木天王各条战线的起点和后方，从这里开始，每五十里建一个碉楼，屯兵驻守。如今多数碉楼消失，只有天王堡坍圮的土墙、沉默的石狮如同天书，不说真相，不讲谜语。

木天王戍守云南边疆，这片水乳大地上的奇伟景观，带着或沉厚或飘逸的质地，被木天王采进边塞诗。西南边陲的异域绝色和风度气象，在诗里，与广阔的中华大地交相辉映。

"沙漠风生秋跃马，金江月朗夜归航""石门锁钥坚，世作大明坫"，木天王的边塞诗有盛唐的阳刚气象，纳西王木增的壮景，西南边塞诗人木高的豪情，我将它们对比王昌龄与李贺："青海长云暗雪山，孤城遥望玉门关""报君黄金台上意，提携玉龙为君死"。木天王也会写出悲怨的边塞诗，"苦将弹出昭君怨，马上谁人不泪弹"，这是他的反常态和困顿处，内心的苍凉绝望欲说还休，只能弹出女心阴柔的怨曲，说尽心中无限苦事，再让暗恨穿越时空，与生死两茫的"可怜无定河边骨，犹是深闺梦里人"相惜、顾影相怜。

滇西康南的转盘越转越快了，不同颜色的泥土合为一体，而木天王左手持剑，右手拿着树苗。刻印大藏经《甘珠尔》，并将开印样本送至大昭寺；对宗教领袖崇敬有加，甚至皈依佛门；在鸡足山、巴塘、理塘等地修建寺院；通过茶马古道，加强影响，使丽江成为滇川藏交界区域的经济中心；派去戍守的移民将学自中原的先进农耕技术、优良的工具和作物带去，推动了康南地区的农业发展。

对内，木天王手上的力道也拿捏得巧妙。元明几百年，木天王注重中原文化的学习和教育，以开放博采的精神吸纳多元文化。贵族内部，长子世袭土司职位，其余贵族"头世姓木，三代姓阿，五代以后姓和"，降为百姓。

一系列的文韬武略使木天王在史书中留下了浓厚笔墨，木氏与蒙化土司、元江土司并称为"云南三大土府"，民国任乃强的《西康图经》中记述："开辟滇康间文化三大动力，以丽江木氏图强，经略附近民族，为第一动力。"

在揉捏滇康泥身时，木天王也时刻关注着东方的气象。1639年，他在解脱林静候一个中原人的到来，这人叫徐霞客。

> 作浮图，高几百尺，名曰觉显，玉柱标空，金顶光在日，即为其处。
>
> ——木旺《觉显塔寺记》

明万历十八年，即公元1590年，觉显复第塔建成，第十五任土司木旺题记，记刻于碑。六年后，木旺受明王朝征召出征，与缅甸军队交战，后殉国。《觉显塔寺记》，木旺仅存的文字，其诗作失传。

但觉显复第塔的传说仍在流传：一个高僧云游丽江，建议木天王在南边修建一座塔，以防止丽江地脉"下冲"。塔修成一百多年后，鹤庆的风水先生放出话来，说觉显复第塔正对着鹤庆的云鹤楼，克压了鹤庆的好地脉。鹤庆的名流士绅想办法应对，传出话，拆来一块觉显复第塔的砖，就可以领赏。在一场关乎气运的暗战中，随着木天王式微，一座塔，被凌迟。

觉显复第塔曾建在"丽江锁钥"邱塘关旁，如今已为虚空。徐霞客是从邱塘关进入丽江的。谨慎的木天王并没有把尊贵的中原来客迎请到仿紫禁而制的木府，而是将徐霞客迎请到芝山解脱林，纳西王木增隐居的地方。所以，写下"宫室之丽，拟于王者"的徐霞客并没有亲临木府，只是远眺大研城，但也一眼看到了木氏的龙虎气象。

木天王仰慕中原文化，而徐霞客是汉诗文中最逍遥的行者。当徐霞客开始他人生最后一次漫游，辗转来到昆明，木天王便托文人朋友转达敬意，并盛情邀请徐霞客到丽江。徐霞客到达大理鸡足山后，木天王派专人迎请。他们一见如故，促膝长谈，以文会友，换茶三次。当徐霞客离开丽江，在鸡足山患上风湿、病入膏肓时，木天王花重金、派亲信将徐霞客抬回江阴老家。一段中原与边疆的佳话开始起音，这段情缘，现在仍在丽江和江阴的文人间延续着。

大研城里有两个建筑，一是牌坊"天雨流芳"。这个牌匾的音译题词，呈现两种文化碰撞时激发的高雅火花。作为汉语，"天雨流芳"寓意美好，意境高妙。作为纳西语，"天雨流芳"词义朴素，"读书去"，成为纳西族集体意识的结晶。"改土归流"后，上任的流官们新建大量文庙、书院、忠义祠，儒文化渗透到纳西民间，"怒则拔刀相向虽死无憾"的纳西人在中华文化的揉捏下变得儒雅谦和。

另一个建筑是万卷楼，相传曾藏有汉文典籍上万卷，"积书千箱"。木天王对中华文化的痴迷，可见一斑。而木天王也通过诗文，触摸到了中华文化的根骨，惊讶于中华文化的心跳。无数长夜，木天王在灯下漫读，浩瀚如海的诗书中，一些不经意间掠过的字词，像小锤轻轻敲打。百敲千锤后，曾经观望风向顺势而动的纳西王变了，字句间镌刻的大义撼动了他的内心,让他也长出了一根硬骨,这根涅槃的硬骨,叫"忠孝"。

木高、木尧、木懿三位土司被称为"木氏三大孝子"。木高曾割股肉来医治父亲木公的疾病,孝心感天。木懿在父亲木增隐退后的二十年间,每日鸡鸣便来到父亲卧室外请安,接受教导。

木增会教导孝子木懿什么呢?

在那个时局动荡的明末,李自成率军攻占北京,崇祯帝自缢,吴三桂引清军入关,南京建立南明小朝廷……两任土司幽暗的心事、低语的秘密,在家族荣誉和民族命运间长久、悄声、激烈地拉锯,最终木增下令自己世受"龙恩"的家族支持南京。逆境忠勇,南明小朝廷委任木增为"太仆寺卿",位列九卿。但大树将颠,非一绳所维,在第二个南明小皇帝被清军杀害后,木增的生命在风暴中完尽,《木氏宦谱》未具体记录木增死因,他神秘地殉国,不留一字,留下一条后路给子孙。

明代最后一任土司木懿,摘下旧朝的乌纱帽、把崭新的瓜皮帽举过头顶时,一定会闭眼默想父亲的教导——忠义是木氏的硬骨;木氏荣光、生存智慧都建立在忠义上,无忠义,荣光如绮梦,智慧似算计;曾经投诚,保一家之利,如今忠诚,报一国之恩……木懿缓缓戴上清朝官帽,睁开眼时,他突然明白"青山有幸埋忠骨"的真意,光阴寸金但青山处处,人生瞬逝唯忠骨长存,现在,他是清代第一任木氏土司,他也要淬炼忠义,铸成硬骨。

激荡风云将木懿一生席卷其中,清顺治四年(1647年),木府被流寇洗劫一空。清顺治十六年(1659年),吴三桂率清军入滇,木懿带领部族归顺新主。不久,吴三桂开始密谋反清,整个云南大小官员争相投诚,只有木懿固执不动。康熙八年(1669年),吴三桂把木懿囚禁在昆明牢狱中,拷打折磨。七年后,六十八岁的木懿被放出牢狱,一根悲壮的硬骨把他撑回丽江,从此像他父亲那样隐居山林。

欲借青阴来入砚,任人和露写离骚。

——木青《题竹》

咏物诗,该像贺知章的《咏柳》,字里行间不见一个"柳"字,却尽得柳树风流。第十六任土司木青已然掌握了汉诗咏物的精髓,写竹不见竹,却处处有竹影。竹林阴凉落在身上,风过,密叶间藏着一片海,浪声翠绿,鱼有翅膀。竹林在招手。闭上眼,想象自己化作一棵竹,就此遁去,前尘往事落地成荫,任由后人和着露水,写下凡人心,遇忧愁。

"木氏土司作家群"中,木泰、木公、木高、木旺、木青、木增六位土司,诗文精致,文笔凌云,合称"木氏六公"。他们被塑为纳西文人的理想形象,后世文人尊称他们为"木公"。

明朝皇帝曾赐木氏牌匾"乔木世家",虽然地处边陲,身为纳西,"木公们"却有着极高的文化修养——木泰精通《易经》,木公与大儒杨升庵书信往来,木东深研理学,木青的诗被晚明诗坛盟主钱谦益称赞格调高。木增在六公中著述最多。中原文人也盛赞木氏作家群:"文墨比中州""共中原之旗鼓"。

在读木公诗时,我注意到一个非常有意思的细节:号。

号,古人的自称,按照期待和理想为自己命名。第六任土司木得(即明代第一任土司),号垣忠——筚路蓝缕,感恩怀忠;降为土通判的末代土司木德,号念祖——家道衰落,叹念先祖;中间木氏六公的号是:介圣、雪山、端峰、玉龙、乔岳、生白。

强盛时的木公们志得意满,自诩高山圣峰,俯视人生和人世。没有创世的艰难,没有末路的悲怆,在忠孝之余,木公借诗歌的翅膀,带着光辉,神游物外,像竹林里的贤者,自由、洒脱、不羁,只留下青影,任后人评说。汉诗为我们塑造了诗人木公，木公也借着诗塑造期待中的自己。卸下尘世的虚荣疲惫，脱去忠臣孝子王侯英豪的锦衣，木公写下最真实的自己，塑造最飘逸的诗句。

律诗绝句是木公的道场，方寸之间，无尽逍遥。在诗里，木公化身渔夫，在四围青松的玉湖横竿垂钓，钓得锦鲤卖酒钱，酒醉乘着夕阳归，半醒半醉，不乘舟，低头走在沙滩上，随一行鸟雀纤细的足迹，去寻找歌声的源头。他又变作一个山客散人，在春林里寻找草药，看残雪上鹿蹄踩出梅花，看惊鸟散后白云深深。和我一样，他向往一个贪杯的农人，看着园里啄食的黄鸡，想象着吃一口肥烫鲜美的嫩肉，嚼一口清凉锋利的白酒。当然，木公也皈依了佛门，成为苦行僧，"叩门寂不语，已悟祖师禅"。他也会是鹤梦初醒的孤道，隐居清绝地，布袜青鞋，不问长安。最终，他与诗，诗人合一，物我两忘。

被汉诗塑造时，木公其实也在反向揉捏着汉诗世界，正是这互动的塑形，为我打破了时空的隔阂，让我开始塑造期待中的诗人木公。

这是我最喜欢的关于木公的想象。木公在月夜走出木府，踏上官道，青石板泛着月光的清辉和冷意。走出大研城，他一直走，终于在清晨走到金沙江边。朝露打湿了他的官靴朝服。发觉身体沉坠，木公开始一件一件脱掉锦衣，只留贴身的棉麻。脱去厚重的臣服和尘世，木公没想到自己如此瘦弱，又如此轻盈。江风吹来，仿佛都能把他吹到云里。他就这样迎着江风逆着江水走在金沙江边。江沙让他觉出柔软，卵石硌出他遗忘已久的酸痛，最终，他被冲上岸的断枝刮破皮肤。木公低头看着脚背渗出鲜血，突然意识到自己还活着、是鲜活的，意识到自己还属于也终于又属于自己了。在这一刻，他是一个普通的凡人。他大笑着去做渔父樵夫、山民船客，把世界看作身外之物，他借着词心诗意，一次次将自己重塑，给这一世人生一个重生的机会。

谈空客喜花含笑
说法僧闲鸟乱啼

——木增对联

1587年，即万历十五年，历史上平淡的一年，但后世学者将这一年看作是一条对明朝历史影响深远的界线。

这一年，狮子山下木府里，有件喜事。一个男孩出生，"生而秀异，如琼林玉树"，起名木增，后号生白。十年后，他继任木氏第十七任土司。

十岁时父亲木青接到朝廷参战命令，前去平定顺宁大侯州叛乱，不幸阵亡殉国。手下部族趁机谋反，木增与母亲罗恭人跃马领军平定叛乱。之后，通过连年征战，木增把木氏功业推向顶峰，威震川滇藏。木增也被藏区称为"木天王"。三十六岁时，木增将土司职位让给长子木懿，隐居玉龙雪山南麓芝山解脱林，从此沫茅架屋，袍服凉生。相传木增最后羽化登仙，留下"金沙江断流，玉龙雪山塌，重回人间"的预言。四百年后，丽江大地震，玉龙雪山一峰塌陷，这一峰，民间叫它"生白峰"。

"列岫层峦皆几案，行云流水尽文章"，木氏六公中，木增功绩最大，诗作最多，经历最奇。复杂的经历带给他一个陡峭、丰富的内心世界，他注定要成为传奇。

忠孝两全的儒生木增写诗："薄贡惭毛滴，天恩旷海波"，决定明清对阵的萨尔浒之战未爆发时，木增特贡白银一万两作为辽东战事军饷。虔诚的佛教徒木增，法号"噶玛米庞才旺索南饶登"，一生致力于弘扬佛法。木增道号"生白道人"，道号出自《庄子》"虚室生白"一语。一个偶然，我发现明朝大将戚继光的文集《止止堂集》，书名也取自"虚室生白，吉祥止止"一句，感叹这历史的巧合暗藏玄机。

木增的隐逸诗带着佛道的清境禅意，在芝林鹤梦间，让穿入疏帘的蝉鸣松涛，安抚尘劫梦与英雄志。凡尘往事，如入火聚，芝山解脱，得清凉门，所以，我能够在诗歌里，看到"散人"木增，他生出与世俗万色相逆的白。这"白"并不是扬抑的留白，不是姿态，而是生命的底色。不着一物，心无挂碍，世间都是白茫茫一片，那万物与我，不过是各自自在，又相互照见。"步入桃花见落花，便同仙子饮流霞"，一行诗，妙境界，木增的诗心有行到水穷、坐看云起的洒脱，也怀着天生我才、千金散尽的自信。

"赤壁泛舟诗喜诵，青莲邀饮兴无边。"抄到这句木增的诗时，我想起了苏轼在赤壁孤舟中的浪漫。我曾经教书十年，多次给学生讲《赤壁赋》，后来发现，我讲错了。后来再读，发现苏轼也错了，而且是大错特错。苏轼不该向客人提问，不该自以为是地强行解惑和度人。一旦开口，苏轼就将自己从万物中剥离，物我和谐随之破裂。在赤壁月下，苏轼应与万物同呼同吸，浑然天成。如果不是这样，他如何拥有"挟飞仙以遨游，抱明月而长终"的不朽飘逸、这世间最极致的浪漫想象？

就因为他舍去一切，只留下明月清风？

因为这句诗，我又想到木增。我叹息，生白他终究还是挂念尘世，还是眷恋人情。所以，在道场外，民间为他虚构了红尘，塑造了一个琴瑟伊人——阿勒邱。

史书中并无阿勒邱的记载，但民间口传，提到木增，便会提到这个女子，还有他们的爱情。读剧本《木府风云》时，我对阿勒邱充满期待，后来又有些失望，为什么要赋予一个心怀爱情的女子那么多、那么高、那么重的大义？像木增和阿勒邱这样的滇西传奇，他们的爱应该鲜艳热烈，像山野间的红豆与鸿雁。

可以更浪漫些，我想虚构木增与阿勒邱最初的相遇。我想象着木增像仓央嘉措，白日云岭最大的王，在月夜化身世间最美的情郎。

在清雅的宋词时代，有水井，就能听到有柳永的词曲，而花马丽江，有幽静处，便可遇见爱情男女，相隔着，"时授"对唱。对唱的人中，有没有可能，木增和阿勒邱刚好遇上？那夜，一定月圆，月色很美，浪漫得让人心慌。阿勒邱与木增隔着龙潭里的圆月，在纳西调里，化身追逐的鱼与水、花与蜂、柏叶与雪花。一曲终了，爱慕暗生，在这个窃窃私语的春天，含苞待放的秘密带着香甜味，飘满了整个天地。那秘密风儿知道，月亮知道，而他们一定也知道，一首情歌的甜，是爱情必经的小路。

衰年膝痛知阴雨，晚岁眸昏近夕晖。

——木公《邂痴堂寄愈光二首》

一个老人，揉着膝，探看窗外的天气。他大概只看到一团昏暗。但在身体里清晰激荡的阵痛，如同云岭间坠下的冷雨寒风，提醒着，他所深陷的暮年阴天。

这雨何时会停？

在狼毫吸饱墨汁、颤巍巍写下这首寄友感怀诗的停顿间，木氏土司（木天王？木公？）或许想过这个问题。彼时的他坐在旧楼南窗下，也坐在一首律诗的颈联上。他当然知道这雨是隐喻——蒙古和硕特部南下、木府被流寇洗劫焚毁、吴三桂叛乱、咸同乱世十八年、杜文秀起义、改土归流——一场场"阴雨"早就凉透了木氏疲惫的身心。

雨不会停了。晴天只在往昔。

墨在宣纸上洇开，木公回过神，叹息一声。不得不承认，自己老了。即使是强悍又狡黠的木天王，也没被时间赦免，也有肉身沉乏的一刻，也会贪生、贪恋光暖，怕痛、怕阴雨入骨。回想当年俯视滇西金戈铁马的旧时光，曾经的玉壁金川，如今也早已被夕气笼罩，四野昏沉。

黑夜将至。今夜注定又是一个疼痛的夜晚，失眠的旧君王拖着羸弱的凡胎，如同孤魂，游荡在抛下他的人间长夜里。下沉。木公知道自己沉坠很久了。他沉得那么深，像太阳沉入子夜，他沉入曾经俯视的民间，沉入时间深处成为故事。在故事里，木土司被民间赋予了新的名字、塑好了新的分身，硝烟马背上的木天王、清冷云水间的木诗人褪去刀光和墨影，染上烟酒气与功利心，成了一介俗人——木老爷。

我手边的《中国民间故事·云南玉龙古城卷》中，我最喜欢《公喜？母喜？》——阿一旦冬日上工，刚敲门，被木老爷强行灌下一大铜瓢凉水。木老爷家添了新丁，他当了"头客"，得喝凉水替新生儿解除口舌是非，消灾祈福。木老爷见头客是阿一旦，嫌弃他给新生儿带来穷命，赌气将凉水全灌给阿一旦，按规矩要请头客吃的米酒鸡蛋带汤圆也赖掉不请了。阿一旦恨得咬牙。

话说年关准备年货，但木老爷叫下人去喊过几次就是不见阿一旦的影子。木老爷急了，只好亲自去找阿一旦。一推门，却被阿一旦强行灌下满满一大瓢凉水。喝完，头客木老爷打着寒噤忍着怒气问："公喜？母喜？"阿一旦笑着说："托木老爷洪福，公喜也有，母喜也有，小花也有，四眼也有。"说完，闪开身，身后柴门里躺着一窝刚出生不久的小狗。

阿一旦是否真有其人，还是虚构之身，像阿勒邱一样已无法考证。但他智斗木老爷的故事却在纳西民间不断流传。写这个故事时，我突然发现阿一旦、木老爷的故事和阿凡提、巴依老爷的故事惊人地相似。阿一旦是人民的口舌与幽默，木老爷却成为笑柄，作秀不得，作恶不成。在对立中，人们活泼生动地重塑曾经塑捏他们的英雄领袖。

在天王木增去世的第二年，似乎木氏的气运也耗尽了，厄运不断。木钟被流官知府杨馝设局骗往剑川囚禁，木氏家产被强行没收，木钟忧虑成疾，回丽江不久便病逝。降为土通判的木德，"遭家变故，茕茕孤苦，承袭通判新职，室如悬磬，贫乏难堪"。清末丽江有民谣："翰林儿子不入学，屠户人家又中举，木氏天王卖地基。"时代发生巨变，这时的木老爷，已经失去了木氏土司的显贵、木天王的威势、木公的飘逸，只是一个肉身沉重的凡人，走在普通百姓间，被调侃揶揄。但这时的木老爷却是真诚的木老爷，在民间故事里，他用尽诚心苦意，从北京请来皮匠和名医，落户丽江，造福百姓。他与民间的寒暖苦乐连成一片，充满烟火味和世俗气，骨子里却透着热情和真诚。终于，三头六臂的天王塑像开始片片剥落，木老爷回到了温暖的泥土里，他又是普通人了，和所有人一样。

A 面房间

封 面

> 我就是我，是颜色不一样的烟火。
>
> ——张国荣《我》

房间是隐喻。

世间万物都是"房间"，供我们栖居，或将我们放逐。我们每个人也都是"房间"，我们是自己的匠人、钥匙和锁。

曾经，我——一个小城男孩——带着小地方人特有的谨慎，悄然成长。我小心翼翼地打开各式房间向里面窥探，我的审视如粗拙的蜡笔描画了我的外部世界。与此同时，我也常常打开幽闭的自己与心对话。我想，这就是成长。

A1

> 你离开我，就是旅行的意义。
>
> ——陈绮贞《旅行的意义》

这是 A 面，一盘磁带、一个人、一个房间、一个世界的 A 面。

A 面是外向的，它刻录着一个侧面的声音、一个人的视域、一个房间的极昼和一个世界的纷繁。按下开始键，调高音量，你将听到一个小城男孩清唱的独白。你可以为我的独白配上清浊起伏的木吉他声，我将为你讲述我青春的挪威森林、迷茫的 1984 和而立的平凡世界。

人会一瞬间变老，也会在某个瞬间突然察觉自己的存在，像蜜蜂刺针的锋芒在我脑海中忽地闪现，十四岁时，我策划了一场"暴动"：我决定自己一个人睡。在我决定一个人睡之前，我都不是一个人睡。我有一个异卵双生的双胞胎哥哥。异卵双生子，是基因的冷幽默。我们是双胞胎，可从生下来就开始不像，我们不相像的程度甚至让自己怀疑我们是否真的是双胞胎。"我们是双胞胎"——像是在讲笑话。因为生晚了四十五分钟，我的存在更像是哥哥的附属品，我的世界是哥哥世界的惯性，仿佛他是本体，我只是喻体，他是原命名，而我就是衍生物。以名字为例，无论是"双红双喜""双生双康"，还是"阿大阿弟""老大老二"，我都是顺带被定义的那个，哥哥是我的心跳，我是他的影子。但世人总习惯将双胞胎看作是一个整体，忽略了他们的独立。和其他双胞胎一样，我们拥有许多"同样"：同样的父母、老师和朋友；同样的衣服、饭菜和玩具；同样的房间、床铺和被子。我怀疑我们连梦境和梦魇都因共享而相同。有一天，我突然渴望拥有我独属的物件，打上我的烙印，并且由我命名。这小心思渐渐膨胀长大，我终于看清了我的所需：自我。夏榆的《黑暗中的阅读与默诵》里面有句话："无法战胜工具，我就无法战胜劳役；无法战胜劳役，我肯定也无法战胜我的命运和处境。"时间是我们隐形的工具和秘密武器，所以，理所当然，我需要有独立的时间和空间。第一步，我要得到一间独立的房间来盛放我独属的时间。

母亲边帮我搬床,边说我"搅精","搅精"在我们方言里是"鬼点子多、能折腾"的意思。鬼点子多就多吧,能折腾就折腾吧,我固执地搬出了哥哥的房间,激动地陷入了期待的自我中。独自入睡的第一个夜晚,自得的安然随着熄灭的灯渐渐融入到涌动的黑暗中,我的眼睛和耳朵却像打开了门的房间,我发现了我拥有一双寻找光明的易惊眼睛和一对倾听黑暗的胆小耳朵。整晚,我被窗外的风吹草动惊扰,然后在轰鸣的心跳和潜伏的惊惧间迷糊入睡。第二天的我形容憔悴,神情萎靡,像是一间遭了贼的房间。

我的房间在二楼,在白天,它褪去无形无相、张牙舞爪的样子,回归原本。褪色的红漆地板,粗糙的粉刷白墙,涂成浪漫蓝色的天花板,被木条分成一格格的正方形——囚禁蓝色的监牢。一床一柜靠墙,一桌一椅临窗,简易的家具组成了我简单的房间,这就是我的陋室,而我是房间的心跳。有我在的时候,房间才是醒着的,我离开,它便沉入梦中,不知道它的梦中是否梦到我的归来。我单调无色的青春假期,多数时间是在房间里度过的,练字、抄歌词、唱歌、照镜子。冬天,放在被子外的手冷得如遭针扎,只好左右轮换着拿书,又舍不得睡去。我要感谢那段枯燥的岁月,我想,我安静均匀的呼吸,是房间入定冥想的吐纳。我在墙上画画,给房间化妆。我还学着弹吉他,想让房间从窗户里唱出为赋新词强说的愁曲怨歌。

走出我的房间,就可以看到我家的院坝和厨房。我家住在云南省迪庆藏族自治州中甸县建塘东路312号,是一栋两层带院子的钢筋水泥楼房。房子大概是按九十年代流行的建筑样式建造的,整个小城,除了宽大厚实的藏房,我所见的民居基本都是这种样式:一栋石脚地基、钢混房架、砖墙瓦顶的两层楼房,一层的独立厨房,两面围墙,围墙开一道大门，中间是院坝。这种样式的房屋带有纳西民居的特点，但又异于纳西族"三坊一照壁"的传统民居，简化外在形式，强化内在构造，就像那生长在高原的松树，为了抵御高原严寒和烈日，变得松针短硬、枝叶紧密。当时的房子都没有带着厕所。进入新千年，大家都开始在自家院子里建冲水厕所和化粪池，城市文明竟是以这样的方式首先注入到小城生活中。2013年，我家推倒了老房，在原来的地基上修建新楼房。新楼房将地基一分为二，一半是自己住的带小院坝的二层楼房，一半是外租的三层六套60平方米公寓式套房。那时小城镇的人们已经普遍接受公寓式单元房的存在，而在几年前我们甚至无法在紧挨着厨房客厅的厕所里正常排泄。

我家四周都是一些外形有异、内在神似的庭院，它们一家挨着一家，连绵成一片，组成了一个叫"建塘"的小镇。建塘是一个镇，它与藏族聚居的中心镇（独克宗古城）毗邻，像是两间相邻而又风格迥异的房间。我家是我读小学五年级时才搬到建塘镇的，和我同班的邻居告诉我，建塘镇有另一个藏语名字："司哥洛"，是"狐狸村"的意思。我喜欢这个名字的美丽，带着轻灵和狡黠。

俄罗斯套娃是和"围城""丰乳肥臀"一样精准的隐喻。我，我的房间，建塘东路312号，建塘镇，中甸城，就像是一个个相貌相似、身形不一的俄罗斯套娃。小镇中甸套着司哥洛，司哥洛套着建塘东路312号，312号套着我的房间，我的房间套着我。2002年，我考上了云师大去到昆明，我离开了与我气息相通的房间和血脉相连的土地。18岁我将远行的那一天，天气寻常，我像平常一样出了家门，和约好的朋友坐上夜班车，然后，一去不回，再也无法一层一层地回到那最初的房间里。

陈绮贞用她那古典吉他第四根弦的唱腔，唱着《旅行的意义》："你离开我，就是旅行的意义。"

你离开我,我离开你,这就是我的旅行的意义,而我在时间之旅里丢了房间的钥匙,这失去就是乡愁。

A2

血管里响着马蹄的声音

——亚东《康巴汉子》

我开始了我的旅行,一个个房间风景般向后掠去。有的房间敞开着门,有的半掩,有的紧闭;有的房间窗扉紧掩,有的昏暗,有的明亮。有些房间我走了进去,驻足、小憩,留下残印与碎梦,然后转身离开,我是个过客。有些房间我一直走在里面,一直往深处走,走到天涯海角,走到地心山尖,走不完、走不出、走不透,我是个归人。有些房间,我终其一生,也无法走进去,如同你爱的那个不爱你的人。

沿途掠过一帧帧风景,如风似云。世上那么多山峰,那么多峡谷,那么多河流,山的那一边还是山,峡谷的下面有溪流,溪流汇成河,河流冲出江,大江东去,聚成沧海。可是,在某个时间的垭口,我突然看清了我的命运:我这一生,永远都走不出云岭山脉,我这一生,永远都绕不出金沙江流。我生在这里,也将归于这里,像尘土、像树木、像卵石,流云去了还会回来,雨水一直停在这里,它注满了我们盛水的土缸,一瓢一舀,光影晃动。我的心将先于我的身体和灵魂找到这里,这里是离路和归途的终点,这里是故乡。

2016年,我到了江西婺源。黑白交叠的徽式建筑安居在烟雨之中,恍若山水的留白,我孤舟蓑笠,无梦入痴绝。明清遗留下来的时光,就那样静默地站在我眼前。房间的拐角处聚着一大片黑暗,这让徽式老宅生出幽暗深远的质感。每当我往路过的老宅里望去，如同探望一口古井，里面光影凝固，寂静无声。博尔赫斯写过："房子实际上并没这么大，使它显得大的是阴影，对称，镜子，漫长的岁月，我的不熟悉，孤寂。"黑暗是相似的。我站了进去，却无法隐遁，我的气质和血脉无法填补老屋黑暗里的渴望和寂寞，我不属于那里，我的归处在南方、云之下。

衬出古屋庄严肃穆、深远难测的，不是还原时光的细腻雕刻、黑白水墨的粉墙黛瓦、真容斑驳的门窗栋梁，而是厚重潮湿的黑暗与寂静。沧桑不宜见光，怀旧不适透亮，在古村边，我遇见一所房子，依旧是"粉壁黛瓦马头墙"的外观，但内里却是现代的大块玻璃、刮瓷墙壁和亮洁瓷砖。那些柔和光影构筑的轻盈醉意和稠密痴梦，被蛮横撞入的光线给冲淡了，惊走了，留下一地落寞，满屋苍白。

离开途中，我与同乡司朗伦布老师谈到滇西北各自民族的房间，谈到各族房间里的心脏——火塘——布下的光与影，谈到隐在房间暗处的信仰和家神。许多个世居民族在滇西北繁衍生息，这些世居民族有自己的语言，有自己的神话，有自己的禁忌，当然，也有能体现自己文化和存在的房间。

"文化"首先应当是"物化"。古篆的印章，掩病的团扇；传情的民歌，达意的文字；鲜艳的服饰，朴实的建筑——物是我们进入文化、进入精神的媒介。最后，我们得出一个结论：房间是形式，也是精神。关于"形式"，孟京辉有这样的观点："形式就是全部！当我们谈到形式时，根本没有内容这个对立面。"一个房间的"形式"体现着一个民族文化和精神的外显，房间在那，文化和精神也就在那。房间有个人的气息，也有群体的气质，房间是你，也是你的民族。

我在藏区长大，我未能谋面的外公就是中心镇（独克宗古城）藏族。每年，父母都会带上我们兄弟去给中心镇的亲戚拜年，如此，我便得以遇见粗犷宽大的藏房。藏房三面土墙，土墙由泥土夯筑而成。我见过藏民夯筑土墙的情景，他们唱着欢快解乏的歌，边筑边唱，似乎是想将结实的歌词和欢快的情绪都夯进土墙里。这是我们一生的房子啊，一生的房子，我们将在欢快的歌声和辛勤的劳动中，迎接她的诞生。

我站在表叔家一楼客厅门口向内窥探，在我们纳西族的教育里，别人的房间是不能随便进的，脚下的禁忌，高处的神明，不能冲撞。这客厅正处在高原寒冬的深处，冻成冰块的黑暗透出阴冷，让我的窥探缓慢而艰难。我先看到了神龛，随后一股浓郁沉静的藏香味传来，像一堵逼近的冰墙。一个巨人站在客厅中央，阴冷的风和幽暗的云围绕着他，他仿佛从天地初始就站在那里，立地顶天。那巨人是藏房的中柱。如何形容那中柱呢？纳西族史诗《黑白战争》中有段文字形容东族王子阿璐的惊世美颜——"美男名阿璐，直树无疙瘩"：英俊的男子叫阿璐啊，他的容貌像高直无痕的大树。美即实用。实用主义的作用下，房间成为外部力量和内部精神的统一体，所以，我可以说建筑史也是人类史。在酷寒辽阔的青藏极地，我们需要什么样的房间托身其中，在炎热偏僻的河谷江岸，我们需要什么样的房间融入自然，而在时间长河里，又要以什么样的张狂与敬畏，才能记得自己究竟是谁？毕加索说："绘画不是用来装饰房间的，它们是战争的武器。"我们的武器，就是我们朝夕相处的房间，它将告诉我们，自己是谁。

司朗伦布老师家乡在梅里雪山脚下，他长期致力于德钦非物质文化遗产的保护工作，对滇西北的藏族文化有着独特深刻的理解。他向我提到，藏族房间里的"神龛"是精神、信仰和文化在生活中的体现，它在哪里，精神、信仰和文化也就在哪里，族群的精神通过"房间"形式的存在而保持一致。除此之外，精神文化需要传承，这也需要借助"建筑"（外在、形式）才能存在。在他的家乡，建新房时必须将灶房（厨房)与隔壁房间的木墙设计为可拆卸的活动墙,以备特殊的情况使用。哪怕主人一生只使用一次,也必须有这一"形式"存在。一些特殊的日子,结婚或节日,将灶房木墙拆下,两个房间合二为一,围绕着火塘成为聚会之地。聚会席间,会有睿智幽默的老人"主持",将当地的历史、哲学、风俗、祝福等内容,通过歌唱、寓言、故事等方式,讲述给族人村民。这样的时刻,房间便是文化存在的形式,是文化传承的载体,或者说房间就是一种文化,民族精神就存在于房间这一"形式"里。

房间是文化传承的载体,这是房间的意义。大学时代老乡会,藏族同乡们都喜欢在喝酒前唱首歌。喝酒不唱歌这在他们看来是忌讳,他们说起藏族谚语:"喝酒不唱歌,如老牛喝水。"那就继续唱吧,恍惚间,我仿佛坐在温暖结实的藏房里,宴会正酣,笑声盛满银碗。文化和酒,一起注进了我的身体里。

A3

> 唔哋哎,带我到山顶/唔哋哎,美丽的村庄
> ——太阳部落《带我到山顶》

姓氏
血脉之匙
你的座位,与
坐骑
时间之舟

同事是彝族,某次我们聊到各自的姓氏,我写下了上文简短的

诗句。

《哈姆雷特》平地起惊雷:"生存还是毁灭",叩响了人生的命题。毁灭不急追问,生存才是难题。生存代表着血脉的传承,而血脉的传承离不开家族的庇护、婚姻的供养和姓氏的继承。

姓氏的延续就是血脉的延续。

宗祠、牌位;家谱、碑文;姓氏、字辈。姓氏的墙檐将族人的字辈和名字围拢,也将家族的血脉圈在一起。同姓同宗,同宗同族。我曾经将三江并流的云岭山脉比作母亲的皱纹,这里是大地最缓慢最忧伤的所在,而我们就生活在这极端的环境中,如同在刀锋上行走,注定了我们的存在带着极端的锋芒。

我们在时间里迁徙,寻血而居;我们在山川里奔袭,生死血地。姓氏如同精心设计、反复锻淬的徽章,它和血脉一起传到你我的命里,成为胎记和刺青,成为盾与矛,它是你我的骄傲和荣耀,也是你我的枷锁与桎梏。

家谱上记载的姓氏——你进入家族血脉的密匙、你在火塘边的座位、你有别于他族的徽章,如同你行走云岭、囊渡金沙的坐骑,它也是你魂归祖地的最后凭证,它将代替你的肉身,穿过墓碑,归根,复命。

姓氏是血脉的房间。

如何记忆层叠的姓氏辈分,以此辨别世袭的血脉?同事在他记事开始,每天都要"数家谱"。家谱是族群的记忆,安放着姓氏的源头,传唱着血脉的记忆。从古至今,来龙去脉,尊贵长幼,记载着祖先姓名,你必须将家谱熟记于心。与相隔久远的远亲相认,与别的家族交往,都需要吟唱、说唱家谱。不是人人都有家谱,家谱的传承需要历史的沉淀和家族的兴旺。苦难的家族,家谱是一种希冀的奢侈;兴旺的家族,姓氏是王者的荣耀。

我问同事，他少年时代成长的木楞房给他留下的最深印象是什么。他的回答充满思念，他说，火塘里冒出来的各种味道总是盖不住妈妈的味道，木楞房永远不会消失的是妈妈的味道。前年，同事在丽江城里买了新房，火把节的时候，杀羊招待我们。他说有房子才有幸福感，以往在学校破旧的廉租房里没有家的感觉。虽然新房子不是传统的彝族木楞房，没有火塘、没有祖先的牌位，但好歹有个牵挂的地方。在城里生活，他和其他兄弟的活法不一样，没办法太讲究。同事是一个很有想法和远见的人，他省吃俭用，将儿子送到泰国去留学，让儿子走上了一条与族人不同的路。他女儿也正读大学。儿子放心，女儿贴心，我们都说他是人生赢家。但同事也有自己的担忧，他忧心的是儿女的婚事。

当我们身处发展飞速、观念蜂拥的时代，自我幸福和家族传承似乎很难调和。同事说他看到过一些人和事，为追求自由而脱离家族，为此付出了昂贵的代价。当你的自由，换来的是众叛亲离，就像鱼离开水的自由，不叫自由。同事说，家族为你提供保护，只要你说出自己的姓氏，说清自己的家谱，只要有本家族的人在，天南地北你都不会饿着。有困难只要说出来，族人都有义务帮忙。

每个人都有维护家族荣誉和血统的义务。要维护家族的荣誉，拥有姓氏的座位，你必须保持血统的高贵与纯洁，因为血脉是固执而无失的验证。

对于我同事的家族，他们以血脉维护姓氏。

姓氏是血脉的堡垒。

家谱的书写，缓慢而悲伤。我的家族也有家谱，陈旧，纷乱，自上而下，像树根。族谱正中自上而下写有"奉报本音黄李门中历代宗祖之神"的字样，这说明我的家族共尊的祖先有两个姓氏："黄"和"李"。可我研究家谱发现，家族中还出现过另一个姓氏："和"，我的家族有三个姓氏。为什么一个家族的姓氏会有如此奇异的变化呢？我的高祖姓"和"，曾祖、祖父、父亲姓"李"，到我这一辈，家族中所有的儿子姓"黄"，所有的女儿却又都姓"李"。

姓氏关乎血脉，不是随手涂鸦的儿戏，不能随意更改。族中长辈给出一个模糊的解释，名曰"三代归宗"：有女无子的家族为了传宗接代，招上门女婿，所生的孩子随女方姓，第三代后，归宗回姓上门祖先的姓氏，以示对祖先的尊重。

李密《陈情表》里形容自己悲惨："门衰祚薄，晚有儿息"，但李密没有遭遇家中无儿的绝境。我推测家族曾遭遇过两次家中无儿的旱灾，只好招上门女婿延续香火。七代之前，李氏家族招"黄祥"上门，三代姓"李"后，应归宗姓"黄"。不幸的是，刚好到第三代家族中又一次面临有女无儿的局面，不得已招高祖"和俊"上门。按"三代归宗"的习俗，第四代的族中男性归宗回姓"和"，可"黄"家的血脉如何能湮没在家族的苦难中？所以，到我这一辈，族中男性都"归宗"六代之前的"黄"姓祖先。

我们以姓氏维系血脉。

姓氏是血脉的渡口。

各自的姓氏连接着各自的血脉，各自的母语连接着各自的祖先，各自的古谣呼唤着各自的神灵。姓氏的苦难，血脉的苦难，像漏风滴雨的木楞房里小心看护的微弱火星，轻轻放上干枯的松针，易燃的松木，好围着火塘，熬过凛冬等春来。

A4

默达，哦默达。（可怜了，可怜的鹰。）

——纳西唱调

"纳西人顺从地把自然看作是巨大的庙宇。"

白郎的文字像一道纯澈的天光刺穿遮眼的黑云，刹那间，星河移动，大地摇晃，高山崩裂，沙石俱下，睡卧静坐在大地上的山神河伯纷纷起身，探身向我逼来。他们或垂手微笑，或抱臂怒目，将我围在中心，俯视着我。

记忆比想象重要。少年时代，我站在故乡老宅的院子里吹口哨，父亲呵斥了我，他说："不兴在屋头吹口哨，鬼会来。"我不知道父亲是想以恶制恶，好纠正我的小流氓做派，还是真有其事让他引为禁忌。很多年过去了，每当我得意忘形想要吹响口哨，父亲的话就会在脑海中响起。以鬼之名，确实让儿时胆小的我噤了声。恐惧更接近人性。我躲进老宅正房堂屋的黑暗里，压低呼吸，竖着耳朵听风吹草动。老房子的气味包裹着我，岁月沉积下的微酸霉味让我安心。老宅是"三坊一照壁"的纳西民房，正房为两层，一楼正中为堂屋，左右起居室。二楼左右两间可起居可贮藏，但正中的房间必须保持空敞，我们纳西人将家谱和牌位供奉在这个房间里，并且我们笃信，祖先和家神也都静立在这房间的暗处，看着我们，护佑着我们。

就这样，我们生活在一个神鬼潜行的世界里。

神话是原始思维的隐喻，纳西族形象地将世界源起隐喻为巨蛋孵化——巨蛋破壳，世界起源，万物创生。不同颜色的巨蛋孵生出不同的族类，神明和鬼怪并非来自异世界，他们在天地初始时就与人族同时降生，甚至他们早于人族降世，他们是世界的原住民，栖身物中，隐身暗处。

有神灵就要有供奉他们的庙宇。万物有灵，自然为庙，纳西人的庙宇建在滇西北的河川间，也建在纳西人心里。在历史的现实中，纳西族周旋于几个强大民族之间，而在精神的世界里，纳西人则处在神鬼交界的缓冲地带。纳西族作家人狼格写道："我看见过的许多纳西山乡是魔幻与现实重叠交织的。"山有山神，水有水神，风中飘荡着殉情的情鬼，我们保持着敬畏与谨慎，信仰神明，有时讨好鬼怪。

为什么我们会相信有神鬼存在？供奉家谱的房间凝结着的阴凉仿若庙宇的大殿，我跨过光影相隔的门槛，融进庙宇的静谧之中。道生于安静，我听到一个声音隐隐传来：过去、现在、未来，所有的存在其实都指向此刻得失的时间；神明、鬼怪、祖先，所有的神鬼关乎的都是你我现世的灵魂。

人狼格在他文集的序言中写着："许多事件都是与灵魂休戚有关的。"曾经，我们的祖先相信万物有灵，人，自然也是有灵魂的。在我们死后，东巴会念经将我们的灵魂送往祖先居住的神山居那若罗，转化为一个灵魂生命体——"家神"，而非正常死亡的亡灵，东巴会将他们超度往雪山背后的"舞鲁游翠阁"（玉龙第三国）。纳西族称一个总是坐不住的人为"没有家神的人"，这因果似乎就是在强调神明与灵魂之间微妙的关系。魂有归处，生便笃定，神鬼的本质关乎你的灵魂，这是神谕。

灵魂的有无，这在现在是一个尖锐的问题。我一直认为探讨灵魂是一件秘而不宣的私事，是读书人的迷信，但在以前，这是个像呼吸般重要而又轻盈的事情。我丢掉了敬畏，也就失去了安然。如果我也能像我的祖先那样坚信万物皆是神灵，那我将会是一个幸福的人，我将与万物称兄道弟又相敬如宾。可是，我不是自然之子，时代的大浪将我推向世界，世界太大，超出了我的理解能力，我成了一个总是猜疑的人。爱是怀疑，信仰是怀疑，知识是怀疑，我对世界缺乏信任，我怀疑存在的一切，包括我自己。我像个需要喊魂的人，或者，我是一个没有灵魂的人，处在焦虑与游离之中，世界被我拆卸得支离破碎，没有一面完整的镜子能让我照出清晰完整的自己。

此心安处是吾乡，我知道，我必须做出选择了，寻一条路求索，择一城终老，立一座庙皈依，好让自己的心安然踏实。如果说神鬼的本质是灵魂，那灵魂的核心就是安宁。想获得安宁，首先你必须选择去相信。如果我的肉身是一座庙宇，那庙宇会以什么样的形象出现？是教堂道观，是佛寺山川？云南大地上有三万多个神灵，那么多的神明，哪一个更接近你的灵魂？

小时候，父亲总喜欢在家门口放一块石头，他说石头里有神住在里面。我不敢回嘴，但心里却讥笑父亲迷信。后来阅读、经历，有些道理渐渐从万物中浮现。儒家，藏传佛教，道教，天主教，基督教，东巴教都曾出现在纳西人的精神世界里，就灵魂而言（灵魂的另一个名字叫"心"），儒释道是内向的，不论是强调"性灵"的道教和佛教，还是注重"礼仪伦理"的儒家，他们都偏重通过内心的探索和精神的体悟，完成对存在的终极追问，达到由内而外的平衡和圆满。克己复礼为仁，修心，参禅，都是围绕着"心"展开，《佛陀》里写道："每个人必须从自己的存在中寻找真理。"

东巴文化则是外向的，它强调对外在——"天"——的遵从，纳西民间至今流传着"纳西祭天大"的俗语。"天"在纳西人的原始思维里，和儒家的"大同"、道教的"道"、佛教的"梵"一样，都被认为是对世界内在规律的概括，是"宇宙原型秩序"的化身。因为"牲祭"和"天启"的特点，东巴教被归为"原始宗教"，传世经文中的故事也被定义为"劝诫故事"。

"原始宗教"——这一划定让东巴教看起来像是老古董，布满灰尘，气喘吁吁。地理环境，经济发展，政治需要制约了东巴文化的发展，当物质发展到一定阶段，精神需求也会随之改变，而当物质发展缓慢滞后，精神则成为维系生存的关键。2016年时，和朋友到中央民族大学博物馆参观，几乎每个展厅都有纳西族的物件展出。从服饰文字，到器物宗教，纳西族创造的文化独特鲜明，让我震惊又骄傲。一个小民族能在恶劣的生存环境中不断繁衍生息，并创造出大文化，我不得不寻着根追问脚下的大地究竟有怎样的神力和灵性？

你不能忽略：真相其实比你想象的要简单，越简单，越接近本质。

万物有灵，尊敬自然，心怀感恩，和谐共处。我想，纳西文化中的东巴精神是世界性的，也是本源性的。这精神与世界许多民族的精神相似，也和当下全人类面临生态恶化而产生的思辨相契合，我们所秉持的生态理念，或许是社会发展必然回归的源头。

十月，我们在东巴王故里的铁杉树之王的旁边"祭暑"，几个年纪和我相仿的东巴在一口泉眼边焚香念经，木烟氤氲，香雾四散，恍惚间，我仿佛置身于一座巨大的庙宇中，画满象形字的东巴经书里安坐着一尊尊神明，念诵的停顿处，有我虔诚的拜服。我想起了聂鲁达的诗句："你从所有的事物中浮现，充满了我的灵魂。"是的，神明从所有的事物中浮现，充满了我的灵魂，那一刻，天地安静祥和，充满灵性，我像回到故乡老宅二楼正中的房间里，正对家族的牌位，也正对着护佑族人的家神。房间里凝结着一层积年的霉味。我恍惚看到那家神在暗淡的光线中静立，有着与我相似的轮廓。我终于看清了我自己。家神的声音从另一个世界传来：善待万灵，物我和谐。我知道我什么都不必说，灵魂是不需要表达的，让你安宁，就是灵魂的话语。

尾 页

2012 年,第一次出云南省,第一次坐飞机,我去了西藏。
2014 年,杭州,上海。2015 年,成都。2016 年,北京,江西。
我在书房墙壁的地图上标注想去的地方,地图涂画得像我的手稿。
我在地图下面写:遇见自己。

(发表于《民族文学》2018 年第 9 期)

木呷的多重身份

党员木呷

"今年是我国脱贫攻坚的决胜之年,在云南省丽江,驻村扶贫第一书记吉克木呷常年奔波在大山深处。在驻村期满后,他仍主动要求继续留下,他说,要站好最后一班岗。"这段话来自中央电视台 13 频道 2020 年 5 月 6 日午间的《新闻 30 分》栏目,新闻的标题是:《吉克木呷:站好精准脱贫的最后一班岗》。

吉克木呷是谁?这个问题答案千种,对于我来说,吉克木呷是我的同事,他一直在丽江市宁蒗县春东村委会驻村扶贫。春东村深藏在金沙江畔的大山深处,是宁蒗县最偏远、交通最差的一个深度贫困村,全村 522 户人家中有 164 户贫困户,贫困发生率高达 38%,这样的脱贫攻坚战,在我看来,压力很大。可以想象木呷不停地在苍茫大山间穿梭,走在雨后泥泞的山间乡道,或者顶着风云烈日眺望"东边日出西边雨"的扶贫路。我无法体会木呷行走山野的疲惫,汗水浸湿了衣服,后背黏稠和痒痛;也无法体会,扶贫路上的饥寒熬煮,他站在斜坡上,手支着大腿眺望,那一刻他是否想起远方的故乡和亲人。我无法虚构同事木呷在扶贫驻村生活里的真实,但我知道,这期间一定会有心酸、疲惫、孤独和困顿。

当我的同事木呷出现在中央电视台的新闻里,我为他欣喜,这是对奋斗人生的肯定,但更值得人起敬的是默默的奋斗。但我在心里深藏着迷惑:木呷的内心藏着怎样的核能,有着一颗怎样的初心?

我相信,木呷一直在努力着,他秉持着一种信念,坚守着一颗初心,这颗初心蕴含着无限的力量,推着他向着期待中的自己努力。在他内心最深处、最深沉的渴望里,一定希望自己成为一名优秀的共产党员。是的,这就是他的初心。在他入党宣誓、高举右拳、声如洪钟时,他已经立下了这个目标,他跋山涉水、脱贫攻坚的路,就是通往自己的路,通往"党员木呷"的路。

翠玉乡、牦牛厂、东坡甸、胜利村……数不清他是第几次、几十次走在这条路上了。在羊肠箐一棵开满白花的树前,我们停了下来。木呷说,一个月前,摄制组和他在这里拍摄新闻,四月间,却大雪漫天。木呷静静地看着那一树白花,时光飞逝又似曾相识。从一地白雪到满树春花,木呷走过的不只是冬春,不只是苍茫大地十万大山。那棵树是他初心的见证者,也是他心路的参照物,他一路走着,走过山河的冬夏、草木的春秋,走过建档立卡户脱贫的生活点滴,走过大地的巨变和自己的蜕变。现在,我走在他熟悉的路上,遇见了党员木呷,也将遇见奋斗人生中的每一个他。

诗人木呷

我最初认识的木呷是位诗人、小凉山诗人。

王小妮说:所有的诗人都是预先认识的,在内心深处,我与木呷是有一些"我自以为"的诗人间相惜和敬意的。诗人是我们隐秘的身份，潜伏在光阴与天地之间，为山川湖泊抒情，为星辰大海守秘。在没有和他有深入了解的交流前，我开始从他的诗歌的字里行间寻找高山流水的蛛丝马迹。我很喜欢木呷的诗，他的诗，像他这个人，诗意朴素，语言自然简洁，意义晓畅内敛，开阔的视野下常常把目光和真情倾注在柔软的细节上，而在他诗歌的结尾，又常常藏着小小的撬动，能让你随着蚌心里的沙粒，一起疼痛，又一起惊喜。木呷心有万物，所以，万物充满了他的灵魂，在诗中浮现，平凡普通却闪着光芒。

初见木呷，他腼腆、内敛，说话的声音很轻，说话时带着微笑。就是这样一个人，他的诗却是他心灵的密码，一个个落到白纸上的黑字，像黑夜里回家，不自觉唱起的明亮、悠扬的乡谣。木呷的心事藏得很深。

> 今天在派出所
> 看到一位彝族老妈妈
> 正在办二代身份证
> 采集指纹时
> 机器却怎么也读不出
> 她的指纹
> 看着她长满老茧的手
> 粗糙如树皮
> 我的心里一酸
> 想起了远在老家的母亲
> 我猜啊
> 能读出她们指纹的
> 也只有家里那一亩三分地了

许多影子在木呷诗歌里晃动，只言片语间，白纸上黑色的抒情，慰藉他客居的乡情。公鸡、羊；洋芋、苦荞；吸烟的房子、彝人的火塘；毕摩，族谱，一个纸上的故乡被临摹而出，山川万物在拟人和隐喻间，渐渐升腾到他精神的高原。在他精神的高原，有故乡、有云贵，更有中国。今年初在与新冠疫情的战斗中，木呷带着队员挨家挨户进行排查，当一天紧张的工作结束，他依然走在战"疫"的路上，那时的他是"诗人木呷"。心怀着诗人的悲悯和责任，他写下了《戴着白色口罩的月亮守住了村庄》：

1

一到晚上

月亮总是戴着白色的口罩

出现在我们上头

2

夜色在山峦间

不断传染

轻轻地思念一遍

就无法隔离了

3

月光有毒

天上的星星太多太近

即使两三颗落下来

也被我们排查成

万家灯火

同事木呷

我经常在朋友圈看到木呷走村串户留下的照片，照片略去了长路和冷汗、高山和烈日，只留下和建档立卡户沟通的场景，寥寥数语做备注，如同警句，铿锵有力。"催建房，拆旧房，硬化路""厕所革命宣传""人居环境提升工作"……我所看到的，不过是扶贫生活的万分之一，也无法穿过图片和文字触摸到扶贫工作的艰难困苦和任重道远。与木呷的近距离相处，大多是在我们去春东村走访扶贫户的时候。木呷中等身材。在我印象中，他的衣着固定、保守——黑色帽子、深色夹克西裤、黑皮鞋。鸭舌帽下，是木呷端正清秀的五官。想来扶贫路上风尘泥淖，深色衣裤耐脏耐揉，又不失稳重踏实。

不多的闲谈间，我得知木呷是四川凉山州人，2002年中专毕业后，就到宁蒗县工作，18年来，他一直在宁蒗的土地工作，播撒光热。宁蒗的山川，属于小凉山，而木呷的家乡，在大凉山。我问木呷，是否时常回去。他说，以前一年回去一两次，现在扶贫工作忙，已经很久没有回故乡了。我继续问，你家乡那边也在扶贫吧？他激动地说，是啊，扶贫后家乡变化很大。对于他来说，大小凉山，是他连成一片的故乡。

四月走访扶贫户的工作结束了，同事们就要回丽江城。这时候，木呷和驻村的同事来送行，同事开起了玩笑：木呷，你同事们要走了，你一个人留在这，待会不要哭啊。我感觉木呷的背影颤了一下、缩了一下，某种情绪像刺猬遇险，将柔软的肚腹收往内里深处。这是我的捕风捉影，我无法透过背影看到他内心的激荡，而木呷、我的同事，只是轻笑了两声，云淡风轻，不露心事。

彝人木呷

听彝族人唱歌，我脑海中升起了彝人的故乡。那是很美的地方，在山顶，白天开满了索玛花，夜晚开满了红火把，羊群在云朵间捉迷藏。荞麦翠绿，零星开着细碎的小白花。木楞房建在向阳的山坡上，房里的火塘燃得正欢，茶罐里的水唱着低音，应和着阿妈的歌谣……

2017年11月，我第一次下乡到宁蒗县翠玉乡。晚上我们围坐在火塘边喝酒，我发现，来敬酒的普米汉子们都不叫木呷的名字，他们端起酒碗，迈步过来，冲着木呷喊："吉克。"

"吉克"，是木呷家族的名字。

家族的姓氏如同徽章，是我们的堡垒、坐骑和后盾，是不能被辱没的。在敬酒的呼喊中，我能听出语气中的敬意。但这种敬意并非来自血统。那些普米族汉子，有着自己的生场与血地、鬼怪和神明，他们是另一条河，但他们确实是带着敬意和亲切去称呼彝人木呷的："吉克，来，喝酒。"

决定我们的不是记忆、血脉、家世，而是行为。木呷身上带着他的大凉山、家族和故乡，将自己深沉的爱浇灌在异乡。他甚至比一个土生土长的当地人还了解这片天地，他去过许多当地人都没有到过的村子，那些早已异地搬迁的"空壳村"，木呷走到过；贫困户建房、人居提升、产业验收，这些关系到当地老百姓生活的细节，木呷努力做着；下雨了、进村的路断了、建房子的材料拉不了，木呷忧心着。行为决定了你的人格，我们是各自家族的骨头，那么，彝人木呷就是吉克家族的一块硬骨头。

某天在朋友圈里看到一则新闻："2019年云南吉克家族奖学金颁奖暨募捐仪式举行"。点进文章，发现是云南吉克家族为品学兼优的学生发放奖学金。文章下有许多支持家族教育的留言，读来充满能量。后来我跟木呷聊到此事，表示钦佩，他才说，吉克家族奖学金是他和家族的一个企业家共同发起的，由家族共同捐款资助家族中优秀学子的一项民间助学活动，一年举行一次。

书记木呷

电话响了。

宁蒗县春东村村委会第一书记、工作队长吉克木呷将视线从电脑上移开，扒开办公桌上堆积的表格找手机。旁边同事接通了电话。相同的铃声，木呷没有来电。做了一早上的材料，木呷头晕眼花。休息一下吧。木呷点开通话记录，上下划着。今天手机出奇地安静。中午开会布置工作的时候，木呷感觉手机在兜里振动，抽出手和眼，拿出电话看：没有来电。木呷心里空空的。打起精神，下午还得入户督促危房改造问题。这些是日常，一个驻村第一书记的日常，也是一个扶贫工作队员的日常。一切都围绕着扶贫工作展开，贫困户建房、人居提升、危房改造……

向信用社借了车，木呷和队员们又开始奔波。一路上，手机一反早上的安静，响个不停。其中，一个未知号码来电。接通了，是一个春东村村民打来的。村民激动地说，干儿子，我在电视上看到你了，没想到你连晚上做梦都是有关扶贫工作的事，辛苦啦。木呷眼睛湿润，挂了电话后又有些诚惶诚恐，扶贫是他的本职工作，是他该做好的事情，这样一宣传，反倒让自己生出不踏实感。

挂了电话，木呷的心思又回到"路"上来。这两年，翠玉乡春东村已经基本上实现了道路硬化，相信很快就有通畅的水泥路，到时候，运送建房的水泥等材料就会方便，优质花椒、核桃往外运送就方便了。

扶贫路何时才能成为致富路呢？一路上木呷都在想这个问题。他时不时拿出电话看看，这些天总是有错觉，觉得有电话打进来。

回到住处，木呷躺在床上，他拿起电话，点进通话记录，上下划动。当一个熟悉的号码跳进眼帘时，木呷突然想起，已经有好几天没给妻子和儿子打电话了。木呷想起在丽江的家，想起远在四川的故乡，一时间千头万绪，患得患失。木呷拨通了妻子的电话，停了两三秒，又马上挂掉。

木呷深吸了一口气，又缓缓呼出。今年是脱贫攻坚的决胜年，十分关键。宁蒗县委领导多次来到翠玉指导工作，对现阶段春东的扶贫工作给予了高度肯定，希望顺利实现春东村脱贫出列的目标。木呷也对此充满信心。但是，今年已是他到春东村扶贫、做第一书记的第四年了。这些年，家庭的重担也一直压在妻子身上。木呷也希望能够陪在亲人身边，可是，作为春东村第一书记、工作队长，扶贫的重担扛在肩上，假如换一个书记、队长，势必会影响春东村脱贫的进度和质量，这个时候不能有丝毫的松懈，木呷已经决定站好最后一班岗，他已经将自己的决定报告了宁蒗县委领导和市文联书记，但他没有告诉家人，他不知道怎么开口……

窗外，雨又开始下了。

亲人木呷

在春东村很少有人叫他——"木呷"，年龄大一点的叫他"干儿子"，更多人喜欢叫他"木呷兄弟"。无论是叫"干儿子"还是"兄弟"，其实都意味着老百姓把木呷当作亲人、亲人木呷。春东村杨建花说：因为他（木呷）对我们太好了，他变成我们的亲人了。

亲人间总有些牵挂，牵挂就会织出许多故事。关于木呷和他的亲人们的故事，我听过很多，比如"熊采独玛的白房子"，比如"李衣生母的奖状"。

"白房子"，这是熊采独玛对自己的新房子的称呼，当我听到这个词时，内心欣喜地赞叹人们的创造力：语言在生活里才是最鲜活的。我到过熊采独玛在胜利村的家，房子是传统的木楞房，房顶灰黑，木楞粗糙，屋内昏暗，却漏着风。房檐下杂乱、参差地晾晒着衣物。院子内老母鸡带着一群刚孵出不久的毛茸小鸡仔四处啄食，猪牛关在正房的下层，我能闻到一股猪牛粪便和湿草被捂闷过的混杂气味。

木楞房里装存着漏风滴雨的冷色生活。木呷入户调查后，识别出符合条件的十七户贫困户，熊采独玛家就是其中的一户。纳入建档立卡贫困户后，熊采独玛家享受到一系列精准扶贫政策，搬离了胜利村，做起了小生意，盖起了新房。我到过她在翠玉的新家，是现在常见的钢筋水泥房，相较于木楞房里的生活，现在，熊采独玛像是住在一个梦里。她说：感谢他们，要不是他们，住不上这样的"白房子"。

木呷在李衣生母家的墙上看到一排奖状。之所以会注意到这个细节，我想大概是因为木呷想起自己正在读书的儿子。或许会有一天，儿子通过电话视频向木呷展示自己刚得到的奖状，带着骄傲和羞涩，急切而激动地和父亲分享自己的喜悦。但木呷没想到的是，成绩优异的李衣生母居然辍学了，并且是在高考前两个月。那时是 2019 年 4 月，开展户户清工作，木呷来到李衣生母家入户调查，奇怪地发现，为什么成绩那么好的学生 1 月份就辍学外出务工了？

木呷或许没有意识到，当时的他处在一个两难的境地。作为第一书记、扶贫队长,自然是希望自己负责的贫困户全部脱贫。李衣生母选择辍学,为家庭减轻负担,并且早日去务工,能给家庭带来一些经济收入,能顺利脱贫,也能让弟弟继续求学。但木呷并没有这样考虑,他马上打电话给李衣生母的父亲,让她父亲告诉李衣生母,说扶贫工作队让她必须回来参加高考。

是因为那张奖状,因为想到儿子,因为木呷想到了从前的自己?曾经有那么一刻,或许木呷也面临辍学的处境,所以他知道需要有人站出来帮助李衣生母,这只是一个小小的帮扶,但对李衣生母,却意义重大。知识能改变命运,读书,在木呷看来是改变人生的一条路。

父亲木呷

读小学的木果在造句。

老师安排家庭作业——写生字"吗""怎么",然后造句。木果左手抱头,咬着铅笔,绞尽脑汁。书桌上的闹钟发出"沙沙"的声音,木果想看看时间,突然,他看到了他们一家人的合影,一下就知道自己要写什么了。木果用歪斜、稚嫩的笔迹快速地写下他这个孩童对世界的大疑惑和小心事。他写下:"爸爸怎么天天去山上?""爸爸你现在走吗?"

这是让人心颤的句子,也是让人心疼的句子。爸爸去"山上"了。木果可能无法理解"精准扶贫"这个词里包含的艰辛、漫长和重大,也无法理解父辈们为之奋斗的初心、使命和责任。他无法感受国土上正磅礴展开的激情事件、伟大进程,对于他,能感受到的,是一种小小的稚嫩的委屈。父亲太珍贵了,珍贵得,像是节日。

对于木果,从他出生那一刻,"父亲"就因为他而天然地存在着。而对于吉克木呷,他并非生来就是某人的父亲。木呷也在"造句",他造的句,也是关于"父亲"、如何成为一名父亲。当木呷读到儿子的造句时,心中肯定是五味杂陈、有如刀割的。疼痛让人成长,木呷也在努力成长为一个父亲。他要如何给自己,也给儿子造句,一个关于父亲的句子呢?

这个句子里,要有父亲和儿子、我和你,要有爱和思念,要有陪伴和离别,要有两个人的心心相印,也要有体谅、包容和期待。更重要的是,"父亲"这一道题的答案里,木呷要身体力行地填写下男儿的责任、坚定的目标和崇高的意义,像一张地图,但在某个时刻,能让儿子明白平凡世界的道路,让他明白奋斗人生的意义。

如果要以"精准扶贫"这个词来造句,你会写下什么?我们都知道,"扶贫"造的句子会很长,因为这个时代的人们正在大地上"造梦",一场富强民主文明和谐的"中国梦"。无数的人在努力着,为中国梦添砖加瓦,浇筑心血。这是一个时代的造句,这是无数人的造句。虽然有分别和苦痛,但总有一天,当木果明白自己的父亲为之奋斗的扶贫事业意义重大而深远,我想,他会在自己关于"父亲"的造句的结尾处,写下一排入纸三分的感叹号。

凡人木呷

2020年5月6日,中央电视台13频道《新闻30分》栏目中,介绍吉克木呷扶贫事迹的新闻的最后,木呷的妻子出现在画面里,她说了这样一段话:"我身边也有很多这种扶贫工作队的朋友,其实他们跟他(木呷)一样的,也是很长时间回不了家。并不是说他(木呷)有多特殊,在这个群体里面,他就是普通的一个。"

(发表于《昭通日报》2021年5月25日)

薄　地

母亲的故乡，是我的母地，有我的阴柔。

由南向北的横断山，我将它分为阴阳。以长江第一湾为界，以东，父亲的拉马落、我的以"虎"为名的父地；以西，我的生来阴柔、深藏慈悲的母地。

少时回家，每当转转悠悠的客车，逆着金沙江，载着昏昏睡睡的我，转过长江第一湾，我的心，便充盈着平和与安宁。我知道，我可以安然无忧地睡去了，因为母地到了，因为这是属于母亲的地域，因为这就是母亲。我当然知道，旅途还长，那个叫士旺的汉族小村要黄昏时才能到，但我笃定安然地睡着了，像落入母亲的怀抱，青青的松涛，母亲轻轻地唱；缓缓的江水，母亲缓缓地歌。我一直沉下去了，像一颗小小的金沙，沿着金沙江的漩涡，一路漂到梦的下游，沉入柔软的河床，沉入梦中的梦中。

这片狭窄绵长的母地，阳光温和，江水舒缓，江风里飘荡的传说，土地上生根的习俗，都有着阴柔的气质与慈悲的质地。在丽江红岩（地名）对面，打蜡（地名）的赤壁山崖中，因出嫁回头，被风吹进山崖的土司女儿阿撒咪，至今仍困在里面，日夜啼哭，告诫纳西姑娘，出嫁莫回头；观音菩萨慈悲为怀、拯救百姓，学鸡叫、告天明，那条企图堵石成海兴风作浪，趁夜赶往虎跳峡的恶蛟误以为天亮，便弃石而逃，从此，江心多了一块鸡公石，江边多了一颗菩萨心；而在我们江边人的口头禅里，最有特色的一句惊呼，是将威严、雄伟的"老天爷"，唤作尾音长且轻的惊呼："老天妈耶，老天妈。"所以，在母性之地上，"天"也是母性的。

黄昏时，我们回到小村土旺。第二天清早，吃过阿舅打的微苦的酥油茶，便和表哥表姐放猪去。是的，就是去放猪。后来我问母亲，为什么土旺村里会去放猪，其他地方都是关在猪圈里喂猪啊。母亲悠悠地说："因为，穷。"好吧，放猪就放猪吧，我们兄弟姐妹拿着竹条"吆猪"（赶猪），大猪摇头晃尾，小猪小碎快步，上土路，前往山脚下的树林。冬天，万物因寒冷而显得克制，他们收了颜色，缓了心性，入了定，就连空气都比平时清淡。也正因为这样，清晨照进横断山河谷山脚的阳光才如此透亮。就是在那里，我们遇见了她。

关于她的记忆，鲜艳又鲜活。

她成片地长在村外的山脚下。穿过冬枯夏荣的田地，她们就在那里，像江水，像卵石，像松针，像流过的云和扬起的尘，并没有什么特别。和别的树木一样，她枝褐叶绿，借着一点不多的风水，万物生长，独自枯荣。我们不知道她什么时候抽芽，什么时候开花。她矮小、瘦弱、沉默，如同空气。直到有一天，在你平日经过的地方，她突然就站在那里，一身火红，一声惊艳，如雪地红狐。疏朗的叶间、细瘦的枝上，一串一串，或红或黄、色泽鲜亮的圆小果粒，紧紧抱在一起，珊珊可爱。仿若突然亮起的火把，那树一反常态，热烈中带着张扬，一棵一棵连成片，在山脚染出一条狭长、弯曲的洪流。

她的味道，微微酸，再咀嚼，便会有细湿的沙粒感传来。用我们的方言来形容：这种果，有点"沙"。除了能吃，我们将小红果用针线，一颗一颗串起来，像佛珠一样挂在脖子上、绕在手腕上。

这树，有许多名。纳西话里将树和果分开称呼，"瑟呗"指果实，"合呗起"偏重指树；汉语学名叫"火棘"；在西南偏西北的官话里，有人因它的火红，叫她"火把果"；云南许多方言称其为"出军果""当兵粮"；而在我们江边，在金沙江水一样轻滑的口音里，并没有人叫它"火棘"或者其他，我们甚至不知道这树还有这样多的陌生的名。这树连同她的果，我们叫她"豆鸡孃孃"。

是的，就是叫"豆鸡孃孃"。

这个名字，是母性的，阴柔里带着慈悲，轻快中含着敬重。仿佛是见到一位亲近的长辈，满心欢喜地叫唤。在江边口音一声声抑扬顿挫偏重阴平的轻念中，豆鸡孃孃渐渐被镀上一层拟人的善意和仙化的神色，在我的想象里，她近乎于"观音"：一位济世度人的仙母，为度世人，幻化成树。这是一种善意、一种爱意，更是一种对历史和土地的敬意。

我曾问母亲，为何这火红的果会有这样一个阴柔而慈悲的名字？母亲说，大概是因为它的形状很像鸡豆，又像鸡的眼睛。我觉得母亲的解释不通透，解释了"豆鸡"的由来，那为何要在后面加上一个女性的称谓呢？

后来，朋友和剑猛找来《滇南本草》，疑问才有了合乎情理的解释。原来，我们的祖先早已将这可以清热解毒、止渴止泻的果实入药。《滇南本草》里记载其名有曰"豆金娘"。"豆"指其形如豆，"金"取其形色像金元宝，"娘"隐喻其可充饥、可入药的再生之恩。她还有许多因地而异的别名，如赤阳子、救军粮、赤果、纯阳子、火把果、红子、救兵粮、水沙子、小红子、火棘等等。有一次，问及阿舅，阿舅告诉我：当年，红军经过江边一线，在这里渡江。那时青黄不接缺粮少菜，忽然见到山野中成片成片的红色小果，便拿来充饥。军队解除了饥饿的威胁，便给这红色的果起了一个根正苗红的名字——"斗饥粮"。

阿舅解释到这里，喝了一口酒，咂咂嘴，似乎想补充什么，但最后什么都没说。我只好根据姓名捕风捉影。我是诗人，诗人们都迷信：命名就意味着命运。我将名字后的命运相连，猜测出个轮廓：不管是"斗饥粮"，还是"豆金娘"，都是母地苦难的见证。苦难的年岁，艰于饥寒，妄谈诗书，"斗饥粮"里的艰辛热烈，"豆金娘"里的苦痛恩情，都不是乡亲们所能意会言传的。乡民们就着口音乡情，把"斗饥粮"和"豆金娘"误传成了"豆鸡娘"。岁月变迁，山河故人，在乡野神鬼浸染和方言习俗的窜改下，这树名，渐渐褪去了鲜亮的颜色，渐渐变成了朴素善良、身怀母性的"豆鸡娘"。又过了些时日，大概是方言习惯（人称叠音，亲切）和江边口音（偏重阴平，轻滑），我们给"豆鸡娘"，加上一个尾巴，再由轻滑的口音读出，仿佛是在虔诚地呼唤一位仙母：豆鸡娘娘，豆鸡孃孃。

再后来，在丽江山野偶见豆鸡孃孃，故人一般温暖，只是改了名、换了姓。依旧是火红色，像小小的元宝，成群结队拥抱枝头。摘下几颗放在手心端详，随后放进嘴里尝，依旧是微酸、略沙。我的记忆又开始荡漾了，我回到江边山间，嬉笑着呼喊她的名字：斗饥粮，豆鸡娘，豆鸡孃孃。

我想，如果世上有摇钱树，那就该是豆鸡孃孃的样子。

故乡是我们主动刻意离开的，当我们离去，那片乡土，已然故去。

而文人的使命和迷信，又时时追迫着我回到故乡：知己来处，方明去向。

每个人都可以用故乡给自己命名。所以，你可以叫我"滇西北""中甸人",或者"江边人"。所以,除了大名小名,笔名绰号,我还有一个与亲族共享的名字,我的名字叫拉马落。

我的名字叫拉马落,那是我故乡的名,是我的父地,我苦难的前世、我的梦境与伤口。松木蘸着金沙江水,一笔一画搭建了我们名字,白天,我们在名字中间,圈养五谷和六畜;夜晚,我们用松明点亮青瓦白墙、房檐堂屋。我的名字叫拉马落,名字里葬着我的父亲,垒砌的汉字像墓石,掩去了消逝的亲人,最后我也将在这个名字里长眠。

我的名字要用失传的纳西古语读出,抑扬顿挫的音,像唇齿间奔过金沙大江,远处雪山深涧回荡着涛声如虎啸。我将故乡带在身上,像带着一口泉眼,像带着一星火种。我的名字,是我羁旅的开始,她是离别,是路途中含在嘴里的古调,歌里有我断去的根、悲怆的魂。

如果我能够魂化成一棵开花的树,长在故乡的山野,我期望我是一棵桃树,一月枝寂寂,三月花灼灼。我想住在桃花岛,听一曲碧海潮声;我想去往桃花庵,桃花换酒钱;我想追随桃花仙人,在桃花里归隐。如果,我能一厢情愿地在故乡的风物中,选择其一作为父亲的魂器,我会选择祖屋后院,那棵嫁接的梨树。

父亲是一棵嫁接的梨。

也许你会问,世间花树千种,为何我单选孤梨。我会念给你刻于心碑的诗句:"我一直在想象离别该是什么颜色／想来想去,满眼都是洁白的梨花。"

一棵嫁接的梨树,父亲带走了根,我们慌张地枯萎。

记忆,只会记住痛点。在我的稀薄而粘连的记忆里,某块碎片,时常反射出穿梭时空的白光,带我重回父亲嫁接梨树的场景。那情景带着宿命式的寓意,为我的命运,悄然命名。在一团飘浮的微白略冷的冬末阳光中,在拉马落祖屋的后院里,那棵嫁接的梨树一直寂寂成长。不知什么时候，它高过了我，高过了土墙，高过老屋，它触摸着天蓝，捕清风、捉日影，作为一棵树，枝与根是它的手，一只拥抱太阳，一只抚摸地心。

生命是何等玄妙，一个年幼的少年怎能想到，一棵被腰斩的梨树，在它平整的伤口上，竟能够涅槃出巧妙甜美的生命。我惊异于嫁接的神奇，认定这是自然神的法术，比点石成金更有魔力，比百花斗雪竞放更有故事。

嫁接是为了优化树质，增强抗性，促进丰产。我站在父亲身边，看父亲锯断树干、刀切木心、寻来新枝、削穗如坡、插入树心、紧密绑扎。一截被塑料层层包裹的树桩上，突兀地立着一个纤细但倔强的枝头，这细小的脑袋来自另一棵根深干粗、叶茂果甜的梨树，它是她的孩子，是她的野孩子，被割离了母体，在另一棵树身上疼痛、愈疤、生长，并梦想着顶天立地，结出甜而多汁的果实。

大爹说，那棵梨树是我父亲离开拉马落时亲手栽下的。后来，他又亲自为它嫁接，待之如子。不知那时的年轻的父亲有没有想过，那棵嫁接的梨树，其实就是他自己。

嫁接，势必要离开父地母体，势必要如盆景，将故地的风景微缩，在微薄的盘缠和浩瀚的时代中，悄然生长。父亲被嫁接到了哪里？他纤细的枝，伸向哪一片天空？他倔强的根，又啜饮着哪一片土地的暗泉？

父亲被嫁接到了城里，嫁接到了严寒、缺氧的高原小城中甸。父亲是他兄弟姐妹中唯一一个开始在城里生活的人，而我的兄弟姐妹，如今，大都在城里生活，当老师，做警察，同样日出而作日落而息。我不知道，年轻的父亲是否曾为乡愁与城忧所困扰。有时候，父亲也只是另一个人，我无法洞悉他幽闭的内心，无法获悉他隐痛的心伤。或许，在城里的生活，他带着乡音井、母语江，伤口像笑脸。

城市是什么？或者说，"城里"是一棵怎样的树？

曾经，甚至是现在，"到城里生活"这个繁华的绮梦，装盛着一代又一代人的期盼和焦虑。这么多年了，中国依旧是农村包围城市。到城里生活，跳过龙门化为龙；到城里生活，那里遍地黄金锦衣玉食。

我不敢妄论城市的膨胀与浩大，它有它的文明；我不敢妄言村庄的枯萎与消逝，它有它的神灵，但无可否认村子里的年轻人越来越少了，我们忧伤地唱着乡愁的歌，却不愿回到故乡、回归土地。故乡太慢、太旧、太沉。我们更愿意生活在城里，比起封闭、缓慢、劳苦的乡村生活，我们更享受城市化给我们的便捷、高效和舒适。城市是一个移动的城堡，故乡一直在彼岸，台湾作家骆以军说："故乡是回不去的。"

芸芸众生的命运大多由时代填写，乱世出英豪，盛世造楷模。其实到城里生活，不过是弱小者对时势、对时代的顺应，城市化是趋势。我父亲不过是早走了一步，他的生命如同嫁接之物。

在城里生活的人们，如你如我，如你的父辈我的父辈，其实一身困窘，满心困惑。天下无忧的时代，并不多，即便是在隐士辈出的魏晋，即便是在文人向往的盛唐。大时代下，普通人过的依旧是小生活。一地鸡毛，情感牢狱，没有人能摆脱，没有人能洒脱。

曾经，"城里孩子"是我身上不伦不类的标签，而我又不是纯粹的城里孩子，我们更像是小城镇与小村庄的混血，像游走于昼夜的蝙蝠。身份的认同，一直是我顽固的焦虑。我像三窟中的狡兔，对我的出生地闪烁其词。我的焦虑源自我农耕的命性，却失去的土地。城市的形式千般，但它的灵魂依旧是土地，没有土地，何来故乡？我并不是想拥田地、做地主。土地上，有节气、有耕耘、有活法、有魂路，对于猛兽般成长的城市，我缺失的是一种指引我行走的活法。

某日，为朋友寻医问药，兜兜转转，在昌洛河附近的白墙巷里找到医生家朱红的大门。在门前,一块上尖下宽、高尺许的石头又带领我穿越了。我想起父亲也喜欢在家门口放一块这样的石头。起初我不知所以,现在我知道这是纳西族的"白石崇拜",石头是"东神"和"色神"的化身,立门前,佑家人。那一瞬间,失语的民族之魂,在我的血脉里,悄然苏醒,像一根幼小的枝头,嫁接到了我的心桩之上,在我生命的木台上,萌蘖。

不论是嫁接还是混血,活着,就要有灵魂和神明。我想,这些记忆是父亲教给我却未来得及说出口的话语。

贾平凹的书里说:"你生在那里其实你的一半就死在那里,所以故乡也叫血地。"

故乡叫血地,而血的故乡是土地。我想,如今生活的这片土地,让我小心翼翼又耿耿于怀,无法从容,无法嚣张,无法深沉或是狂妄、深爱或者久恨,或许是因为这里不是我的血地,没有我已死的另一半,也因为我的血,从未落下、从未融进这片土地。

如同对待隐疾,我像三窟狡兔,对出生之地闪烁其词。是时候该坦诚了——对自己坦诚、对生活坦诚、对神明坦诚:我奔生赴死的血地,不在我阴柔慈悲的母地,不在我名虎阳刚的父地,而是在狼毒如血的高原、名叫"中甸"的小城。我的血,都落在了高原的土地上,我的血,就是狼毒;我的伤,都融进了小城的土地里,我的伤口就是狼毒花。如果一支画笔将伤痕相连,我可以看到另一个残破的自己,随之而来的还有因痛、因惧而铭刻脑海的记忆。

伤痕,是记忆储存器,今天我要讲述,我的伤痕。

身上依旧清晰的伤痕,多半来自于童年。童年无畏的鲁莽,薄而锋利,我总是会弄伤自己。我想象着那些离开我身体的血,仿佛我瘦弱的身体是座监牢，是我囚禁着它。如果血能出声，它们一定是欢呼着逃离伤口、遁地消失的，留下血痕提醒我，终有一天，我也将归于尘土。现在，我很少弄伤自己，不再会为一个鸟窝上树，不再会为一团蛙卵下水，那些皮肤下的血，成了暗河，隐了身形，悄然流淌。

多数的伤口，我都能忍住不哭并且自行包扎，大人不适合做同谋者。"千翻儿娃娃不消打"，包扎伤口，是一个顽皮少年消灭罪证必备的技能，因为，能弄伤我们的东西，多半是大人的禁忌。我用吸水性极好、触感极差的卫生纸一层一层、木乃伊般包住伤口。血从深处浸了出来，开出了一朵红花，但最终没有再逃离。我成功镇压了一次叛乱，虽然那祸端，是源于我自己。历史，也大多如此。估计着血已凝住，我剥掉手指上因吸血而显出苍白的卫生纸，伤口处仍有血污和胀痛。我又多了一道伤口，多了一个同谋者，它是我身体上的史记，也是罪证。

也有我无法自救的伤口。

一头斗败的公牛，失去了一只角，而我在一场童年追逐的明争暗斗间，多了一只"角"。世间讲求对称的美，失去了参照，如蛇和犀牛，它们的美，另类、怪异。痛，我早已忘了，有时候我甚至忘记我右额有这样一道的伤痕，每当我扶额凝思，便会触到小指盖大小、坚硬如头骨的突起，我才恍然惊觉它的存在，它是我的阴影，它是我流逝的血的坟碑。

战胜我的是一块尖角石头，它和其他石头即将深埋暗地，成为房子的"石脚"（地基）。深埋地下，才能撑起天堂，我的血，就当作是献祭的牺牲吧。战败的屈辱，化成了我体内的一块石头，镶在右额，时刻提醒我肉身柔弱。因为疼痛，或许是恐慌，我尖厉地号哭。泪水模糊的视线下，我看到一起玩耍的亮东胸前开出一朵硕大的红花。亮东左支右绌，一只手捂住我额头的血洞，一只手拼命地在自己的白T恤上擦拭溢出指缝的血，他的白T恤，全是血手印，他左右轮换的样子，像是在补天。

原来，血和时间一样，再细柔的手都无法挽留，不知时间的颜色是否也如血般殷红。我要讲述的第二道伤痕，它们在我右手的中指指背上。像两个刺青，左边的伤痕像一只翠鸟；右边略小，如钩月。一片薄而锋利的玻璃穿过了我的中指，这两个伤痕，是同胞兄弟。

小学时代，家住在学校的集体宿舍。关于那天的记忆，先是两个完整的有刻度的玻璃试管出现在我手里，我急切地跑向公用的自来水管，想要把这精致冷艳、童话般的玻璃试管灌满水，也灌满我自得的童心。我仍记得我当时的兴奋和雀跃。接下来的画面就是从泪眼里看见的：我举着受伤的手，号哭着回家。试管碎了，我的哭声破碎，滴下的血，破破碎碎。

小学时代读到的一篇关于"翠鸟"的文章让我印象深刻：翠鸟一次次飞撞石崖，用它的嘴在崖壁上开凿巢穴。所以，我固执地将这个伤痕命名为"翠鸟"。它就这样不顾疼痛地撞进了我的皮肤里，在我的皮肤里开凿巢穴，安放我关于血的记忆。

童话里灰姑娘的水晶鞋，隐喻着挑剔的爱情的规则：穿进去，你就是我的公主。我曾在水里捞蝌蚪时，踩到一个静躺水底的啤酒瓶底，它像水中的兽夹，等待着猎物的脚骨和哀嚎。我脱掉鞋子、袜子，将裤腿卷至膝盖。小龟山的泉水清凉，浮萍间觅食的蝌蚪摇头摆尾，并不知道一个少年伸向它的戏杀之心。它不知道迎接它的命运，我也不知道。我的右脚跟踩到了瓶底的一端，另一端张着不会闭合的大嘴，咬开了我的皮肤。鲜血逃窜，玻璃上不寒而栗的痛与惧，一直传到了现在，那种不期待的痛，在注视下泛着冷光。我不是灰姑娘，它不是水晶鞋，童话教会我的，不如伤口的教训，这就是现实。

不用说，我自然是哭着回家的。右脚无法落地，一落地就会扯开后脚跟的皮，血就从血眼里冒出。小伙伴轮流背着我，绕过小龟山、民小、防疫站，遇上了接到报信的母亲。母亲带我到医院，缝了十三针，这是我身体上最长的伤痕，也流去了我最多的血。整整三个月，我的右脚缠着绷带，等着伤口慢慢愈合。伤口的愈合，就像我们的成长，悄无声息、结痂累累。自那以后，我很少弄伤自己了。这些原有的伤痕，像一口荒废的井，看进去，水面上晃动的，是你还是记忆？

还有无法解密的伤口，密码，在时间手里，我能做的唯有等待。等待中，我渐渐明白，有些伤口是看不见的，比如时间，比如失去，比如悔恨。有时候，我，也许是某些人的伤口，牵动着她们的痛。

我们每个人都降生在一片血地之上。血地，其实是温暖柔软的，它并不刚硬，像草甸，也不冷酷，像河床。跟随疼痛的羊水落入阳世，在奔生赴死的血地里，母亲血的温度，是我们降世的第一道护甲。因为撕裂与痛苦，母爱，从一开始就是红色且易疼的。妈妈说，生下哥哥和我后，大出血，血在产床上，像一片经霜的狼毒。妈妈说她感觉得到自己的血，浸湿了脚踝，为她送来温暖。感谢母亲，我是她的一道伤口，永远忧心，而她是我血地的源头，永远的归途。

那些轻盈鲜艳的血，去了哪里？我想，它们也回家了，土地，是血的故乡。它们滴在高原的土地上，开成一片一片血红的狼毒，也聚成我一生携带的高原红。

（发表于《大理文化》2017年7期）

雾中的姐姐

"梦想在这里没有多大作用",姐姐说那天她站在岔路口,看着依旧浓厚的雾,心想:"现实在这里也没有多大作用。"

七月将近,云岭山区进入多雨多雾的时节。姐姐说她站在那场浓湿的雾里,回过头看着自己走来的方向,如同看着自己的过去和未来,而那时那刻的她,被雾气的冰冷包围,也成了一片雾气。一切都被雾笼罩着,或者说一切都是雾,白色的雾,潮湿的雾,轻飘飘地浮着,弥漫山野。姐姐穿着雨衣,看着雾,看着看着,这片雨雾便落到了她眼睛里,看着看着,这片雨雾便顺着眼睛灌满了她的心。

身后的红石哨也陷在了雾里。

初听"红石哨"这名,有几分诗词意境,但穿过汉字布下的迷雾,走了四个小时的山路,第一次与它遇见,呈现在姐姐面前的山中小村,并没有铺满想象中浪漫、热烈、坚硬的红色,山坡上只是一片黑灰。黑的是低矮的牛肝菌般被雨水打湿了的木楞房,三三两两地靠在一起,都低着头,悄声说着时间的缓慢和荒凉;灰的是湿黏的泥,在房子与房子之间能走的地方,人赶着牛羊群进进出出,留下一路坑坑洼洼。空气清凉凉,生活的气味在雨里淡了,气味被按进了土里。绿色和黄色远远地躲着,像躲避着灾祸。唯一的红色是村边那两间作为校舍的红砖瓦房,但那红色也是木木的,被雨雪冲刷,被风霜侵袭,红色透着苍白的疲倦。

现在,一切都泡在雨雾里,木楞房不见了,学校不见了,学校木旗杆上褪了色的五星红旗一定被雾气泡得湿沉没了生气,像刚剥下来的羊皮,软塌塌地垂着。姐姐收回在浓雾里迷路的目光,继续往前走。雨中的泥路,时而泥泞、时而湿滑;雨中的行走,时而深重、时而滑软,心里的焦急无法化为脚步的迅疾,姐姐担忧的事情像这场浓雾,在她年轻的眉头心上聚成漆黑。

今天星期一,达岭和布薇今天没来上学!

上第一节课,姐姐看看空缺的位置,再看看窗外的大雾,心里也空空的。姐姐说,空空是一只猴子在你肚子里挠心抓肝,能让你站不是、坐不下,只觉心痒。

这两兄妹到底怎么了,到现在还没来学校?姐姐猜测了种种让人忧虑但又无法回避的可能,她最担心的事情就是学生辍学。

姐姐把教室门打开,从教室的门洞里能看见院子和学校大门,大门外在平日里是一幅天高云淡的油画,今天则只是雾的水墨,有着大片的留白。姐姐心不在焉地上课,希望白雾里能印出两片跑动的黑色影子。影子在白屏上越长越大、越近越清晰,最后,便能看到达岭亮亮的眼睛和布薇腼腆的笑,但门外一直没有人影走近,水墨的留白放大了姐姐的焦虑。姐姐又把教室门关上,心反而更慌了,姐姐竖着耳朵,时时留意外面的情况,希望门外传来杂乱的脚步声,然后是一阵推搡,接着是一声怯怯的带着口音的普通话:"报告。"

但是,没有。达岭和布薇这两兄妹为什么还没来学校?

等不到午休时间,姐姐决定到达岭家看看。第二节课,姐姐给学生布置好课堂作业,回宿舍穿雨衣,套雨鞋,便走进了那场雾里。上世纪九十年代，山区里的九年义务教育普及仍然困难重重，按规定所有适龄儿童必须入校读书，如果有学生辍学，会对教师、班级和学校带来诸多不利的影响。姐姐这样焦急，除去学生安全、班级成绩和教师责任等原因，更重要的是姐姐想离开这里，这些孩子是她的出口，她不能有任何差错。姐姐记得以前看过的刘醒龙的小说《凤凰琴》，那个悲伤压抑的故事，她害怕"明爱芬"的命运在自己身上复生、重演。同乡教育干事和文明老师曾向姐姐允诺，只要学生成绩能在乡里排上前三，就优先考虑姐姐调到镇上中心完小的事，毕竟名正才能言顺，即便是同乡要帮忙，打铁也要靠自身硬，不能让别人有话柄。姐姐所在的这个"一师一校"红石哨小学，设有一至四年级，二十二个学生由同一个教师上课，五六年级则要到桥头镇上的寄宿制中心完小去读。达岭是班上四年级里成绩最好的学生，他妹妹布薇的成绩也好，快要期末统考了，节骨眼上，姐姐知道自己不能出任何差错。

山中不知岁月，姐姐说，在红石哨任教那段时间，时常大雾，时间在一片模糊中变得缓慢悠长，仿佛过了三生，度了三世。如同对待亲人，如同对待故乡，我们越想离开，有时却身不由己不得不向着他们越走越近，直到走进他们深邃辽阔的心域，同时，也走进自己那深长幽暗的心房，这是人之常情。姐姐想离开红石哨，却不得不一次次走近它的深处。姐姐一次次在路途中遇见自己，过去的自己，未来的自己。亲人、故乡和红石哨的人物风景交叠融合，有时候，让她分不清远方和故乡，分不清亲人和路人，也分不清现实和梦境。

达岭家在另一个叫"阿普落"的村子。一条进山的土路从崇山密林里钻出，在一个岔路口一分为二，一条通向红石哨，另一条转过一个山包，有四五里路，去往两仞山脊之间的阿普落。红石哨和阿普落都是长在崇山峻岭里的村子，建在山坡上的红石哨稍大些，因为地势相对平坦，并且人口相对较多，校址就选择建在红石哨村边，两个村的孩子都来这里上学。

走到岔路口时，姐姐说，她看着那场大雾，便又想起刚来那天。但那时那景，停在一场浓雾里，恍如隔世，让人不觉生、不知痛，只是恍然。

姐姐说她刚来时，像丢了魂，心境昏暗，神游体外，怎么也记不住孩子们的名字。眼前这些孩子，他们的名字来自另一个母亲，来自另一条河，来自另一种粮食柔软的内心。虽然都是少数民族，但母语来自乳汁，姐姐记不住那些来自另一个母亲的名字。爱就是这样，不曾理解如何记忆？姐姐用汉语和她的新学生交流，这些学生的名字，也用谐音的方法用汉语记忆。汉语音译过来的名字，像平急的水面上浮着的倒影，让人看不通透，辨不细致。姐姐记不住的那些名字，其实意蕴深远。子非鱼，安知鱼之乐，如同这里的大山，这里的孩子的名字务实简洁，名字的起落间，回荡着对阳刚的崇拜和对柔美的追寻。男孩子的名字崇尚力量，四年级的日纳，他为他的名字而骄傲，日纳用带着口音的普通话告诉姐姐，他的名字在汉语里是"花豹"的意思。而"达岭"这名字意思是"骏马"，达岭说，他要像骏马一样奔跑，跑出大山。姐姐的脑海里出现一匹驾雾而行、丰神俊朗的骏马，一下就记住了这个名字。

女孩子以"月亮"为名，就叫"罗阿姆"。达岭的妹妹，叫"布薇"——太阳花。姐姐问她，是不是家人希望你像太阳花那样漂亮？布薇红脸不说话。旁边的罗阿姆说，是因为她家山旮旯里太阳照得晚。达岭和布薇还没来学校，不知什么原因，会不会是布薇生病？这个取名"太阳花"的女孩，因瘦弱显得脸小眼大，那双眼睛里姐姐看到了一些似曾相识的光芒，姐姐在布薇身上看到了曾经的自己，她有点心疼眼前这些努力学习的女孩子了。这一场湿寒的雾，是否又让那朵娇柔的太阳花，起了咳嗽？红石哨和阿普落地处横断山脉高寒山区，每次大雾弥漫，彻骨的湿寒便会往身骨里边扎，往心肝里边刺。姐姐觉得这冷，和穿衣多少没有关系，这种冷来自灵魂的悲伤，那时姐姐的世界里，尽是苍凉。但活在这世上，有心无心的拥抱一样热，有心无心的生活一样得过，姐姐知道自己得融进那片雾里去。

姐姐强迫自己必须记住这些孩子的名字。这些都是挺不错的孩子，特别是女孩子，她们能整篇整篇地将课文"唱"背给你。她们用带着口音的普通话背书，像是唱一首民歌，旋律起伏，不走直线。姐姐看着这些孩子，心里渐渐柔软，渐渐温暖。曾经自己也这样坐在教室里，用尽力气用普通话"唱"课文。有时候，因为某个同学心不在焉，在某个句子的最后习惯成自然地读出一个无中生有的字，就像他摔了一跤，大家都降低声调偷着空哄笑几声，然后又追上去，接着读。说普通话，姐姐吃了不少苦。说普通话时，像唱歌，先要停下来找找调，原本柔软的舌头，一下变得僵硬，说出的话像是石头在嘴里滚动、碰撞发出的声音。话音离开唇齿后，像一排用绳子捆绑着的穷凶极恶的匪徒，总想着逃跑，一句话东突西走，就走了音、跑了调。

想到这些往事，姐姐觉得眼前的雾似乎有些淡了，心情也有些愉快了，但一丝忧虑袭来，姐姐放松的心又紧张起来：达岭和布薇这两兄妹为什么还没来学校？会不会在路上遇到什么事故，今天天色暗淡，道路湿滑，这高寒山区地无三米平，兄妹俩会不会有什么意外？

想到达岭，姐姐想起两周前一个中午发生的事情。

那天上午的课结束，姐姐正做午饭，觉得肚子不舒服，先去了趟厕所。厕所在宿舍后面，姐姐在厕所里正想起身，听到背后男厕所里走进几个人，然后就是一排或清脆或黏稠的泥沙俱下声。姐姐嫌恶地想：一定是日纳他们几个，肆无忌惮，连上个厕所都有声势。

姐姐的呼吸压得很细，背后男厕最里面那格传出日纳的声音，拿腔拿调地说着普通话。四年级的日纳、二年级的日布是两兄弟，课间休息的时候，像小豹子一样横冲直撞猫狗都嫌。一朵开得好好的花，日纳要上去踢上一脚，日布随后踩上一脚，但上课后，日纳便神情散漫，目光游离。现在，姐姐隔空都能想象日纳的坏样子。日纳普通话口音很重，一串字像钓到半空的鱼用力地挣扎："达岭，今天上课回答问题普通话溜得很嘛。"

旁边升起离弦箭一样的尖细的笑，射向达岭。达岭的位置暴露了：门进三，挨着日纳。

片刻后，达岭慢条斯理地拿出挡箭牌："我阿爸说了，跟什么人，就说什么话。这是生存之道。再说了李老师是纳西族都用普通话上课，我用普通话回答，这是智慧，懂不懂。"达岭停顿了一下，像是唱歌找调子，然后学着姐姐的语气说："日纳，好好读点书。"

这段话夹枪带棒连守带攻，话顺畅理实在，说得再好不过了。但一身蛮劲的日纳不是信道理的人，是不讲道理的人，日纳的本事就是跟讲道理的人不讲道理。日纳继续说："达岭你是不是喜欢李老师？"

这句话是炮仗，一响就是一串。门进二的勒吉也说："是呢是呢，达岭你是不是喜欢李老师？"门进一的日布也跟着说："哈哈哈，达岭你是不是喜欢李老师？"

姐姐气恼又羞愤，脸烫如火，忽然听到男厕所"唰"的一声，有人站起身来，紧接着传来一阵拉扯衣服的声音，然后，一阵民族话像被点燃的炮仗般，是达岭的声音。达岭心急声响，鱼回到了水里。

这里不是说教的地方。姐姐趁着背后情况黏稠，悄悄起身回到住处。想起坏小子们的对话，脸又红了，微微烫。那天，姐姐上课不敢看学生，怕看到日纳和达岭，禁不住会脸红，而达岭上课也不怎么回答问题了，总是低着头，课堂上闪亮的星陨落了。

这会不会是达岭没来学校的原因？这时，雾里闪现出达岭失落无力的样子，而达岭身后坐着时而迷茫时而坏笑的日纳。姐姐恨得牙痒，脸又红了，微微烫。

现在，在冷雾里，这红脸微烫，更让姐姐觉得雾湿天凉了。不懂爱才说爱，半懂不懂间，爱，是不敢轻易言说的。这世间，怕是没有人敢说完全懂爱。爱是雾中花，那花是一个悄悄锁在心里的名字，不敢念，怕念念便不忘。

姐姐是否也有一个深藏在心念念不忘的名字？那个叫"江平"的男生，有着一个希冀江平浪静、期盼丰年的名字，这个名字，却如一条冲江的河，硬生生在姐姐心里冲出一条峡涧，波涛汹涌。

爱情是一场不散的迷雾，这场迷雾能为爱情里的痴男怨女隔开世界和时间。梦一样，那雾也有颜色，爱情的颜色。

夏天的时候，爱情是彩色的。云淡白天深蓝，黑牦牛甩着尾巴悄无声息地吃草，闪亮的奶子河缠住绿草坝，也倒映着河边拘谨的身影。当你走近，哪怕是轻如落叶，浮在浅水处的鱼也会知道，它一甩尾，往水草更青处隐去。水面碎了，水镜上的白云、蓝天、黑牦牛也都碎了，河边的小路总是很小，小到只容得下两个人。那个叫江平的男生，手插在裤袋里，有时抽出手来垂着，会不经意地擦到姐姐的手背，这时候，姐姐慌慌地抬起手，将手中的课本卷成棍，用指甲重重地刮着平整紧贴的书页，那声音像一只只白鸽翅膀慌乱地扇着。姐姐的脸红红，且微微烫，小路总是很小。

冬天的时候，爱情是白色的，白色雪，黑色水，奶子河睡着，鱼儿也睡着，但不睡死，鱼尾露在水草间，轻轻摆着，人走近了，爱理不理。河边的小路总是很大，大到容得下两个人的别有用心的漫无目的。姐姐拿着书的那只手，总觉得冷，很冷，被江平抓着的那只手，总是很暖，也很疼。现在姐姐觉得冷，她紧了紧雨衣，似乎这样能让人暖和些，但手露在外面，姐姐又理了理垂下的刘海，这青丝暖，雨丝凉，思君不见，六月迷雾。

江平现在做什么呢？江平心大心野，大概是不会闲在家里。族里的老人家说男人的野心，金沙江也盛不完，横断山也困不住。夜里辗转反侧的爱情，对于他们，又会是一番什么模样？江平家和姐姐家背靠着一座无名的山，转过长江第一湾，过三里，到天吉，便是江平的村子。想着与江平背靠同一座横断大山，共渡同一条金沙大江，姐姐喜欢用古典诗词来补充未完也未续的剧情。"我住长江头，君住长江尾。日日思君不见君，共饮长江水"，两情朝暮，衣带渐宽，这对爱情缠绵又决绝的猜想，是流淌在姐姐无眠夜里的美好诗意，但华丽的想象、虚构的浪漫总让人空虚，心生苍凉。

对于海的女儿，爱情是一阵刺痛的泡沫；对于山的女儿，爱情是一场遗忘的迷雾。六月的红石哨，冷雨飘飞，湿雾弥漫，这让姐姐很不适应。姐姐怀念家乡拉马落干净通透的时节，阳光艳艳，江风轻轻。季节也是有颜色的，二月是雪白，六月是翠绿，十月是金黄。十月里，家家户户，院坝里，都晾晒着从地里掰下的苞谷。苞谷金黄鲜亮的肉身，像女人饱满的胸脯，在半透明半撑开的薄薄苞叶里，欲拒还迎。残留的湿气，让贴着谷粒的苞叶柔且韧。男人们将苞叶撕开，重重地，苞谷闪着水光的肉身，赤裸裸地露出来了，指尖传来的温热让男人心颤，那光那温热似乎能解某种渴。女人们，轻轻地将柔软的苞叶拉开，将苞叶向后聚拢，然后细致专注地抚掉绵绵的丝蕊，握一下，掂一下，那金黄是夜的宝贝。苞叶可以卷成绳，可以将苞谷一包包拴起来，串成串，挂在院坝里的木架上，一条条金黄的鲤鱼，就上了秋天的鱼钩了。牙齿一样颗颗排列的谷粒，光泽喜人。那光泽似乎是丰年得意的心，收获的似乎是一颗颗冬日里的太阳。十月的拉马落是金黄的，风缓缓，日艳艳，正好晾晒诱人的苞谷。

等农忙完了，阳光也都沉到苞谷深深的芯里去了，凝固下来。晒干的苞谷，干燥坚硬，失去了诱人的肿胀的光芒，谷粒的颜色暗了些、沉了些，也更像黄金了。一粒粒，小心翼翼地裁下来，这活路用江边话来说叫"抹苞谷"。在姐姐的记忆里，抹苞谷，一直是女人们的活路。在吱呀作响的纳西木楼，族里的女人们聚在一起，敦实的屁股坐在窄窄的长条凳上，说着笑着唱着，抹苞谷。女人们任由金子般的谷粒从手指间滑落，任由金子般的谷粒落在地板上滴滴答答，任由金子般的谷粒漫过脚踝，将她们围在金色的起伏的海子里。木楼外的阳光也聚成了摇摆的炎热的海，木窗敞开着，像泉眼，流进缓缓凉凉的风，融进了木香的阴凉里。那阴凉里，女人们唱起解乏的歌："阿里里，花花色，啊喂，里里哟个花花色，阿喂……"苞谷粒像水一样往四下溢去，歌声也漫出了木楼。有时，山野里的男人听见了，会用粗犷嬉闹的歌声附和一段，惹得女人们笑，逗得女人们猜。当阳光斜斜地照进木楼，大人们都起身离开了，她们得回家喂猪、做饭，留下姐姐和几个堂姐妹继续抹苞谷。大堂姐胆大，会小声地给妹妹们唱那桃色的歌。歌里的旖旎，像春风吹进桃花的粉红里，吹进姐姐的心里，吹得姐姐脸红手儿软。一首温柔的歌，像金沙江，平浪下有多少漩涡藏身啊，压抑着的汹涌的渴望与力量，能卷走一切。姐妹们红着脸互相丢掷苞谷粒嬉戏，都说堂姐想嫁人快想疯了。

拐过山包，已经可以看到达岭家了，那里的雾气聚在一个山隅里显得特别地厚重，达岭家的木楞房隐隐显出一个轮廓。

达岭和布薇这两兄妹是什么原因没到学校？姐姐的心急变成了心悸，心里打着鼓，姐姐突然有些害怕走向达岭家，上周五发生的事一直雾一样罩在姐姐心上。日纳去抢他堂妹罗阿姆不知从哪找来的一块方孔铜币,一番纠缠后,布薇气不过,挡在罗阿姆身前。日纳伸手推了布薇一把,在一旁的达岭见妹妹被欺负,也加入战团。像滚雪球一样,两兄妹的口角差点变成了两个村子学生间的群架。姐姐为了控制局面,处理的方式,这或许伤到了达岭的自尊心。

那天,姐姐听到校园里升起野火一样的嘈杂声,心叫"不好",赶忙从宿舍冲出来,大声吼退了围在一起的这些张牙舞爪、战神附体的学生。姐姐没有处理过学生打架的突发事件,心里没底,她不知道要如何处理眼前的焦灼困境。好在,姐姐晴天霹雳般的怒吼镇住了学生,学生站成两队向老师告状,互相指责对方的不是。从学生激动的声浪中,"日纳""达岭""布薇""罗阿姆"这几个名字像浪花一样翻滚着,事件的来龙去脉也浮出了水面。

"全都给我回教室坐好!"姐姐虚张声势地吼道。

看着学生都进了教室,姐姐回到宿舍,心里一团乱麻。姐姐心里掂量着如何处理这棘手的事件。一会儿就要上课了,下午是两节语文课,一看到课本,姐姐突然想到怎么处理了。

姐姐走进教室,没有人叫"起立",教室里气氛怪异,压抑、冲突像暗藏激流的海,姐姐将课本放在讲桌上,打开课本:"今天我们预习一下新课的内容,请四年级的同学打开课本91页,《两个铁球同时着地》。下面我们请几个同学给我们分别朗读一下课文。"

见老师并没有处理打架事件,同学们都有些摸不着头脑,忐忑地打开课本。

"布薇先读,允许你们读错三个地方,超过三处,从这节课起站着上课。"一到读课文,四年级的男生们神色惊慌,跟着布薇默声读着,又左顾右盼在课本上指指点点,大概是问生字的读音。四年级共八名学生,坐在教室最里面两排,其他几排坐的分别是三、二、一年级的学生,他们无所事事地撑着头看着布薇读课文。

布薇读完,姐姐停了一下环视教室。四年级的男生们顿时又紧张起来,都将头往课桌上压了压。日纳坐得像一张弓,绷得紧紧的,不敢抬头不敢动,达岭倒是没那么紧张,眼神微微亮,跃跃欲试。教室里已经很安静了,静得快凝固了。姐姐很满意这种威慑取得的效果。

"罗阿姆,你来读一下94页的课文《新型玻璃》。"上一课课文里的生字还没认好,突然又变了课文,这让四年级的学生措手不及。下一个会点谁读?会读哪一篇?其他三个年级的学生幸灾乐祸地看着,隐隐知道老师要如何处置打架的同学了。

罗阿姆很快读完,女孩子们已经早早地读熟了课文,并没有遇到太大困难。下一个是谁?同学们的眼睛在达岭和日纳身上来回游走,达岭做得很直,跃跃欲试的样子,所有的课文他也早已读熟,他不怕。日纳弯得很低,却欲盖弥彰,所有的同学都知道日纳害怕读课文。

下一个会是谁呢?同学们看着姐姐慢悠悠地在教室的过道里来回走着,突然停在达岭桌前,用手指重重地敲响了达岭的课桌:"你来读一下课文。"没有叫出名字,达岭像酣睡中突然被人暴虐地推醒,一下子跳了起来,眼神里的自信没了,只是惊慌。他站了起来,但像失群之雁,像丢了魂的人,可是老师并没有说读哪一篇,就走到讲台上低头看课文,不看达岭。达岭就这样被吊着,在其他同学鱼线一样的眼光里吊着。达岭看到其他同学脸上已经有笑意荡开了。

"读啊,呆站着做什么?"

"老师,你没说读哪一篇。"达岭惊慌地说。

"读《两个铁球同时着地》。"达岭卖力地读着课文,试图用这样的方式换取老师的原谅,但姐姐聚精会神地看着窗外,带着一丝冷漠,这让达岭心里有了一丝委屈。课文读完了,达岭停了下来,姐姐似乎被窗外的景象迷住了,并不说话。达岭又一次被吊在半空,向他抛来的那些鱼线,弯曲的钩闪现着嘲笑、讥讽、幸灾乐祸的光,这些复杂的光里,又有些不解:达岭是老师最喜欢的学生啊,老师为什么要这样对他?而当局者的达岭觉得那些抛向他的鱼钩钩住了皮肤,把他拖离了水面。达岭觉得呼吸困难。

"读一下下一篇。"

达岭陷入到委屈和尴尬中,无意识地读着早已读熟的课文,声音越来越小。这时,姐姐走下讲台,离达岭两课桌的距离,突然说:"声音大点!"声音盖过了达岭的读书声。达岭回神找到句子,声音提高了一些,但声音是颤的,读着读着声音又小了。

"声音大点!"又一次冰冷粗暴的提醒,"你不是要成为骏马吗?这么小声怎么跑出大山?"达岭的泪滴在了课本上。

"日纳,到你读了。读《两个铁球同时着地》。"虽然知道逃不掉,但被点到名时,日纳还是抖了一下,像一盆水从高处落到地下。日纳很快读得满头是汗,仿佛自己的舌头是朽钝的犁,犁着一片石头密布的荒田,行进艰难。日纳很快读错了不止三次,他自己也知道读错了不止三次,其他同学也知道他读错了不止三次。但姐姐什么都不说,只是微笑地看着日纳,这让其他同学很奇怪,这让日纳同学更奇怪,也更心慌,读错了更多。

好不容易读完课文,日纳听到:"读下一课。"

字已经开始满页跑,和日纳捉迷藏,就是不让日纳看清。某一个时刻,某一个日纳可能被自己杀死了。用温柔却有力量、外表完好内里崩溃的方式,类似凌迟,先喂鸦片,痛苦和快感,真实与迷幻,这是文化的好处,这是文化的中庸之道。

"继续读,把 97 页的《参观刘家峡水电站》和 106 页的《劳动最有滋味》都读一下。"

最后,一向凶悍霸道的日纳哭了起来。一开始,只是哽咽,同学们没有人从他磕磕绊绊的朗读中听出他渐渐涌出的哭意,日纳仍旧举着课文朗读着,他用课本挡住了自己的脸,但他的声音里突然传出了风刮过木楞房时留下的呜呜声,那呜呜声渐渐变大、变烈,日纳仿佛变成了飓风中的木楞房,在狂暴的风力下浑身克制却剧烈地颤抖起来。最后,日纳停下了朗读,右手挡住眼睛,用尽全身力气扼住咽喉,呜呜的哭声扭曲而怪异。

教室里静悄悄的,日纳压抑的哭声在每个人心里回荡。姐姐觉得不忍,但刚从学校毕业的她知道,学生间大部分的冲突,老师是不知道的,女生们邀约在厕所里单挑、群架,男生们则在放学途中约好地点,恶斗不止。姐姐不能让这事继续恶化,不管出于什么样的原因而打架,这件事到此为止,只是处理的方式让姐姐觉得自己是一个恶人。

现在,达岭家就在眼前,姐姐觉得是自己种下的因,结出了惩戒自己的果,无论如何,伤害别人必须要付出代价。

达岭家是村里常见的木楞房,姐姐隔着房子,在十多米外的地方叫唤"布薇、布薇",等了片刻没有回应。焦急的姐姐走近几步,边走边叫:"布薇,达岭。"门并没有上锁,屋里也没有回应。姐姐更加着急,急切地想到屋里看看,正当她踏上门槛准备用力推门时,门轻轻地开了,露出布薇瘦小的脸,大眼睛里含着吃惊和惶恐。

布薇大概没想到大早在外面叫门的人会是李老师,她呆呆地站在门口不说话,也不动作。姐姐的眼光绕过布薇,看到了火塘边的达岭一脸吃惊地站着不动,他手里拿着一个烧洋芋,手指漆黑。

姐姐打破沉默:"怎么喊着不会答应?"

"没听到，这么早一般不会有人来我家这里的……"布薇小声说。

姐姐往屋里探看："你家大人呢？"

"爸爸在镇上打工，妈妈家有个弟弟结婚，她昨天回娘家了。"

"为什么不来上学？"兄妹俩惊恐地对看了一眼，不知怎么回答，呆站着。姐姐只好补充："今天星期一，要上课的，你们为什么不来学校？"

布薇紧张地看着达岭不说话，达岭手挠头，怯怯地说："家里只有妈妈有表，平时太阳照到山尖，差不多是可以上学的时间了。今天太阳还没出来，天还黑着，以为还早，还没到上学时间，我们吃了洋芋就准备去上学了，李老师。"

回去的路上，雾渐渐散了，湿滑泥泞的泥路上，达岭和布薇走在前面不敢回头看，姐姐走在后面，太阳出来了，阳光落在身上暖暖的。这时，姐姐想起了刘醒龙的《天行者》，姐姐突然想到，那些山村教师，那些背负着沉重意义的行天事的人，其实和她一样，他们怀揣着自己的心事，怀揣着自己的梦想、爱情和故土，走在各自命途中遇到的一场经久不散的大雾里。雾是一个隐喻，又或者，雾只是一场雾而已。雾，终会散去的。

（发表于《滇池》2018 年 11 期）

他的名字叫月亮

一

1921年,孙大旺和他的孙八妹成了孤儿。

我的外公孙大旺,并没有因为他的名字而一生兴旺顺畅,在他生命的开端,人生就与姓名的寓意背道而驰。

坟山就在寨子后的山坡上。生死惶恐,动荡岁月不断冲击着人们脆弱飘摇的命运,生和死都艰难,也都轻易,如同野草的枯荣。人们将逝者草草葬下,活着的人在惊惧间悄悄探看祖坟的空隙,在旧墓与新坟间丈量肉身的归所。风马旗留住了天地的悲哭。人们环顾被尸身和哭声压低的天空、压垮的家园,只能仰望山顶上的百鸡寺,那里超度的经声不绝,那里是人间唯一的慰藉。

当男人们强行拉开两个匍尸而哭的孩子时,孩子尖叫着绷直双手,双脚蛮蹬,女人们的泪水和哭声又落到地上,然后摔碎。那年是民国十年,我的藏族外公孙大旺十岁,他的妹妹孙八妹八岁。

马道上有生死,也有情义。在葬下自己的结拜兄弟后,藏族马锅头卡巴把孙八妹托付给独克宗商贾赵阿印,自己带着孙大旺沿着马道翻过雅哈雪山申况浪山口,到金沙江边上江乡士旺村投奔纳西族地主公杰民。

从此,一个做了富人家的丫鬟,一个成了地主的牧童,天涯多了一对苦命兄妹。

我无法听到那对孩童离别时的哭叫,无法想象那惨烈的情境,仿佛又有至亲就要死去,他们的嘶喊刮泪割心;又或者,经历过双亲的死亡,两兄妹只是静静告别,轻轻挥手,如同对方已经死去。时间是一堵隔音的墙,回忆是上面的窗子,我无法看到、听到,但我能借着我骨血里的悲伤穿过时间的城墙,附身到一个十岁男孩的身上。离家的他乡之路一定是山穷水恶,风雨飘摇。路途中,火塘、老寨、草坝在身后的云里,胆怯的前方突然涌出无尽的高山、无底的深谷、无垠的长河,未知的命途——一条瘦弱的马道,孙大旺像一匹瘦马,驮着自己的茶马古道,驮着仅存的血脉和零星的回忆,只身踏上山长水远的生途。而在漫漫东方的一艘小船上,也有一个"孩子",带着微光,踏上了它的旅途。

二

多年后,放马的牧童成了赶马人,来往于独克宗城与金沙江边士旺村之间,将岁月驮进上世纪三十年代。

滇藏茶马古道上的独克宗城——建在石头上的城堡——被马帮的穿梭打磨成一枚晶莹的玛瑙,带着月光的清冷和雪域的粗犷,一千三百年来坐镇滇藏。这里的藏族商人,祖上多自中原戍边、贸易而来,随后落地生根成为藏族人。独克宗是孙大旺的童年,冷寂、孤寒,而他的青年,如同金沙江边的河谷,炎热、蓬勃。孙大旺像一棵雪松,从雪域高原移植到了金沙江河谷。

金沙江边炎热、湿润，生命在这里自由生长。如果你没有到过金沙江边，你无法想象这里的生物会如此地茂盛、密集、狂野，每一寸土地都散发着蓬勃难抑的生命力，就连微小脆弱的植物都想用自己的柔身再孕育出一片高天厚地。如果你来到金沙江边，你会被这里的生命之力震慑得失去言语——峡谷间，六畜、男人女人、山野大河，散发着腾腾热气，果树和五谷被蓬勃的生命之力撑得肿胀，它们像孕妇，闪烁着母性的柔光，亲切、动人，仿佛欢笑地看着你。空气总是潮湿，像吻。看着生物涌动的活力，你会被撩拨得充满渴望和爱意。你会突然生出想拥抱一切、融进万物的冲动，那生命的热力，莫名无由却充满激情，就好像突然会从看不见的地方冲出一群来自热土印度的鲜艳男女，唱着激烈且炫目的恋曲，带着你欢快起舞。当然这只是我激动的幻想，更多时候，那些绿色的植物都只是静静等着，等风来，微微摇动，如同来自另一片热土的傣族女子，她的舞姿缓慢、妖娆，充满魅惑。

孙大旺紧紧抓着手中的缰绳，紧到指节发白也不觉疼痛。这是个夏天，孙大旺第一次赶马，开始了他的马帮生涯。可混在马队中，他又不是纯粹的赶马人，他是地主"公一掌"的长工、家仆和密使。孙大旺是独克宗寨子里的人，会藏语、纳西语和西南官话，为人机灵、可靠，懂得感恩，地主"公一掌"让他悄悄带上鸦片，去往独克宗，把鸦片卖给马道上的富商。

但今天孙大旺心事要多于重山，近乡情怯的他一路触景生情，七年前的悲伤又涌上心头。当年离别的地方，他的妹妹孙八妹是否会等在那里，而妹妹身后的独克宗是否还会接纳他这个带着江边口音的藏族人？

时光带走了事物的光芒，那些被家谱拒绝写入的迟疑与忧虑，才是生而为人的真实细节。我不知道我的外公孙大旺是如何去软化自己内心深处作为异乡人的刺痛，如何解开身为漂泊者的心结的，或许是马道解救了他，让他得以解心渴；又或者是土地收留了他，让他安身，并且认命。

赶马的汉子是最野的马，"公一掌"知道这一点，他的智慧来自口口相传的纳西谚语——用火试金子，用金子试女人，用女人试男人。只有金子留得住女人，只有女人才留得住男人，至于金子，傻子才会用烈火去试真假。"公一掌"给孙大旺娶了个士旺村中村的杨姓女子做媳妇，给孙大旺一所房子、两匹好马、几亩薄地，让他有了自己的家。有了女人和家，男人就有了牵挂，烈马也就套上了柔韧的脖套。

时间在孙大旺的马鞭和锄头下流走，我单纯地以为只要在一片富饶的土地上勤俭生活，幸福就会到来。但那时是乱世啊，朝不虑夕，三餐无忧都是奢侈，妄谈幸福、理想和抱负。

那是个怎样的三十年代呢？

匪患频繁，赋税沉重，灾害严重，粮食歉收，还有兵役。那时孙大旺二十来岁，对生活的理解或许仅限于劳役和困苦，一生颠沛的他或许觉得世道原本就该是如此无常且混乱。饱一天，醉一场，活着，像一支马队，把时间、记忆、痛苦和自己运送过去，双脚踩踏的每一步不都连着血肉和根骨、不都连着疼痛和麻木？有时候，孙大旺会莫名地想起1936年的春天，一支叫红军的队伍在渡口苏普湾（属丽江）和木斯扎（属中甸）渡金沙江北上中甸，这支军队纪律严明，爱护民众，红色军旗鲜艳得让人激动。红军去了哪里？他们会回来吗？

看史书，就像隔着金沙江眺望对岸的熙来攘往，但我们只能在一个地方，此岸或者彼岸，所以，永远无法看得全面、透彻。每个人都站在历史长河的岸边，只是这是你看着、喝着、蹚着这条长河生活，习以为常，不觉特殊。

"1936年4月25日至28日，红二、六军团经过四昼三夜的抢渡，顺利渡过了金沙江，北上中甸。"这是简笔的史书，清淡得像注入太多水的墨字，但对于目不识丁的孙大旺，是天书，是天机，是天意，但他能感受得到，红军过后，生活中的有些事情慢慢发生了变化。士旺村边的山脚下，生长着成片的火棘，乡民叫它"豆鸡孃孃"。它还有另一个名字：斗饥粮。

在帮助红军渡江的二十八名船工中，有一个叫周全的士旺村人，我在香格里拉市博物馆看到了他的照片，我该叫周全"大姨姥"。很多年后，孙大旺的大女儿、我的大姨，嫁给了周全的儿子。孙大旺有三女一男四个孩子，我的母亲是他最小的女儿，但那是外公娶了我的外婆邓文春之后的事，在这之前，孙大旺和杨氏相守多年，直到杨氏病逝。

孙八妹一直在赵家做使唤丫头，后来，嫁给赵阿印，并在1934年生下一个男孩。男孩取名赵嘉林，藏名其林农布。

三

在独克宗"甸寨卡"红色民居文化陈列馆的一个玻璃柜子里，我见到一只铜瓢。铜瓢手柄厚实，瓢身凹凸。我可以肯定这只铜瓢曾无数次与生活的尖锐、坚硬发生过碰撞，它是一根硬骨头，动荡生活的撞击无法夺去黄铜朴实的光亮，在虚实之间，铜瓢一次次舀满又清空，最后，当我隔着橱窗与空空的它对视，我知道，其实瓢身里注满了故事。铜瓢原本没什么奇特之处，但旁边的一行字引起了我的注意——"给贺龙军团长刚出生的女儿贺捷生送牛奶的铜瓢。"

陈列馆主人、我的表叔赵嘉林是从他母亲、我的姑奶奶孙八妹那里得知这只铜瓢注满了红色，现在他又将这个记忆片段讲述给我，这个过程仿佛用小铜瓢从大水缸里舀水，然后倒进一个更小的碗里。那是1936

年春天，高原依旧寒冷，中甸城边的高山，顶上仍有积雪。在赵家做丫鬟的孙八妹听到赵阿印吩咐家中男仆，要男仆给驻扎城外的红军送一些新鲜的牦牛奶，说是给一个刚出生的婴儿。

对于孙八妹这样一个从小失爱的女子来说，她是不会懂得天下和大义的，她所懂得、关心和在意的，是爱、穿过针眼的爱。她懂得体恤弱小、脆弱和无辜。所以，1936年滇西北的风起云涌，孙八妹却清楚地记得用铜瓢给一个刚出生的孩子送牛奶这件琐事。

那天，在独克宗"甸寨卡"红色民居文化陈列馆的二楼书房，表叔为我打捞沉在时间河床上的家族往事。意想不到的是1934年出生、1954年参军的表叔赵嘉林，曾被寄养在我外公孙大旺家，并在上江士旺读过几年书。舅母杨氏在表叔赵嘉林的回忆里，充满着母性柔和的温情和清香，这个送他上学、等他放学的女子亲切、和善、寡言，待他极好。

我推算时间，赵嘉林寄养在孙大旺家是1946年到1948年间。也就是说，我年近四十的外公那时仍和因病无法生育的杨氏相守。关于赵嘉林为什么会寄养在我外公家，我的猜测基于一种民俗：没有孩子的家庭如果领养一个小孩，一段时间后这个不孕的女子便能怀孕生子。但这一对苦命人并没有等来属于他们的孩子，却等来了属于他们的生离死别。杨氏病逝，没有留下影子，没有留下孩子，甚至她墓碑都只是一块石板，不着一字。

而关于我的外婆邓文春的事，是我的大姨讲述给我的。外婆邓文春的父辈自江对岸的巨甸搬迁而来，定居在现在的上江乡士旺村马场。所谓"马场"，是当年地主"公一掌"和"公胖子"家放马的场地，后来陆续迁来几户人家，租种田地，逐渐聚成了一个汉族小村。大姨告诉我，外婆其实是被"公一掌"抢来给外公当媳妇的，这让我吃惊。在挑水路上被抢走时，我的1935年出生的外婆邓文春还未满十五岁。

四

　　1950年，我的大姨出生了，像铁树开花，一场苦等后，孙大旺终于有了自己的孩子。这时，孙大旺的家已经从土旺村中村，迁到了现在的土旺村马场。大姨的讲述同样无法避开心酸和苦难，外婆是在一个草棚中生下我大姨的。女儿是泼出去的水，更何况外婆是被别人抢走的女儿。大姨说，按江边的规矩，被抢走的女儿不吉、不洁，是祸患和霉运，娘家人是不准她再回家的。这样的风俗，是弱小者爱惜脸面和保身的明哲。

　　外婆邓文春的家族就是顺流低头的小块鹅卵石，他们敌不过一掌遮天的"公一掌"，只能将耻辱怪罪于弱小、无助的女儿。我的外婆久叩家门而不得回，只好和我的外公孙大旺在土旺村马场搭了一个简易木棚，开始了一日三餐、日夜交迭的相守。我不知道他们是否相爱，在那些患难、贫苦、漏风的日子里，相依相偎相知的两个人，当她看向他，或者她接住他的目光，像在马道尽头接到回归马队的驼铃声，那驼铃声清脆，穿透云岭金沙和茶马古道，声声、声声。

　　日子一天天累积，像土基，垒出围墙，搭成房子，划出院坝和菜园。在雨季来临之前搭好瓜架、种下瓜子，再点上一小片苞谷、蚕豆。大门外种一蓬竹子，用它留住风，竹蓬后挖半亩鱼塘，蓄上水，四季便在风水上流转。还要种上石榴桃李杏，等到秋天，菜园和果园里满是饱满鲜亮的蔬菜和果子，那些撑破嫩皮的苞谷籽和石榴籽，紧紧抱在一起，像孩子。十年间，孙大旺的孩子一个个来到世上，大姨、阿舅、二姨和我的母亲。外公孙大旺这棵来自青藏高原的青稞，终于在金沙江边的土里生出了根。这片土地接纳了这个浮萍一样、野马一般的男人。在我的大姨对她的父亲有限的记忆中，有一个场景让她也让我印象深刻。

大姨说，每天上工回到家，劳动了一天的外公会抱起他的儿子逗乐，他会将儿子抱在怀中，手舞足蹈地跳着澎湃的藏舞，忘乎所以地唱起嘹亮的藏歌。那一瞬间，外公孙大旺仿佛回到了童年，变成那个怀抱中的孩子，在他父亲的歌舞中欢笑。他父亲的藏歌，他一唱好多年，一唱便是一生。

我在读宁肯的《藏歌》时，莫名地想起大姨口中跳舞唱歌的外公孙大旺——"只有藏歌才能将苦难和苦难的记忆化为抒情，少女一旦成为母亲，歌声就不再是呜咽着，不再酿成出神的泪水；歌声就会化为饱满的乳汁，化为石头底下涌动而出的叮咚的泉水；歌声就是圣母、月光、摇篮曲。"每个民族都有悲歌，但是我想，那一刻没有比孙大旺更快乐也更孤独的人了。没有人能听懂孙大旺藏歌里的忧伤和欢快，没有人能看懂他藏舞里的磅礴和细腻，他的孩子不懂，他的妻子不懂，那个叫作士旺马场的小村也不懂，甚至那片河谷、那条日夜奔腾的大江也不会懂。汉语的语境是他的异乡，又是他的家乡，这样一个被放逐在自己母语和血地之外的人，他那忘情的藏歌藏舞，仿佛一场自醉、酩酊大醉。

好在，这片土地、这段岁月接纳了他。

五

大姨无意间说出了另一件让我吃惊的事。

有一次我向她问起外公的死因，大姨说外公是去石鼓开会，摔倒后伤到肺，留下了病根。我很好奇，一生与骡马、泥土为伴的人，需要去开会？

大姨说，曾听有人说起你外公是共产党员，但是能证明这件事的老人家都已经过世了，或许能找到档案什么的查一下。当时你外公接到通知去石鼓镇开会，他卷上铺盖、带上简单炊具、些许米粮，走时骑马去，回来时是被人抬回来的。

石鼓镇建在长江第一湾转弯处，江水为绳，镇子像吊坠，它依山而建，一条石板路斜斜地从坡下通往山上，那条石板路，是吊坠上让人心疼的裂痕吧。外公开完会那天，走下那条石板路时，没想到一个趔趄，一直滚了好远，最后，他手里的搪瓷水杯都被压扁了。

大姨说，要是那时医疗条件像现在这样，国家让农村人也有医疗保险，你外公伤到的肺是可以治好的。现在好啊，国家可真是好。可是那会儿家里穷，只有一个火塘、几床铺盖、几副碗筷。你阿婆挺着个肚子，怀着你妈，到公社小队借钱。借到十块，就医十块；借到两块，就医两块。那时候，过新年会发给每家人三块钱，那是救命钱啊。一边医、一边拖，我们都以为你外公的病渐渐好了。后来有一次你外公采瓜，使劲时又伤到了肺，一病不起。某个晚上，一家人围着火塘睡着，阿婆突然喊：大旺，大旺。

没了回应。

一个火塘渐渐灭了。

1961年，孙大旺病逝。葬礼像是一个省略号，让独克宗和金沙江渐渐断了音讯。很多年后，孙八妹才得知这个消息，为此她一直怀恨于我的外婆，她心底也在责怪自己没能送自己的哥哥最后一程吧。到上世纪七十年代末、八十年代初，赵嘉林重新上门认亲戚，才又恢复了联系。我记得孙八妹时常会走很远的路，从独克宗沿着长征路走到红旗小学看我母亲，她会在我家吃顿午饭。我当时不明就里，为什么会有一个穿老式藏服的老人在我们家里？母亲没说什么，让我和哥哥叫那老人"姑奶奶"。我读小学时，我的姑奶奶连同她的爱恨，也被岁月收走了。

我收有一张母亲和外婆的黑白合照，照片下面标注的名称是"金沙江留影",日期是"1961年1月1日"。两人面对着镜头显得有些拘谨。十六岁的母亲微张着嘴,显出一些不可置信的惊奇,而外婆神情坦然。是啊,她一生经历了许多磨难。十五岁被人抢走、被家族嫌弃,二十六岁守寡、守着家徒四壁的贫苦。她挺着肚子到公社里哭求借钱,每借到一笔钱、救命钱,阴间的生死簿上就画去一段,而人间的债务又添一笔。外婆勤俭,供几个孩子读书,我的大姨读到小学三年级,阿舅读到小学毕业,二姨初中毕业。我的母亲师范毕业,后在迪庆州中甸县红旗小学当老师,一教三十年。外婆1986年去世,那时我两岁,没留下什么关于外婆的记忆,只记得小学时某年回士旺村,母亲跪在没有墓碑的坟前哭得悲恸,我站在一旁,不知所措。

  我在讲述的是我的家族近百年的寻常生死和刻骨爱恨。生活越来越好了。时间在走,生活流淌,一代人连接着一代人,而一代人有一代人的际遇。我的外公没能赶上好时候,他的子孙遇到了。新中国成立七十周年,曾经的小村士旺变化日新。如今,在外公孙大旺曾经生活的土地上,我的兄弟姐妹仍生活在那里。我的表哥表姐都入了党,成了共产党员,表哥当了村委会主任,表姐在山脚办起了养猪场,带头致富。我的大姨说从没想过生活会好到这样子。每次我回老家,都能看到哥哥姐姐家的楼上,有一面红旗随风飘荡。

  2008年,孙大旺和邓文春坟前的石板被取下,换上了一块大理石墓碑,碑上有名字。表叔赵嘉林前来拜祭,看到墓碑上刻着的"孙大旺"几个字,突然悲伤地说,错了错了,你们弄错了,他的名字不是"大旺",那是汉族人的说法,他的名字叫"达娃",是藏语,是"月亮"的意思,他的名字叫"月亮"。

风中的声音

终于，我还是决定放弃虚构、宏大和野心，以我细小的笔调，记述散落在河川间的声音，并穿过那些渐渐微淡的图腾，去倾听天地最初的心跳。

第一声，是一腔雁鸣。

《雁丘词》里读"其脱网者悲鸣不能去，竟自投于地而死"时，我如同那只雁，胸腔里灌满了四处冲撞、无处排遣的烈风，我必须给自己的肉身开一道出口，好放出秋风，让身体空、轻，归于寂。那伤口，进得歪斜，细看来，是那句词：问世间情为何物……

我知道，第一声阴平的声调，欢快、优雅，无法拉平雁鸣里深秋的悲声，但撞向悬崖的雁身，像被快速念出的短音，声嘎嘎、念去去，有心的人才会尾随、才会留意，有一个悲音撞在时间的赤壁上，舍身、碎骨。

赎身、掘墓、垒石、写词，元好问多情，为那小小坟冢起名"雁丘"，成全了一对大雁同生的爱、共死的情和它们的生死相许。温和的大雁有着刚烈的血，有着汹涌的冲动和决绝的爱意，生不惜、死不顾，在生死之间，爱不悔。

它们的爱情已不再老去。

"你的嘴唇还是温暖的。"朱丽叶吻了饮毒的罗密欧后，自刺殉情。梁祝化蝶，焦仲卿与刘兰芝变作鸳鸯，当柔软温热的爱情男女凝固于坚硬冰冷的墓碑，死的诗意，源自生的浪漫与热切。

殉情的故事总在世间流转，但任何殉情，都不及纳西人殉情规模大、人数多、历时久。"滚崖之俗"——"同滚岩下，至粉身碎骨，肝脑涂地，固所愿也。"从十八世纪二十年代到二十世纪五十年代，那些殉情疯狂、密集、惨烈，持续了两百年，几乎每个纳西家族都有殉情的人。像滴水穿过巨石，殉情留下的绳索、匕首、草乌、冰凉的尸身、空荡荡的悬崖，以长久的刺痛，凿穿了的心，微调了的基因，让纳西人成为一个——

巨大的雁群。

纳西人视雁为祥瑞忠贞的图腾。"我的血族"——我时常看着掠过的大雁想。我们是如此相似。万物体内潜藏着怎样的刚烈与柔情，在刚柔之间，让我们为生命的鲜艳活泼，动容、动情。生命的意义不仅仅是活着，更应该去呈现生命的热度、色彩和音色。

母亲的手背贴着你发烧的额头，喂你温热的粥。伤心跑过失恋的冷夜雨，天都为你哭。油菜花间的白粉蝶，远处的雪山，是大地的蝶翅。白天与黑夜，斑马奔跑。而打动我们的生命动响，得之为声，光是想一想都让人激动于自然的恩赐、生命的斑斓。

你喜欢什么声音？那些细声与巨响：婴儿的第一声啼哭，发出第一个音：妈妈。情人的呢喃和喘息。细雨落在荷叶上。风吹过麦田，哗哗哗，留下走过的足音。蚕啃食桑叶，地震与海啸。

当然，还有一些悲声，也诉说着生命的热烈。最深沉的气质，源自最轻盈、最热烈的爱意。

纳西人有"祭风"的习俗，民间传说，风中有歌声。

那歌声，是否是第一声的雁鸣，欢快、优雅，像烈风奔出胸腔。

他们的爱情已不再老去。

像佛殿上合十的法号、空山月夜孤僧的敲门声、霜天夜半远远悠悠传来海浪般的钟响，第二声，上扬、悠长。

于天地间幽深的孤寂处，仰头啸出的象鸣，我想，这才是世界之初的原始音调，来自自然、出自生命，曾只身荒野，被寂静清唱出来。

第二声——一声浊音——象的佛语。

象，让人敬畏，又使人宁静，有着神的气质。有人说，大象的眼睛能说出最伟大的语言，寂静中有千言万语。宗教般的寂静，是大象体内的群星。大象能预知自己的死亡，一旦发觉自己死期临近，象便悄然离群，只身前往象冢等待死亡。静默生，从容死。

滇西北没有大象，但纳西族的东巴经里，时有白象出没，带着惯有的寂静，更衬出经书的神秘、古旧和缓慢。《东巴神路图》中有一头三十三首的大象，近百只白瞳圆睁，像金刚伏魔的怒目。垂卷的象鼻，那梵天之手，如观音护遍众生的千手。

象，自佛域，驾着祥云来。那些象，或黑或白，或三头或六牙，或六肢或八色，从梵语出发，翻过实词的高山，越过虚词的深谷，一路走进纳西人的农耕时代，走进东巴经中，成为神明。太阳的光渐渐沉淀下来了，象镀上黄金，慢慢踱进纳西人死后灵魂将要抵达的神地。象，似一味镇静剂，在另一个世界，安抚着死生的焦躁与困惑。

死后的世界是什么样的？

张爱玲写宗教："中国人有一个道教的天堂与一个佛教的地狱。"但丁幻游地狱天堂，无论细节多么形象逼真，都无法掩盖生的事实：死是孤独事。

在黑屋，你自然地望向有光的地方。如果说音乐源自于恐惧，那么，我们或许也该承认：孤独孕育了神明，信仰或许源自卑微、恐惧和脆弱。云南大地上三万多位神明，沉默的神啊，或许也只是你的母族的某个孤独的瞬息、一种难懂的自语的方言。

独自赴死的大象为什么能平静地面对死亡？身躯庞大的象，对生死的理解，更庞大还是更细微？象，依旧寂静、宗教般的寂静，它的身躯就是庙宇。

世上多如繁星的宗教，有神明、有庙宇、有圣域，各自的语言连接着各自的神祇。那些神明的塑像，用石、铁、金铸造，镀上金色的神话与神迹，让人觉得它们是真实的。当人们跪地，口中默念真言，向高处的神明祈愿，希望神明能够看见、听见。但高天之上是否真有静立的神明，是否真有凌霄宝殿、极乐世界或者是天堂？

当你在大地上仰望天空，你只能想象那些神通在你无法到达的地方：高处、天上、虚空。有一天你飞上天空，隔窗眺望，曾经高天之上繁华绮丽的想象，是一片干净，你会本能地看向大地，你看清了山脉的去走、江河的纵横和沟壑的深浅，那时你便会认同我：大地才是信仰的核心。

所有的信仰都与天空无关，所有高处的神明其实都来自大地。那些神明，如雪峰、似河流，是世间所有苦难汇集后合力推向高空、推向四方的人性之光。

高原、森林、丘陵、平原、极地、沙漠、沼泽、岛屿，都属于大地，天空和海洋不过是另一种意义上的大地。我们的房屋与生活，是大地的毛孔和呼吸。清晨，阳光洒在大地上。果树站在田野里，它们开的花，是根须从土里俘获的精灵。江流，沿着大地的阶梯，奔腾、汇合、向东。落到地上的水，我们才称之为雨。雨落在人们的房顶上，滴滴答答，这是春雨，大地提炼的精油，人们点进土地里的种子，被雨吵醒了，它们像大象一样沉默、缓慢，让人宁静。

春种秋收，四季轮回，节气——大地的鼓点，有如心跳。道路、劫数、苦行、受难、饥荒、瘟疫和因土地而起的战争，我们仰望的宗教其实起源于我们在大地上的深居，如同饥饿让我们更深刻地理解土地，而神明，则是眷恋大地的情结。

象的平静来自它知道自己站在大地上，死后亦将回归大地。它要告诉纳西人，万物都是如此。起居、耕耘、爱恨、生死，所有的一切都在大地上枯荣。所以，读懂指纹的不是命运，而是土地；暗藏命运的不是指纹，而是土地。鲜血最终会流到大地上。即使是天葬，将肉身抛给天空，秃鹫也会将骨头还回。天空中并没有凌空的天堂宫阙，诸神是大地的神祇，宗教是大地的慈悲，真理是大地的规律。千万年走过，真正强大的力量是生命。

生命才是最神圣的宗教。

东非，肯尼亚，宽阔的马赛马拉河。河水是红色的。角马、斑马、瞪羚的血染红了河水，迁徙路上的天国之渡，肉身即是渡舟。

那些雁阵、马队、鲸群，在天空、草原、海洋间浩荡奔袭，迁徙的队伍长达数里，延续千年，像针线，带着刺痛，穿过它们或长或短的，岁月的年轮。

"人类本质上都是流浪者"，存在主义哲学家雅斯贝尔斯说。对于流浪，人，总怀有本能、野性、浪漫的近于嗜血的原始冲动，像那些候鸟、鱼群和食草者，带着祖先遗下的记忆、痛感和指南针，一圈又一圈地，转动使命的分针和生命的时钟。

吉卜赛女郎埃斯梅拉达，敲钟人卡西莫多的绿宝石，她的美丽闪着流浪气质：神秘、天真。罗姆人，也就是吉卜赛人，人族中最纯粹的流浪者，纯粹到他们就是流浪本身。

纳西人也一直在迁徙，或者说，是流浪。苦痛的浪漫，我们——牦牛羌／麼些／纳西人——一直在逐水而走，近神而居，因生而徙，从北境到南疆，从过去现在到未来未知，从游牧的穹庐四野到农耕的河谷高原，迁徙的来路成为送魂的归途，而我们，从不孤单。

第三声，是山间那一声马嘶，如同一个回声，有曲折、重叠和降升，像在山川间走，下山难、上山易。

俊美的马，是什么塑造了这温暖隐忍又充满力量和速度的物种，是神灵的赐予还是进化的雕刻？马，一路见证着纳西人的迁徙，在南下的藏彝走廊上，在西行的茶马古道里，在送魂的山水村庄间，成为我们存在的一部分。

马，是纳西人空间的证词，是迁徙时代的血族、图腾，是灵魂密码。

在我故乡的方言里，形容同一家族、同一血脉，有一个奇怪的词："那一齿人"。我们用马的牙齿理解时间，以相似的牙齿来区分族群，马甚至是血脉迁徙的隐喻者。

世界的细节，隐秘而伟大。东巴经里讲述，远古时，董神（阳神）砍断一节白骨作为凭据，让人与马订立盟约，人不吃马肉、不穿马皮，马为人行脚力、送亡魂。在送亡魂的仪式上，由冥马送灵魂回祖地，当亡魂骑上马身，马会剧烈地颤抖，马的血感受着亡魂的重。

送魂之途，暗合迁徙之路，魂路上经过一个个有着古朴姓名的村庄——族群记忆的逗号——亡魂在此回顾。东巴用唱腔念诵亡魂最后的迁徙，它走过的地方，那些地名，是否都是第三声，与曲折和苦难同音？那些迂回的腔调是在告诫我们铭记，我们是如何走到这里的。送魂之路即是记忆之路，一个民族失去记忆，会重蹈灾难。

过去，在镜子的一侧，遥望着远远的未来，未知的命途如同一条瘦弱的马道，人生，也是一种迁徙。无止境、无边际、无停息的迁徙告诉我们生命的意义，我们像一匹瘦马，驮着自己的古道，驮着血脉和记忆，只身踏上山长水远的漫漫生途。

活着就是要从生到死，穿过它们，将迁徙之路延续下去。你我跳过的悬崖，蹚过的河，走过的峡谷，都是迁徙之路的印记，我们需要到远方去，用行动赋予"现在"以意义，也赋予"存在"以意义。

行为，赋予生命意义。

"当我们将自己的独特性视为优点，才能找到内心的平静。"

来自科幻电影《攻壳机动队》的台词。

我们对未来的想象，是基于对过去的理解。未来将要迎接的黑暗，也曾慢慢盖过远古的荒野，黑暗如一，如何从黑稠的药汤中提取引子，治愈来自黑暗的幽闭和恐惧？独特的优点、内心的平静，我是如何成为我的？

牦牛羌，这是纳西人追溯到游牧时代的前身。

每当我在史志上读到"牦牛羌""麽些"这些词，纸上，就起了野风，一行行字在风中摇摆，而藏在字内的意义，如牦牛的长喊，唤起你心底清而远的音声。

第四声。降调。风吹低的草原，是祖先出发的地方。

怎么写第四声？

一条斜线，像从高原连向河谷，通向世界也连着自我。以牦牛为图腾、为神、为名、为魂，牦牛——黑色的溜索——连着纳西人的现实世界和精神审美。

东巴说："神灵是宇宙的本质，自然的本性。"把牦牛奉为图腾，因为我们敬畏自然的本性、亘古的黑。纳西人崇尚黑色，黑，这原始的词根有着古老的智慧。"死亡的艺术就是生存的艺术"，这是自然的造化。在斑斓的自然里，阳光下涌动着杀机，一些伪装大师——藏身珊瑚的豆丁海马、蜷缩在海床上的比目鱼、模仿树叶的树蠡和叶尾壁虎、融入沙漠的埃及夜鹰、利用雪地做伪装的雪豹——借诡异的隐形躲避天敌的袭杀或者化身色彩鲜艳的静默死神。

而在将世界一分为二的黑暗中，唯有伪装成黑暗，成为黑暗本身，才能克服古老天然的死亡恐惧。

命名意味着命运，母族的名字不断变化，"牦牛羌""麽些"意为"牧牛人"。而我们成为我们所期待的人，"纳西"一词的一种释义是"黑的人"。染上黑色，再披上夜色，成为"黑的人"，黑暗和恐惧里有走偏锋的生机。

纳西男人传统服饰中，毡帽叫"喜鹊窝"，带着古羌遗风。"喜鹊窝"厚密，防寒挡暑。有长辈告诉我，跑马帮的纳西男人用它舀水、倒酒或接酥油茶喝，打仗时做头盔用。美是奢侈。生死之下，物，才会显出它原始本质的道。

你可能想不到，如今崇尚和平、开放、共荣的纳西人，曾经崇黑、尚武、好战。古书里写"么些（纳西）……善战喜猎，挟短刀，……少不如意，辄相攻杀，此其故俗也"。纳西人全民信仰的"三多神"是一位战神，而其他大小"优麻"战神有三百六十个。

造神——生存的经验要借助神明之像才能神圣地传承，这是图腾的意义。图腾像一口井，连着地下的水，我们借着牦牛，进入世界的精神版图。

井会枯，湖会涸，一滴水，唯有流入大河、汇入大海才能久远、博大，甚至获得永生。一个民族，也应像一滴水，纳西人渐渐悟出这个道理，于是，纳西人的名字变了。刀也会伤到自己，刀鞘比刀刃更有锋芒。"纳"从"黑"衍生出更多的深意："大""高贵"。世界的河，涌往何处？最低处。人间的山，去向何处？最高处。"黑的人"在黑暗里寻找光明，他要将自己变成"大族""高贵的民族"。

一部《木氏宦谱》，便是半部纳西历史。木府门外至今立着两座牌坊，一为"忠义坊"，另一个为"天雨流芳"（纳西语译为"读书去"）。无论是忠义爱国，还是知书达理，纳西人保留着尚武的民风，也开始走向广阔、明亮的精神领域。讲佛、论道、祭天，许多大河涌入，汇成了"纳西"这条河。这条河，也奔腾地涌入世界的河流中，向着善、追求光。王者无外。坐落在茶马道上的大研古城，是一种没有城墙的西南重镇，这是需要怎样的勇气、力量和善意，才能成就的气度，才能获得的敬意。善比恶更能得到力量。

纳西人曾遁入黑暗，至今，牛图腾仍在纳西人的生活中闪着微光，它化作门神，护佑门庭。图腾连着根，滋润着伸向天空的叶。但世界的河流是涌向善、真与美的，善才是神明，才是人性之光，才是宇宙的本质。

追求善是追求真正的人性，就像雪山，只有至高的顶峰才能聚集让人仰慕的冰川。

最后的轻声，就留给虎吼吧。

某些最沉的悲，被你触到时，只是最轻的叹息。当我站在铁栏外，度量老虎，看它躺在地上，昏睡、微喘，看它眼神空茫，眸子里白茫大雪盖住人间。一只虎也会深陷回忆，像个想着一生后悔事的暮色之人？虎，可是我们远古神明、图腾和血族啊，如今，绚丽的皮囊下，骨头融化血气稀淡，淡得如同一个轻声、一个轻声的叹息。原来，虎也是安泰俄斯，一离开山林故土，就渐渐失去神性和力气。血流尽了，被空出的河床像秃的山。

那些神明去了哪里？

某天，我经过一户纳西人家，大门右侧贴着的红纸上画着一只虎，左侧是一头牦牛，原来它们隐在这里，成为纳西人的门神。那只跳过金沙江中巨石、从此消失于山野的虎，脱离了肉胎，隐到了纸上，在神话的开头，带着寓意，等着被唤醒。

东巴经书开头，一般会画有一个象形虎头。象形，是在模仿自然，表达敬意。"活着的象形文字"——活着的并不是文字，而是生活本身，文字是存在，生活是本质，纳西人的生活仍在，东巴文就得以在纳西人的生活中活着，鱼水情深，血肉相连。

纳西语中，"拉"即为"虎"，像门神，"拉"以虎之象形，盘踞在每部经书、每个神话、每寸寓意之前，你必须面对这只象形虎头，读出它、唤醒它、穿过它、成为它，才能开启神话，得到神启。

东巴经是以图代句的提示性经文，当东巴看到虎头便会由"拉"的提示读完句子——"阿拉木诗尼"——意思是"老虎还不会说话的时候"，意译为"很古的时候""很久很久以前"。故事从虎头开始，记忆也在此处镌刻，虎开启了纳西族人的时间、记忆和心智，冥冥中似乎是在暗示——

时间如虎。

我们如何形容与时间的关系？

比喻是人类的天赋，人们将万物虚构、比喻。这些比喻经过审美的虚构，达成共识，闪耀在人类日常的语境中。它们稳定、晶莹，像对称切割的钻石，像模仿海豚的天籁，像精油混制的香水。

关于时间，我们有那么多默契的比喻，不可逆的时间，如光、若水、像金、似箭、草木、白驹、流沙、石火都是时间的肉身，它们代替时间出现在悲喜的人生里。

时光，这比喻，时间如光，是人类感恩的共识。有光才有热，才有生命。

似水流年，如果能按下倒退键，将画面倒退到春秋末年的某一天，那个叫孔丘的人，他站在华夏大地的高处看着流水感叹："逝者如斯夫！"他眼前的大河纵横千里，浸透了华夏的土地和岁月，他不可抑制的悲伤，延绵千年，浸透了国人的根骨和伦常。

而时间如虎，多么奇怪的比喻，我们都是猎物。

在你看不到的地方，一只老虎，它把黄昏与黎明文在身上，在日夜的光影间潜伏着。老虎的身子就像黄金表盘，黑色条纹是刻度，也是时针和分针，而秒针则是虎盯着你的眼神，里面藏着决定生死的力量。

存在决定意识，纳西人从狩猎时代开始，便生活在多虎的地方。在与猛虎交集的生存空间，虎是王者，既是暴君，亦是师者，又是死敌。力量、速度、气势，虎让人觊觎；强大、独立、美丽，虎使人眩晕。虎拥有冷峻而从容的气度，或许是因为虎比我们更快速，也就更接近时间，而时间就是权力，就是力量。

时间如虎，智者东巴将虎的神采淬炼成古朴苍劲的象形文字，虎以虚构之躯走进纳西人的生活。纳西人曾以虎为战旗，许多氏族、村庄和山水都以虎为名，每户人家正门之右都张贴红虎，视虎为门神。虎，从血肉之躯变为神明和图腾，随后化为象形文字，最后，虎变为时间，一滴一滴，成了纳西人生活里流动的血。

为什么会有信仰？祖先为什么会有虎崇拜？信仰并非因为荒谬，而是相信未来会有末日般的苦难。学者程抱一说："真正的传统本身包含着一切可能的现代性"，纳西人为自己虚构了一只虎，一路同行，这是远古的图腾对于现在和未来的意义，让纳西人在畏惧里提炼敬意、从恐惧内寻找勇气。

故乡拉马落往东北二十余里，玉龙雪山和哈巴雪山间，便是虎跳峡。传说有只虎轻轻跳过了至今仍然拦在金沙江中的巨石，我想，那虎是要像老子那样遁世而去，离开前它将虎吼送给了那段江流。

它只带走轻声。

像时间那样轻的轻声。

（发表于《民族文学》2020 年第 5 期）

云岭间

风 物

一块好的石头,看上去,就该很沉。

俩朋友偏爱鹅卵石,孤独的时间里,时常游走于江滩河岸,听石头的颜色唱歌,同石头的纹理说话,随石头的形状欢喜,然后在黄昏柔曼的光影里,载着美丽的石头如同载着心爱的姑娘,回家。他们是石语者,在石头里归隐,借沉默与石头对话,用抚摸与石头相爱。清洗、除垢、加热、上蜡、冷却、抛光,最后配上木头底座,一颗颗石头就开出了花朵。石,如玉、如孩童,需要抚摸,你的指纹、你的汗渍、你的温度、你的目光,还有你的心,都随着轻抚,浸透石身。入手沉,色泽密,跟随着清晰曼妙的纹路,你沉到了石头里,越来越深,石头是你脱胎的一部分,你也越来越像换骨的石头。庄周梦蝶般入石一梦,某一个瞬间,你是在与你的心对望,一颗好心,看上去,就该很沉。那么,我们是否也如此善待过我们的心?而又是谁,冥冥中挑选了我们?

老家拉马落临着金沙江,穿过田地,下陡坡,便到江底。这是春光带刺的季节,麦穗、松针、柳叶、海棠花的红妆,一簇一簇的针,一丛一丛的刀，割开了阳光的新鲜，人们心底激荡着欢愉如同嗜血。经冬，金沙江水落石出，鹅卵石铺满河床，像江水走过时留下的脚印，大大小小密密麻麻，一条背负着名气与历史的大江，竟然也走得如此地沉重。

鹅卵石的排布，是顺着江流的，像鱼鳞。以跪拜的姿势迎接沧浪之水，唯有低头，石头才能保持在生活的原处，磨掉身上的棱角和锋芒，不管多痛，要让水过无痕雁过无影。圆滑，或许是最痛最沉的伤口。

万物生长，但石头是不会生长的，它更亲近死而非生，如同在死亡的伴随下活着，我们就活在石头的怀抱中。火塘、石角、围墙、猪圈，沉默、坚固、务实、安稳。我们堆石成墙，落石成阶，山石深处有人家，石头是房子的根。到最后，生人的思念聚成一堆不化不散的山石，这是悲伤又温情的慰藉。

清明时节，上坟添土。父亲的坟薄薄一片，扶正山石撑起的坟骨，沙土带着潮湿的新鲜覆上坟头。用手将沙土抚平，旧坟焕然一新，像新长的皮肤，像给父亲穿上了一件新衣服。这个念想让我莫名地高兴。但日光一晒，坟又旧了，沧海桑田，不过阴阳一瞬。父亲小小的坟，只是山石和沙土，还没到立碑的时候，就这样荒着，没有任何对生的解释。山石不同于鹅卵石，卵石圆润平滑，山石粗犷形奇；卵石躺于河滩，山石散落山林；卵石之中有时间温柔的残酷，山石之上是时间粗粝的荒凉。

我们的记忆信仰般信任着石头，依赖着石头，畏惧着石头。木会朽铁会锈水会干火会熄，唯有石头，缓慢消亡，几近永恒。祖先的坟，立在父亲的坟后。碑石多选用大理石，上刻文字，规整、方正、对称，像进出的家门，只是人有去无回影。经过孝子贤孙修砌，祖先的坟明显地厚大坚硬，好像唯有修得坚实，方能承得起百年叠加的时间之重。原来坟也是会长大的，父亲矮小的坟还只是个满身尘土的孩子，后面是他的时而怒容时而呆思的父辈。

一个男孩何时成为一个男人？标准很多，刻碑之心必定是最悲伤最隐秘的一个。每次在祖先的墓碑上看到我的名字，心下坦然又恐慌。我的名字也在长大长高，像一个标记，提醒着我有什么事情正等着我。我想起朱大可的文字："留下你的身体和思想，这里只允许姓氏通过。"大理石上，风水相生，山云相伴，这是祖先对死的浪漫构筑。灵魂附在碑刻的姓名的通行证上，安息在水墨仙境，多么浪漫的设计啊。柔软温热的岁月凝固于坚硬冰冷的墓碑，死的诗意源自生的浪漫。

我的两个爱石的朋友，像石头一样沉稳可靠。朋友唐，他的石头透着诗意与佛性，黑水滴、红高原、水云间，经年的清洗，累月的轻抚，他让石头从内里发出了光，照亮了孤独的夜晚和幽闭的心事，他是石头的生死之神也是石头虔诚的信徒。朋友猛，他比顾城幸运，一个任性的孩子，拥有了彩色的画笔，扁平的卵石是他的与彩笔相爱的白纸。他给石头画画，给石头穿上过年的新衣和六一的清晨，他是石画者，他是顽石，世事却要人悟空，悟尽色空。

每到一个地方，我都喜欢捡一块石头留作纪念。闲时，往石头上注水，石色深黑，仿佛水解了石头的渴。《红楼梦》里写"木石前盟""金玉良缘"，其实，水石相拥才是最好的搭配，石是水的骨，水是石的魂。在西藏纳木错，五彩的卵石让湖水更圣洁，大昭寺门前长条的石块，被磕长头的人擦得亮滑，心是信仰之水里的鹅卵石。金沙江边的鹅卵石、我、我的族人、我的拉马落都是鹅卵石。去往梅里雨崩的途中，在一湾河滩，许多倒下的树，一块块垒高的用作供奉的石塔，雨崩河水打湿了石头，我与我的寂静寂静地相遇了，我想把一生都留在那里。

金沙江，在美丽的汉语里，闪闪发光。

我时常在沉思中反复轻念：金沙江、金沙、江。舒缓的语气里，如沙般细小柔软的金，或沉或浮，带着骄傲与激动，汇成记忆里那条奔流的江。

　　这是一个富足丰饶的词，对它的命名，或许是来自一段贫穷困窘的岁月。小时候，曾听说沙子落到蚌的体内，过些时日，沙子会变成闪亮的珍珠，于是便暗暗猜想偷偷惊异，在我看不见的金沙江底，无数的蚌里藏着无数的珍珠，夜深无人风平浪静的时候，蚌们会打开坚硬的壳，漆黑的江底如夜空般群星闪耀，寂静而明亮。后来我明白了，也原谅了年少的自己当时的认真与天真，金沙江的急流里是没有蚌的，而金沙江的金沙，小到肉眼无法企及。

　　我必须忘掉我那些美丽的想象，放弃一个孩童的特权，面对泰山麋鹿，面对金沙珍珠，心机复杂，行色匆匆。成长就是你觉得自己是金沙，后来发现我们都是河蚌，都有着虚张声势的硬壳和懦弱畏光的柔软，而想要闪光的话，必须承受沙粒那如鲠在喉的磨痛，积年累月。痛如金沙，这是我们都回避不了的问题，我们唯有将疼痛层层包裹，但愿所有落到你身体里的金沙，都能化作闪亮的珍珠。

　　有伤或者无痕的疼痛，短暂或者长久的疼痛，身体或者心灵的疼痛，让我们学会了畏惧和珍惜。恋人离开，夕阳下拉长的背影，割开了地平线，蔓延到心里化为一道不愈的伤。亲人离世，混沌的眼仁里的光芒渐渐暗淡，最后合上，一道伤口却在时间里，在我们心上，睁开了。言者无论有心无心，听者的留意会像针一样往肉里钻，此后，即便好了伤疤忘了痛，但没有人会蓄意地期待下一次伤害。有些伤，一次就够了。

　　有些疼痛是寂寞的，寂寞或许是时间带给我们最大的疼痛。孤独的青春、渐失的中年、等待的老年，我们时刻都试图借喧闹躲避寂寞。而寂寞时时出没左右，让我们疼痛，让我们体味，让我们懂得信任友谊，向往爱情，珍惜亲情。我们所做的一切其实都是因为畏惧疼痛。成佛是需要从体悟寂寞的疼痛开始的,不然,一只"心猿"为何要赋予它"悟空"的命运?梅里雪山下的小村雨崩,一个老尼守着小小庙宇,世界亮如砖石,不如眼前闪烁的酥油灯光。在诵佛的经文声里,在雪峰的枯荣间,在磕长头的俯仰下,她与寂寞相伴。寂寞是她的疼痛,也正是这寂寞的疼痛让她拥有了祥和宁静、与世无争的圆满。悟空,参透一切,独守清心,用巨大的疼痛,舍弃世界,换得本心。

有些疼痛是私密的,伴随着羞耻袭来,我们会因为荣誉和自尊而撒谎,也会因此孤独忍受而不叫不喊沉默咬牙。"因为脑神经衰弱,不得不吃些激素药,而这样的药有副作用,会伤身。"当老师时,某天上课时间,我遇到一个请假的学生,追问原因,她冷静地告诉我原因,坚韧而勇敢。是的,我该保密,我在写她的痛处。好吧,我承认在大学时代,我曾为一个女孩子哭得差点背过气去,想不到我有这么多泪。至今想起这往事都还隐隐作痛,无伤之伤或许最伤。好吧,孩童时代我是孩子堆里的"鼻涕大王",总觉得没有人喜欢我,所以后来我写出了《藏在门后的认真》。

疼痛使我们成长。我们是会痛的金沙,也是怀伤的河蚌。

谁没有疼痛?那些身形剽悍、貌似强大的男孩——未来的王者,从未遇到挫折磨难,正是因为少了疼痛,他们的青春才自以为是,嚣张跋扈。成年后消沉堕落、自怨自艾的也多是这些男孩。岁月无声淘沙,像我的母亲这样的女性却在疼痛相伴下,蓄积了柔软、坚韧。这水一样的特质,给我们温暖,给我们力量。我们应变成像她们一样的人,沉静安详地活着,因为疼痛,所以忍耐,因为疼痛,所以柔软,所以幸福,因为时间是我们最大的疼痛。

我们和疼痛,就像蚌和金沙,互为疼痛,互为敌人,却也因此互为血肉。疼痛,终将把我们金沙之子变成时间里闪亮的珍珠。

去年年边,到农贸集市购置年货,看见一捆色如琥珀、清香怡人的明子,心下甚是喜欢。虽然我已经远离土地,远离火塘,生活在水泥森林的钢筋蜗居中,但这并不妨碍我将它带回家,放在书房,给满屋书味添一缕山野之香。草木有情,山水趋灵。江上清风,山间佳木,闻之为声,目遇成色,亦为造物者之无尽藏也。

明子,即松明,引火之物。"松明"之名,应是取自"松树,能照明"之意,而我们的方言里将之唤作"明子",就像母亲唤出的你的小名,自然简洁,寓意美好而又不失自然之气。明子,这个活在我们方言里、融入我们生活中的风物,名字里就透着喜人的鲜活与机敏:易燃耀眼,像我们雀跃欢闹一擦即燃的童年,又如水浒好汉霹雳火秦明,急性子又暴脾气。

明子并非这个时代金沙江边独有的风物,神州大地上,四处能见它的影子,诗词歌赋里,字句都有它的韵脚。明代陆深的著作《燕闲录》里的记载就被广泛引用:"深山老松,心有油者如蜡,山西人多以代烛,谓之松明,颇不畏风。"而关于"松明"的诗句也不在少数,最妙趣横生的当数大文豪苏轼写的《夜烧松明火》:"岁暮风雨交,客舍凄薄寒。夜烧松明火,照室红龙鸾。快焰初煌煌,碧烟稍团团。幽人忽富贵,蕙帐芬椒兰。珠煤缀屋梢,香潴流铜盘。坐看十八公,俯仰灰烬残。"那日初读此诗,逐句解读,津津有味,其中一句"坐看十八公,俯仰灰烬残",百思不得其解。正默然思量间,忽见标题一个"松"字,福至心灵,不禁莞尔——"松"字拆开,就是十八公。写到这里,我忽又想到,如果非要找一种风物来形容苏轼,我会选择将苏轼比作松明。苏轼如松明,有品格,虚怀幽香;有才气,心有松脂;有脾气,烈性敢为;有气节,韧骨坚实。他是长江的另一道赤壁,他亦是山野的另一方松明。

关于明子的记忆，最深刻的还是在童年。大概是上世纪九十年代初，那时拉马落，古朴但闭塞。村里刚通上电，大爹家只有一盏瓦数很低的灯，挂在堂屋外的门梁上。灯光时暗时熄，照明难明，只让黑夜更黑，快断气一般，真叫个"回光返照"啊。我们洗完脸脚回屋睡觉，但那屋没灯，母亲便点一大根明子，置于地上，为我们铺床。我借着松明火用影子作怪，或者伸手去抓从燃烧的明子身上飘出的黑丝线，抓到了，打开一看，一条细小的蚯蚓印在手掌里。

明子燃烧是一种什么样子呢？苏轼一句顶一万句，写得入松木三分，沧海巫山了。松明颜色或琥珀，或淡红，松愈老，颜色愈深。有诗人用"麒麟红"概括。琥珀还算常见，但神兽麒麟大家都没见过啊，怎么想象？不要急，没见过麒麟飞，总见过黑猪跑吧，腌制多年的精瘦腊猪肉你肯定吃过不少吧。就是那色！明子点燃，快焰煌煌，碧烟团团。因油脂多，明子易燃，燃烧时会有松脂和香味流出，油脂下滴，铜盘接之，清香上飘，帐芬椒兰。

明子是乡野之物，若借以传意，最适合抒发隐逸幽情。宋代梅尧臣诗云："野粮收橡子，山屋点松明"，同时代的陆游也将松明入了《道室杂题》一诗："勘书窗下松明火，采药溪头槲叶衣"。两位诗人身处陋室，松明取火，却安贫乐道，悟言一室，写诗怡情，让松明也有了隐逸之气。松树又易长寿，长于山崖，百年不老，自然深得仙道隐侠的喜欢，仙风道骨，传唱人间。

烟 火

金沙江边有句谚语："爹亲妈亲不如火亲"。几块卵石或方砖，围成方形略高于地的火塘，火塘中置一个黝黑坚硬的圆环铁架拉出虚空，便可支起柴火与三餐，温食和暖夜。在屋漏偏逢雨的孤灯夜、星垂平野阔的异乡地、月圆生狼嚎的茶马道、四季饥饿的火塘边，火是最有凝聚力的神物，木是幽香的祭品，火塘便是供奉火灶神明的神龛。

早于鸡鸣的清晨，抓一把细碎干爽的松木——搭拢，松木仿佛熬了一夜寒冷的小人迫不及待相拥取暖，在火塘中间抱成一顶微型木帐篷。随后捡一撮箕"苞谷壶壶"（玉米核），依势在"松木帐篷"外围上一圈"绒"。星火点燃松明，待松明"引火烧身"，便钻进"帐篷"，"气焰嚣张"。从"帐篷"里溢出的淡蓝火焰，像条轻灵的蛇，爬上苞谷核齿洞罗列的肉身，燃烧自己温暖了火塘和清晨。最后，放上两三粗厚的栗柴，架上锅，烧涨水，放入裹了纱布的蒸盘，再放入裹着猪油渣的花卷面团，盖上草锅盖。半个小时后，香甜的花卷熟了，捡松圈的堂哥堂姐回来了，我们也醒了。至今还记得，大妈会在纱布上垫上一层洗净的绿色松针，再放上花卷面团，这样蒸出的花卷，在猪油渣浸透的酥软间，有一股松林的幽香，回荡齿间。

童年就像一个火塘，温暖而安宁。上世纪九十年代初的老家依旧古朴落后，没有电视，甚至连电灯都昏黄不明，晚上，家人会围着火塘聊天、打牌。虽然火光在亲人脸庞布下阴阳，恍若隔世，但这让我们挨得很近，近到能够数清光影变幻中起伏的皱纹和微笑的唇线。母亲那时很年轻很美丽，不必为时间和疾病担忧。父亲一定小口地呷着白酒，和心事对饮，赌谁先醉，谁先在年边的宁夜里沉沉睡去。

火塘并非江边独有之物，在西南山川民族地区，火塘是生活中非常重要的一部分。我曾猜想，大概是因为环境恶劣，火便是生存的关键。隔着一层木墙，外面便是原始森林洪荒异界，伴火而食，拥火而眠，塘火不灭，生活不息。祖先们走过的茶马古道，马帮在绝壁上踏出一线生机，却改变不了暗夜的侵袭。夜幕降临，恐惧渐生，月圆狼嚎，风移影动。马锅头生起火，火塘是古道无名之夜上升起的太阳。

火塘里有日出日落。我们借着火塘照明做饭，会客讲鬼，取暖入梦。火塘是家的心脏，跳动的火苗和着心跳的节拍，给疲惫的一天呈上温暖。煨热苦茶，烧涨山泉，油锅里升腾起干辣的香，刚从刀山下山的菜条肉块，裸着身又欢快地跳进油锅，让我想起大江边海子里戏水消暑的孩童，原来童年是一种美好的味道。

火塘里有四季交替。火是木头上的野孩子，在春归的原野上撒欢，在温暖的木纹里踏浪，在丰年的瑞雪中撒野，吹散风絮，溅起水晶，扬起雪雨。在火塘里，火伴随着我们如同呼吸，是温暖和安心在人间的小名。在家的中心处，火塘四季轮回，火焰升腾，火焰安眠，如同松针的枯荣，江水的涨落，年成的丰歉。

火塘里有生离死别。

表姐出嫁的夜里，我们在院子里搭起火塘，点燃篝火。火苗随着葫芦丝的婉转而起伏，亲人们都喝醉了，最后不知道喝着酒中的泪，还是泪中的酒。我们手挽手跳葫芦丝，借欢笑送离别，这是我们最亲近的时刻，我们像火塘里欢笑的木柴，即使成灰，我们也是兄弟姐妹。

翻车遇害，从此不归的堂哥，他像是西西弗斯的石头，被抛弃在时间的荒野。死于金，临于水，覆于木，焚于火，最后，才得入土为安。堂哥翻下的那个崖子，就在金沙江边。兄弟们在江边搭起圆木火塘，堂哥反卧在圆木间，背上压着一生情怨的石头，表情安详得像躺在母亲的怀抱。他身下的木头搭成了奈何桥，我们在桥的这头，点燃离别。最后看一眼，最后送一程，泪水浸湿了我们的脸，浸湿了我们的悲哀和身边的金沙江。这条江湿润了我们的肤色和口音，记忆和灵魂。凶死之人，不入祖坟。无法入土为安，兄弟们按照乡俗在金沙江边把堂哥烧成土。江风很大，兄弟们都靠近火堆，这温暖，是我们最后的兄弟情谊。

如今，火塘早于我们睡去，熄灭，消失。亲族们拆掉了木灰掩住的火塘，垒起水泥贴瓷砖的灶台，无论是父亲的拉马落、母亲的士旺村，还是金沙江沿线的乡村，抑或是西南山川各族村落，火塘正渐渐消失。亲族们围着电视，听着异乡和他国的口音，看着精致却虚假的笑貌，这是现代生活的标准而幸福的模式。我们渐渐跳出五行而活，远离江水，远离山土，远离火塘，远离柴木，生活里干净得没有一点灰，飘飘忽忽，似乎也远离了三界，不知今夕何夕，不知此地何地。

如何形容老照片里定格的人物和故事，我喜欢借用博尔赫斯的诗："时间和黑暗卷走了发光的物体"。一张老照片，昏黄模糊，但它是会说话的眼睛，流转的眼波，点活了似水流年，只待有故事的人，前来解开被封印在琥珀里的时光哑谜。

因为工作的关系——看图配文——一张"光阴的故事"摄影展的老照片辗转到我手上。照片是八十年代丽江城，轻捶点点黄铜铺，颓圮的土墙搭成了昏暗的布景，老铜匠耳提面命，小铜匠打制铜器。铜匠铺灰白苍老的石灰墙如破旧的衣衫，遮不住土草相濡的土坯与物质贫乏的年景。墙角零散地堆放着几个厚实干燥的土坯，几件水壶锣锅被火烟熏得黢黑，人间烟火，冷暖自知。老铜匠脚边，几个新打好的铜火锅、铜锣锅泛着黄灿灿的光，这些光，照亮了小铜匠关于幸福的黄金梦。

从前慢，柴米油盐酱醋茶，锅碗瓢盆筷勺叉，都来自铜匠一锤一锤不紧不慢的敲打。美观耐用的铜器是生活中如呼吸般存在的器物，因此，铜匠的手艺，在世人眼中闪着神秘的金光。在云南，纳西族婚嫁时，嫁妆里必须有黄铜打制的洗脸架和洗脸盆，而藏族人喜欢黄铜或红铜打制的水缸水瓢，以显富贵。后来，做工慢、售价贵的黄铜器渐渐跟不上动物凶猛的现代生活了，物美价廉的铝器、塑料制品铺天盖地摧枯拉朽般抢占了我们的生活，黄铜时代的一切，渐渐消失不见。我毕业参加工作时，母亲不知从哪里找来一个黄铜盆让我带上。我和她开玩笑，问这老古董是不是她的嫁妆。后来有一天，偶然在忠义市场的角落里见到各式各样的黄铜器皿，依旧泛着暖人的灿灿光辉，如见故人般温暖。这么多年，小铜匠早已长大，不知道他是否还用黄铜敲着他的幸福？他的技艺是否能让黄铜在他手心里开出明亮的花朵？

玉需琢，铁靠打，木应雕，石该磨。器，须敲，塑其形，空其心，乃有容物之用。铸模、煅烧、锤打、打磨、酸洗、抛光，其间加入一些老铜匠秘不外传隐而不宣的秘方和绝学，锻造铜器，其实是一件非常辛苦的活路。每一种职业都有别人看得到的光鲜和看不到的心酸。小铜匠大概是老铜匠继承衣钵的孙子，也可能是外姓子弟被送来当学徒的，平头大耳眉毛淡，低眉顺眼一脸谦卑。身上窄小的上衣胡乱地扣着，却扣不住疯长的身体。裤子肥大而顾长，双膝打上了青色的补丁，裤腿褶皱起伏，在他羞涩的年岁里布下了浓浓淡淡的阴影。裤脚向上折了几折。一双黑布鞋，内无御寒袜，外缺绑鞋带。学人手艺，便是卖命与人，其中有着不为外人所知的艰辛。

但黯淡枯燥的学徒生活掩盖不了小铜匠善睐的明眸。一个好铜匠，应当先有一双好眼睛。"这个孩子就站在铁匠的炉子边上一天天长大了。那双眼睛可以把炉火分出九九八十一种颜色"，阿来的小说里的描写，精彩的夸张，夸张的精彩。读《月光下的银匠》时，我的内心和银匠达泽一样，充满了不屈的骄傲和宿命的悲壮。人们都夸他会成为天下最好的银匠，人们看着他将一个银元打成了一个月亮，然后，神仙般从银月亮里走了出来。但达泽那颗艺术品般骄傲的银匠的心，终抵不过曲颈低头默默敲打的银匠的命。他走不出自己的骄傲，也走不出自己陨灭的宿命。

小铜匠手掌薄窄,指缝宽,还捏不住太多细密又柔软的时间。一个好铜匠,应当先有一双好手。左手拇指咬住器皿边,右手小心翼翼地握着锤把,如同握着姑娘白软无骨的小手,小铜匠嘴角上扬偷偷笑了。木把光滑锤头崭新,这敲打黄铜的小锤是他的宝剑啊;木纹新鲜木面光洁,这打磨黄铜的木架是他的宝马啊。小铜匠就这样手心微汗、拘谨克制地坐着,顺着师傅的手指和叮嘱,不软不硬不徐不疾不轻不重地敲下定音一锤。这一锤,似乎能敲出熠熠的黄金,似乎能敲出一个黄铜做的属于他的黄金时代;这一锤,如同浇铸铜器的模子,给他漫长而枯燥的一生塑了型,也定了音。小铜匠敲打铜器的时候,也在敲打自己,修心磨性,寻得宿命与宁静。若不然一只石胎孕育的美猴王,菩提老祖为何给他起名:"悟空"。悟尽空色,心猿成佛,这名字蕴含着大智慧、大玄机,也蕴含着大慈悲、大悲凉。

爱之深,责之切,师傅在旁指点。小铜匠落锤之地,正是师傅心所想、眼所及、手所指、言所明之处。老铜匠的手,老根盘错,虬枝峥嵘,指节粗大,遒劲有力。这样一双铁手,竟也打出那么多耀眼的黄铜器皿、精致的富贵生活。每一个铜器的铸模到打磨,一块块铜料就像是他的孩子,在他手里降生、成长,闪着生命熠熠的光芒,飞入旧时王谢里寻常百姓家。时光的打磨下,老花镜后眼神越来越温柔了,他有那么多孩子,眼前这个低眉偷笑的孩子,他的徒弟,他的儿子,是他这铜匠的一生中遇到的最好也最珍贵的材质。他要在轮回里将他打制成此生中最好的铜器——一把精巧的锤子,无所不能的锤子。一个好铜匠本身就该是一把好锤。

时间是一段炉火,无所不熔的炉火,我们都是铜器,在时间之炉里煅烧,被流星之锤敲打,被似水流年擦拭,渐渐光亮,又渐渐在似水流年里失去流光溢彩,渐渐暗淡。老铜匠手腕上,戴着一只皮带腕表,分分秒秒算计着时间。但时间真的是你我的时间吗？"是时间飞逝吗？不，时间仍在，是我们流逝。"老铜匠渐枯的面容，蒙尘失色，早已失去黄铜般生命的光彩，但他浑然不自知的是，他那颗被时间敲打的心，是这烟火人间似水流年里最质朴最纯粹的黄铜之心，被轮回的时间千锤万打，却越打越热，越打越亮，越打越精，去尽铅华，留得质朴与纯净，看尽繁华，回归纯粹和宁静。一个好铜匠本身就该是一块好铜，能成万千器皿，却不忘初心。

我想，那些谦卑坚韧的手艺人，并没有消失，他们只是隐居在时间里，隐于市，隐于林，隐于我们浮躁迷乱的心之外。不信，请你闭眼倾听：叮咣，叮咣，叮叮咣咣。清脆的起落间，铜匠，将自己黄铜的一生打成了黄金。

朴素细小的物象，恬淡柔和的意境，只因木心那句"从前的锁也好看/钥匙精美有样子"，记忆的洪流一下将我席卷回泛黄童年里安睡的宁静故乡。老宅外杨柳依依，竹林沙沙，渠水潺潺，蝉鸣声声。我四下寻觅蝉鸣处，不经意却见朱红淡褪的木门，古旧精致的黄铜锁。

这黄铜锁，在金沙江沿线的田园农舍，最是常见。父亲的故乡拉马落，母亲的故乡上江士旺村，都是金沙江沿线普通村落，背靠同一条横断大山，共渡同一条金沙大江。"我住长江头，君住长江尾。日日思君不见君，共饮长江水"，这是我对父母的爱情美好的猜想。锁在古代是定情之物。在乡野间，是生活中不可少的器物。

江边老家民风淳朴，至今保持着在家开着门的习惯，方便亲友串门。出门，门有时锁，有时不锁，反正锁一直在门上挂着，不声不响，却其义自现。锁是锁给外人看的，是一个界限，非分之地，"你锁了，人家就懂了"；锁也是锁给自己看的，是一份安心，心安即家，家是需要保护的地方，你锁了，也就放心了。有的铜锁露出黄铜本色，在时间和风雨的浸染下，红绿相间的锈迹，点线纵横，像夏日斑驳的日影；有的铜锁通体黝黑，劳作的汗渍，田间的泥土给黄铜塑上一层渡河的泥身，仿佛千年湿沉的雨夜都融进了锁间。锁有大小，因物而定。锁面方寸之地，亦可雕花刻字，或朴素显志，因人富贵而定。锁身呈瘦长"凹"形，外直中空，内有机关。右侧锁孔。左侧是个可整面活动的暗扣，下部与内里"抵片"相连，上连一根圆柱横梁，穿过"凹槽"内壁对应的槽孔，便可锁物。

"钥匙精美有样子"。狭长的钥匙造型多变，龙凤蛇树，栩栩如生。钥匙尾有圆孔，以绳系之，以防丢失。若有心，可系上一根吉祥红带，仙袂飘飘；或挂两三铜铃，宛如泉音。家中若添新丁，百天之日，家中长辈会送上雕花的长命银锁祝贺，以示宠爱。这些都是我记忆中对"锁匙"最美的记忆，它能打开那个逝去的年代之门。亿万年前一滴一滴汇聚的松脂球，锁住时间，成为弥足珍贵的琥珀，圆润晶莹，寂静清晰。淡黄的琥珀是时间的容器，时间的固态。但黄铜锁与琥珀不同，黄铜锁是活的，带着人的精魂和气血，成为时间的坐骑，岁月的血脉，流淌至今。

这锁和钥匙，已不仅仅是生活用品，还是一件精美的艺术品，一种古朴的生活，蕴含着祥和自足，把宁静悠缓的情境锁在心间、乡间和人间。"东风不与周郎便，铜雀春深锁二乔"，是什么样的锁，能锁住人间的绝美，锁住人心对美的向往，引英雄折腰，骚人泼墨，凡人传颂；"无言独上西楼，月如钩，寂寞梧桐深院锁清秋"，是什么样的锁，能锁住流变的四季，锁住时间的流逝，西楼月影，寂寞梧桐，人心清秋；"梦后楼台高锁，酒醒帘幕低垂"，是什么样的锁，能锁住欢梦与离歌，这锁，锁住的是人心的渴望，人生的无奈，人世的落寞。

古旧的黄铜锁，代表的是那个缓慢朴素、宁静温情的年代。如今各式各色的锁代替了笨拙简易的黄铜锁，成为我们生活的开关。黄铜锁和它代表的年代，已在繁忙快速地消失。土坯房推倒了，水泥房站起来了；木门拆卸了，铁门挡住了人情；黄铜锁荒废了，锈迹斑斑，直至再也找不到了，还有那些横断山里金沙江边，原始的村庄，古朴的生活，也渐渐在城市化的冲击下，萎缩消逝。父母越来越矮了，故乡越来越小了，终有一天我们将无法回到故乡，如同锁没有了钥匙。

小锤敲响千年，匠人的心血，凡人的希冀，叮叮当当，都敲进锁里。故乡那个夏日午后，也被敲进我的命途，锁我一生。

妙 音

唱一段古调，与祖先对话。

妙音，瑞气，在那若倮神山化生为露，白露成海，海中生蛋，蛋破，纳西人祖恨矢恨忍降世，开创纳西世纪。这纳西族创世纪神话《崇搬图》中记载的"妙音"，让我一直暗自猜测，浮想联翩。

妙音是什么样子的？天籁之音，抑或是，平凡之声？妙音，或许是孩童降世那一声潮湿却清亮的啼哭声；或许是入梦前母亲朦胧的哼唱和父亲断续的咳嗽；或许是祖先坟头如浪的松涛起伏；是黎明火塘中松明燃烧的吱吱声；是低头的麦穗随风唱和油菜花间蜂鸣鸟语；是金沙源头冰雪消融，化春之声。

故乡拉马落年少的夏天，大爹会带上我和哥哥到金沙江浅滩捞江鳅。猩红的金沙江弹奏着亘古不变的旋律，作为应和，大爹会用浑厚的嗓音高唱韵律古朴的纳西调。我和哥哥听不懂纳西古调里音韵流转的爱恨情仇，我们丧失了自己的语言就像丢失了自己的灵魂，但时至今日那画面仍历历在目，环绕我心：奔流向北的金沙江哗哗作响，高耸入云的玉龙山大美无言，天地间单调的歌唱，苍凉而悲怆，如同被触摸到灵魂，我的心随歌轻颤。

印象中的纳西古调，或安详飘逸，或哀怨缠绵，或舒缓幽远，或古朴悲怆，以悲调居多，鲜有热烈奔放、莫名欢乐的歌调。藏族作家阿来在他的小说《空山》中，是这样看待现代流行音乐的："没来由地就欢快无比的歌并不讨机村人喜欢""他也不喜欢年轻人把歌唱变得这样虚情假意"。阿来甚至冷言调侃："天上的神仙也不会一天到晚这么高兴得要死。"妙语动人，为民谣古曲的黯淡的忧心又诚挚感人。

快乐无根，悲伤有源，即使是欢乐的歌，也应源自悲伤的魂。

我的民族的血脉里应该有一条悲壮苍凉的大江。这条江，源自颠沛流离的无根迁徙，自西北荒原沿"藏彝走廊"迁徙至三江并流的横断山脉，踉踉跄跄的前路，寻寻觅觅的迁徙，迁迁回回的漂泊，天苍苍，野茫茫，风吹草低不见家园。这条江，源自悬崖夹缝的艰难生存，横断山脉是大地最忧伤的所在，褶皱起伏如同眼角的鱼纹，时间的刺青。

这条江，源自弱小坚韧的民族历史，弱小民族在冰冷的时间和滚烫的山川里，像一个病瘦又坚忍的孩童，忍着泪，带着伤，将悲哭压回胸腔锻打，淬成一段段苍凉怪异的唱腔，唱我们的悲喜，歌我们的聚散。这条江，源自果敢决绝的至真性情，《崇搬图》《黑白之战》和《鲁般鲁饶》，纳西古老的诗歌三部曲，沧浪之歌，灵魂之声，它们记载着纳西先民与时间、与自然、与苦难斗争的血泪历史。迁徙之路的牧曲，殉情圣地的离歌，茶马古道的别调，那远古的妙音早已化为悲声与怨魂，溶进血，刻入骨。

承载着民族灵魂的歌谣，渐渐远离了我们，或者说是我们渐渐远离了灵魂民谣。现在的纳西歌越来越欢快了。这样的快乐无根无据，却预示着纳西文化农耕文明正被世界文化城市文明消解和同化。莫名其妙的快乐，难道不是整个民族被物质引起的狂热和虚脱吗？就连情感流露都没有一个可以依循的源泉，我们听到的不是民族文化最深层最深沉的部分，那些是浮华的音调，被曲解的表面。

古谣，是这个民族活着的历史，字字珠玑；民歌，是这个民族悲怆的灵魂，句句血泪。悲，应是刻在这个民族骨子里血脉中历史间的。这个民族，因悲小而牧心低平容纳湖川，因悲弱而戒骄祛傲和平处世，因悲而谦卑，而坚韧，或许也因悲而生存，而传承。

我是不是可以做这样的假设：每个人的内心都充满了虚妄的挣扎。

以前当老师的时候，班上有个同学的问题是这样的：来学校时他没什么问题，问题是他时常不来学校。我打下这行字的时候，他已经三天没来学校了。他的内心到底充斥着怎样的挣扎和痛苦，我们作为旁观者，永远无法体悟其中的冷暖。他自饮自知。众人皆醉他独醒，抑或是众人皆醒他独醉。对于我们自己的命运，我们比任何人都清醒，又比任何人都糊涂；比任何人都坚强，又比任何人都无力。

他和我有着相同的口音——"江边口音"。

我写了一首名叫《江边口音》的诗："口音里依然有潮汐的回响 / 直指故乡 / 江水含沙打磨鹅卵石千年 / 江水洪涨旱落左右丰歉 / 命运起落里 / 水岸民族的口音变得 / 尖锐而轻滑 / 一张口便是浪涛 / 一吐音便觉湿润"。是的，我们的口音有着浪花的欢快和大江的深沉，这口音来自横断山脉金沙江畔。

自故乡拉马落逆行金沙江，转过长江第一湾，再行二十公里左右，江对岸就是他的家乡。时常在去往上江（我母亲的家乡）和巨甸的途中，路过他的家乡。屋舍寂寂，田野青青。这是个宁静祥和的村庄，和我的家乡一样，靠山吃山靠水吃水的村里人，安然笃定地生活在这里。当然，安静的另一个原因是，很少有年轻人愿意待在乡村侍弄土地了。年轻人都到城里去了。每次回到家乡，内心就伤感无限。老人们和小孩子们聚在村里的空地上，晒太阳，打牌，聊天。隔着时间的断层眺望城市，浑浊的眼神里充满了寂寞和疑虑。当老一代人去世消逝，乡村最终也会消失。

虽然逢年过节都要回拉马落，但我只觉我是个经过故乡的旅人。故乡已没有了我的根，没有了我的活法。我生活在不大的城镇，却永远地和故乡、和土地断开了，我写下了《一个人的对话》："我们身上带着明显的断痕／像一棵被腰斩的梨树，父亲带走了根／我们慌张地枯萎"。

"故乡是回不去的"。

台湾作家骆以军在他的作品《西夏旅馆》中，将自己化为书中人物，开始了痛苦而奇幻的寻根之旅。他给自己的定义是："省二代"——祖辈都在大陆安身立命，因为历史原因，迁入台湾。但他们不是台湾土著。骆以军日夜痛苦的是像他这样的"外省二代"，在台湾没有土地没有神祇没有根的后代，找不到来路，自然看不到出口。我深深沉入到他的寻根之旅中，并给自己也下了一个定义："城一代"。自父亲背上悲伤和行囊，离开大江边的纳西小村拉马落，去往高原小镇——中甸（后更名为香格里拉）求学，我就和故乡、和土地断开了联系。

"口音是我与故乡的唯一联系／梦中的故乡／一棵梨树在村口等我／回家／城市的季节模糊昼夜黯淡／父亲传给我的口音母亲带给我的鬈发／没有吹到风也没有淋到雨／土地和大江远离了我"。我虽生活在城镇，但城镇里没有我的归宿，我缺乏安全感，无法心安理得。再加上我本就来自外县，这身份让我时刻都敏感而易怒。我不知道，我所担忧和痛苦的，是否也正是他所担忧和痛苦的。毕竟，我们有着相同的口音，相邻的故乡,而且我们都会最终离开土地,生活于城市。我们都变成了隐姓埋名的"城一代"。"口音是我隐于城市的唯一破绽/暴露我农耕的身世/我的脸不属于心/我的声音没有来自骨头/我的城市生活没有神衹、不属农耕不是迁徙,这是流浪,更是流亡"。

在丽江这个不大的城镇,我们没有故乡,没有土地,没有神衹。他内心的痛苦和挣扎,是否是因为"前不见古人"的尴尬状态,让他看不到来路和未来?

"远离是我唯一的真实/那个叫拉马落的故乡/越来越远"。

我看到的是一个消极悲伤的少年,不知去留。我们都会被各自的命运融化。我希望他能勇敢地面对自己的命运,迎接未知的挑战。和我一样,我身边的许多孩子都渐渐地离开了土地,他们以后将生活在城市,迎接我们的已不再是缓慢温热的农耕生活,而是快速冷酷的水泥生活。我想让这些正奋斗,或即将奋斗于城市的孩子知道,城市是一种必然的进化,找到自己的位置,默默地坚强地生活吧。我们没法看清我们这代人的结局,但我们身上,有粮食、有土地、有故乡的灵魂,在城市里呼吸。我们的使命就是生存、记忆和传承。

食 色

如果酒是五谷的魂,那么糖就是五谷的精。

记不得第一次吃糖、感受甜的美好是什么光景了。这样好的滋味,大人一定会急着给我们品尝,如同他们的心愿,希望我们的生活也如糖般甜,如甜般美。孩子认识世界从舌头开始,一根指头也有美味千种。这就是我们大多数人的成长,孩提时无论什么都要往嘴里放,吃到甜就笑,吃到酸就哭,吃到辣就叫,大人在一旁嘻嘻哈哈笑出泪。后来,生病吃药,希望药是甜的,每棵树上都有鸟窝,过年有吃不完的米花糖。再后来的后来,爱情是甜的,女孩的酒窝和嘴唇,在有月亮的晚上比月亮更亮,在没有月亮的晚上比黑暗更黑也更浓。或许有一天,记忆即便伤感沉痛会甜,悲欢离合会甜,而安详地活着,也是甜。

　　曾经有段时间,迷恋德芙的香滑,迷恋糖纸上淡淡的香,迷恋将德芙糖纸细心裁下夹进书里。期待某年月日无意翻出,或许香消色殒,但那时的心境又将慢慢浮出充盈唇边指间。德芙与爱情有关。第一次吃德芙也是在一个与爱情有关的情境里。那时的我,还不懂爱情,还不懂德芙,只是觉得,德芙入口,我的舌头变成了石头。爱情或许也是这样,让一切都变得笨拙粗糙,失去色彩,失去香味。为什么看了那么多爱情的离散,有时候我们仍然会在别人的剧情里留下自己的眼泪?如果能提炼出泪的精华,那滋味,是不是也如德芙?

　　偶然得知"德芙"取意"DO YOU LOVE ME",一下福至心灵,那些爱情里的男女,他们暗传明度的缠绵,比德芙添丝滑;他们别有幽愁的情怨,比德芙香浓,成就了德芙与我粗糙的舌尖味蕾相遇的惊艳与想念。曾经沧海难为水。小心地打开银白棕红、精致光鲜的糖纸,精心研磨得极细小而略潮湿的黑沙,被灌进童话的城堡里定型,三块造型华美、色泽微亮的巧克力连成一片,精致得如同梦的道具。咬下一块放入唇齿间,舌头卷住,仿佛一个吻,被潮湿和温暖慢慢融化,融成一池春水。灵巧的舌头在这一池的春水里也变得笨拙僵硬了,变成了一块朗日松下清溪里的糙石,被微暖的清波细流洗濯、浸泡、抚摸和亲吻。

　　但人心总是这样,日久生常情,初次惊艳的美丽渐渐变成流年似水,我们开始相信真水无香的平淡是真,这时候,我想念的,是江边年前粒粒皆心的米花糖。日子就像饱满香甜的米花,一粒一粒,精心粘在一起,平淡中有回甜。每接近年边,母亲总会嘱咐老家的亲戚,为我准备些米花糖。米花糖的味道,与亲情有关。每个人的舌头上都有个故乡。舌尖上的故乡,味道里的故乡,思念中的故乡。哪一种味道会让你忽然飞回故乡,灶边炉前,一丝一缕都弥足珍贵。母亲一直记在心里,我偏爱米花糖和苞谷糖。你能想象吗?嚼着米花糖,就像嚼着干爽味甘的阳光。不知道那些田里的稻穗啜饮的阳光,是不是如米花糖般香脆而味甘。米花糖干脆易融,苞谷糖耐嚼味甘,咀嚼的起落间,一股若隐若现的清香似近又飘远,让人仿佛置身于金黄的稻田间,艳阳清风、鸟鸣水响,这就是我们走不出的横断金沙,我们回不去的故乡,从此,你就成为故乡的舌头,卷出轻滑欢愉的江边口音,弹出迂迂回回的山歌水谣。

每到年前,老家的姨妈就开始张罗着熬糖稀、粘米花,这是一种年味,也是一种乡情。正月里拜年串户,摆上一桌红白相间的糕点蜜饯,吃茶、聊天,讲讲一年的喜乐见闻,沉寂已久的村子复活了。名称做法形状各异、味道手感口感不同的米花糖,关键是糖稀。糖稀金黄透亮香气凝结,如蜂蜜,但比蜂蜜烫嘴;如琥珀,但比琥珀柔软;如松脂,但比松脂甜腻,用糖稀将各种食材分门别类地粘在一起,于是我们面前就有了:苞谷糖、籼米糖、米花糖、核桃糖、黄豆糖、鸡蛋糕、白糖黑糖。

《说文解字》里有:"糖,饴也。从米,唐声。"看偏旁部首就可以看出,"糖"来自"米"。金沙江沿线的村庄,大都用大米或苞谷熬糖稀。熬糖稀先要准备麦芽饼。把大麦洗净,捂好,发酵至出芽,长至一手指节。然后摘下麦芽,捏成麦芽饼,切块或片放到簸箕里晾晒。晒干后,磨成粉。与此同时,可以将熬糖稀用的大米洗净,泡一天;苞谷需先用石磨碾成两半,也需洗净泡一天。泡软后,推成浆,放入麦芽粉,拌匀,放上一晚。第二天,将拌入麦芽粉的米浆、苞谷浆放锅里煮,边煮边沥——筲箕裹上纱布放在大锅一角，边煮边舀米浆到筲箕里，用来去除残渣。煮的过程中要不停搅拌，直到米浆煮成没有水汽的胶状糖稀。糖稀受热会冒"糖花"。做米花糖得看糖花大小，米花小而脆，糖稀太老粘得太硬太死；苞谷花粒大粗糙，糖稀太淡不甜，还粘不牢。

糖稀还可用来拉"白糖"。用两只筷子从糖锅里卷些糖稀，向两边拉开，糖稀若能不破不断薄如透纸，而手弹即破，这柔韧度正好。端离灶火冷却片刻至手可摸，就可以拉"白糖"。新鲜的擀面杖粗的柳树干两根，长短自定，去皮，将温热有弹性的糖稀串起来，拉拉面一般来回拉动。金色的糖稀在拉动中，渐渐变成白色。最后将白糖趁热打饼，色泽玉润、甜腻粘牙的白糖就做成了。

多少个高原小镇中甸冬天的夜晚，围着火炉，我时常用一根筷子挑着白糖靠近炭火熏烤。白糖表面受热变得金黄酥软，整片撕下放入嘴中，一口下去，甜中又有了脆的质感，香脆可口，绵密悠长。那时，我还不知道德芙为何物，听见爱情会害羞，更不知道乡愁，会让人甜到哀伤。

在白纸上写下一个字——"迷"。

字根与偏旁，命与运，我们是大地之子，都带着泥土的偏旁。热爱文字的人仍然站立在土地上，没有翅膀，也就缺少飞翔的偏旁——这是一个写文字的人常有的恍惚。我在寻找自己，执迷的文字恰是让我失迷之物。我在行走，也在迷失，当我在沉默中叩问迷途将去往何方，突然发现，迷途中暗藏着法道，所有的追寻，都应当去向起源，就像一个站立、行走在大地上的人，需要回到生命原初、回到"米"中。

汉语中，共有585个含有"米"的字。"米"是大地的字根，也是人群的偏旁；是前程，也是归途，我们的命运、生活与之粒粒相连、字字相依，我们的生活建立在一粒春粟、万颗秋子之上。苏童小说《米》中的主人公对米的崇拜如宗教般的狂热，他咀嚼生米，赤身躺在米里，认为米干净、圣洁。我们都是米的信徒。米是神明，是我们生而为人、本能且本质的隐喻。

食色，性也。"米"是以"米饭"的状态出现在人间烟火、昼夜四季中。米饭里有饮食男女的喜怒哀乐。民以食为天，吃饭必有米。没有吃到米，就不算吃饭，这是我一个云南人对"吃饭"的理解。在我们对生活的认知中，"饭"是不能算作一道"菜"的，可在我们故乡就有一道算作"菜"的"米饭"——"八宝饭"。

儿子喜欢吃八宝饭，当大人把扣在八宝饭上的圆碗拿开，伴随着缕缕白气，形状半球、色泽如玉、"宝石"点缀的美食，欢快地跳进眼帘。这是一道菜，但你忍不住想抚摸它，又不忍心打碎，镶嵌在糯米间的颗颗果粒，红黄绿棕，闪着喜人的光泽，让人心生食欲和偷窃之心。香甜之气缓缓飘来，饱满、浓郁的甜香味，你像坐在一个熟透的、被阳光浸泡的果园前，呼吸都是甜的。舌头早已按捺不住，喉头已反复吞咽，但来不及了，孩子们早已踮脚伸筷，挑起一大坨八宝饭放在碗里，急急地夹上一块放进嘴里。烫啊，像把太阳含在嘴里。太阳是甜的吗？馋嘴的童年，连太阳也像噙在嘴里。大人笑骂着孩子——叫花子等不得隔夜食——自己也迅速拿起筷子在所剩不多的碟中刮一点八宝饭，放进嘴中，甜软绵糯不粘牙。你仿佛回到童年，耳边响起大人的喝骂，少吃些，糯米不好消化，小心胃疼。《阿甘正传》里说："生活就像一盒巧克力，你永远不知道下一颗是什么味道。"生活也像八宝饭，你永远不知道你会咬到微酸的葡萄干、微苦的莲子还是甜腻的大枣。

阿甘，多好听的名字。

当然，八宝饭也并非滇西特有的美食，四方皆有，食材相似，口味接近，做法雷同。原料是糯米，先在清水中泡上一晚，让坚硬如碎骨的糯米粒吸饱水分，变软变黏。第二天将水滗尽，把糯米放至锅中蒸至八分熟，然后出锅、入盆，拌白糖（我一直以为糯米就是甜的，原来拌了糖），拌菠萝、大枣、枸杞、葡萄干等"宝"，然后放入碗底有橙皮的瓷碗中压紧、压平。再放一块化油（猪板油），盖上比碗略大的碟子，蒸二十分钟。出锅时，碗底朝上、碟子向下，化油受热融至碗底，方便把碗拿开。

在我的云南滇西北金沙江边的故乡，八宝饭一般只出现在喜宴、逢年的餐桌上，寓意喜庆、吉祥，多子而富贵。八宝饭里寄托着乡民对美好生活的期许，佳期如梦，美梦似宝，八宝饭是平常岁月里的浪漫诗意，谁不希望自己的日子像那一粒粒拥抱的米一样，醇香晶莹又可口？月有阴晴圆缺，灰姑娘也要在十二点以前脱下那魔法的水晶鞋，那些喜庆、热闹的日子一晃而过，人们终究是要回到充满劳绩的生活中，这时，米、米饭从喜宴精致的餐布上撤下，回到落着尘埃的餐桌上。一粒米也要接受自己的平凡，"众镜相照"，时而精致华丽香甜，时而粗糙物鄙难咽。米饭就是人生之镜像。

我小时候，家中时常会做"撒撒饭"。吃这种饭，我总觉得像是在一堆干沙中寻找一滴清水，因为这种饭，是将白米和苞谷面混在一起吃，也叫苞谷两掺饭。每次吃撒撒饭，我都觉得是在吃沙子——撒哈拉大沙漠的沙子，换到现在，我那喜欢八宝饭的儿子是不会吃撒撒饭的，干涩、乏味，混在苞谷面间的白米，真就是沙漠里的水了。我也吃不下去，但我不敢说，我那追忆往昔岁月苦的父亲正看着我，希望我能忆苦思甜，因为这饭也叫"忆苦思甜饭"，根正苗红的饭，我不吃，就真没的吃了。

如果八宝饭是人间的珍宝，那么撒撒饭便是平凡的草木。每次我看到家中在做撒撒饭时，我的心像秋风一阵比一阵紧，却无能为力。母亲先将苞谷面放到蒸锅里用水蒸，半小时后苞谷面蒸熟，然后取出苞谷面"打回腔"——倒进盆里，然后倒进些许水。随后，用水煮米，煮到米没有坚硬的米心，一捏就烂为宜。最后再将米和苞谷面放到一起搅拌均匀，再蒸到熟。

撒撒饭可以根据个人喜好调整苞谷面和米饭的比例。父亲和母亲小时候吃的撒撒饭经常只有苞谷面而没有白米饭，甚至有时候吃苞谷面稀粥，掺入的清水越多、苞谷面越稀，苦难和饥饿就越浓稠。米少面多的撒撒饭很难下咽，但据说经得住饿，我没有受过饿。你也可以选择米面对半，奢侈一些可以是四分之一的苞谷面掺入四分之三的米饭，如果有火腿肉和青菜汤，这又是另一种美味了，口中的撒撒饭能很好地调节火腿的油腻和青菜的寡淡，一口一口咀嚼间，苞谷面、米粒的香甜溢满口腔。

到现在，撒撒饭却变成了餐桌上的奢侈品，曾经苦难的它也像八宝饭一样，只在喜庆的日子遇见。每次遇到，我都会为自己添上一碗，不放火腿、不吃青菜，慢慢嚼，想想以前，思念父亲。我们也像一粒粒米，相同的形体、色泽，聚在一起，又各自独立，短暂相聚、永久分离。

米饭也是人生。人生的"迷"，寻找，答案或许就在"米"中。那些喜怒哀乐，被浓缩进一粒粒米中，含蓄的表达，却意味隽永，如米的香甜和绵密。人生一世，衣食住行，生养丧死，一粒米、一双竹筷子、一只白瓷碗，它们所承载的意义重大而深远，包容着人生的格局和世界的规则。

德国诗人保罗·策兰在"数数杏仁"，他说——"让我变苦。把我数进杏仁中"。

我也在数——"让我成熟。把我数进米里"。

长征路的长征

1958 年，我的父亲出生。那时穿过故乡拉马落的路，只是一条马道。这条马道连着祖辈艰辛的来路，像窄窄的血脉穿过岁月，停在父亲面前，剩下的路，要自己走。这条路也是活着的人的去路和归途，通往外面的世界，你要拼命挣下一片天空，才能坦然地归根复命。

后来，在故乡马道下面，沿着金沙江修筑了一条公路。在我们的方言里，一直叫"公路"为"马路"，马路比马道宽，汽车在上面走，隔着许多公里，就能看到一条"土龙"张牙舞爪遮天蔽日地驶来。这是我少年的记忆，那些在路边竹林下等客车的时光，我总是被阳光晒得昏昏欲睡，但望穿金沙江，也不见客车遁地而来。有时候，要等三四天才能等到有空位的客车，而我在枯寂间懂得了时间像马路一样漫长、弯曲。

公路 1974 年修好。后来的中甸县县志这样记载着："1957—1974 年，金江、虎跳江两公社组织，调集民工修筑，时修时停，历时 18 年始修通 80 公里马车道，路宽两米左右，七弯八拐，沿江修筑，每至雨季泥滑路烂，不能通行。"

父亲就是沿着这条公路走出故乡的。

1978 年的父亲带着乡音和忐忑，走下班车，准备去往迪庆州师范学校报到。学校在路的另一头,那条路叫"长征路",没有其他路可走,那是那时那城唯一的马路。父亲站在长征路上眺望,羸弱的小城中甸一眼而过。后来父亲对我说,长征路像一条茶马古道,仿佛从远古时代蜿蜒而来。

一条名叫"长征"的路,命里带来的苦难和悲壮,注定要成为一座城的双脚,负重前行,一路长征。父亲迈出属于他的长征步伐,而在遥远的东方,一道天光,拨云而出,垂天而下,如同一条金色的路。

父亲师范毕业后,被分配到了中甸县红旗小学工作。红旗小学在红旗路上,它们都是党的孩子。出红旗小学大门,右拐,经教师进修学校、防疫站,便有一片宽阔的青稞地撑开视野,那里是被我们称为"二村"的地方。红旗小学大门往左走,经农机公司,红旗路就汇入了南北向的长征路。长征路向右,目力所及处有一座雕塑——"飞马拾银",长征路在这里一分为二去往诗和远方。长征路向左,最后抵达中心镇,两点之间一条直线,中间那支河、江克路、警民路、红旗路、向阳路、建塘路向东西延伸。如果能在九天之上俯视这片水乳大地,整个中甸县城阡陌交通,看上去就像一个行草写意的"善"字,而"善"字中最厚重、最传神的竖笔,就是这条和我们一起成长的长征路。

1984年,我出生。从我记事开始,这条如同小城动脉的长征路,就已经躺在那里了,如山川般亘古,似族谱般久远,它带着阳光雨雪,四季流淌,给小城的宽街窄巷送去点点生命之力。

万物生长,长征路也曾像孩童的我,瘦小单薄,在我出生的八十年代,长征路和我手臂上青色的血管一样细,和我胸腔左侧的心跳一样弱,它曾是这片高原最细小的神经末梢,感知着从时代深处传来的震动;在我成长的九十年代,长征路和我都是这片原野上的野孩子,下雨踩水,落雪撒欢,我们都是母亲心头注满担忧的伤口。

那时的长征路只是一条土路,而我时常将自己弄成一个土孩子。我和长征路都太瘦弱了,长征路像我骨节突出的脊椎,晴时扬尘、雨季泥泞,蓝色的长得像解放军战士的解放牌卡车和绿色的砖头般的"4×4"吉普车咆哮着开过,而偶尔经过的一辆桑塔纳带来的,是路上最飘逸的风景。长征路两旁是瘦骨嶙峋的简易木板房,如我的肋骨,牛毛毡铺成的屋顶,薄薄一层皮包裹着人们冷暖自知的生活。我记得一个阴雨天,我在长征路一间木板房前逗留,那是一间小卖部,但门是锁着的。那时候你若要买东西,得先去其他什么地方叫老板来开门。我正盯着小卖部门口搭出的木板桥看,担心爬满湿暗的泥会让我滑倒时,披着军大衣、带着解放帽的老板来了,他打开门,里面漆黑阴冷。

上世纪九十年代开始,长征路明显地热闹、"粗壮"了,它成为小城中甸起飞的跑道。柏油路在夏天烈日暴晒下渗出黑色的沥青。人明显地多了,桑塔纳开始常见,人力三轮车、电动三轮车像洪水季节的金沙江水,黄灿灿地占满了道路。被我们称为"沙漠野狼"的丰田车开始出现,我们煞有介事地按颜色的黑白来区分这车是"公狼"还是"母狼"。长征路两旁的木板房被砖房代替,绿化带里种了常青的松树,阳光照进商店木制橱窗,透明的玻璃阻挡了我热切的目光,水果冰棒5分钱哟,牛奶冰棒一毛,紫色的雪糕一块二啊,我只是看看,其实我不想吃。

作为主干道的长征路,时常会举行物资交流会。路两旁像菌子一样一夜之间长出了许多简易鲜艳的塑料大棚,里面兜售一个小镇男孩所想要的一切商品。父亲带着我两兄弟逛了一圈,什么都没买,最后我们父子仨走进"兰州拉面"的大棚里,十块钱,三碗香辣的面、两个酥脆的煎饼,我吃完了还想吃,那时的长征路或许已不能满足一个凶猛成长的男孩的胃口和野心了。

2001年,中甸县更名为"香格里拉县",在一中读高中的我们去参加更名庆典的游行。长征路的名字没有变,色调明亮的路旁现代建筑像一件件新衣,让小城有了"大城市"的感觉。我清晰地记得,当游行队伍走到邮政大楼时,因拥堵被迫停下了。我急切地向"邮政音像"看去,落地窗里一排排整齐的磁带和图书,那些是世界向我打开的窗。流行的音乐、经典的文学,我独自在我幽闭的青春里长征,我多希望游行的队伍一直走,走出长征路,走出中甸城,不管世界多大,行走就是生命,我要把长征路带在身上。可是,年轻的我并不懂得,离开才是旅行的意义,但离路不一定就是归途。2006 年,师大毕业后,我没有回到成长的小城香格里拉,我带在身上的长征路,也变成了他乡之路。

长征路是小城光影变迁的缩影,是父辈与我的接力棒,它也是时代的跑道。2012 年,父亲的长征路停下了脚步,那是一代人的脚步。2014 年,家里修建新房,回家帮忙的我,去买装修材料,因为突然多出的新城而迷失其中。我想,某个时刻,我停下了和长征路一起跋涉的长征,但一起长大的长征路没有停止,小城也没有停止。香格里拉县升级为香格里拉市后,长征路依然在,车水马龙、人流如织,红绿灯、雕花护栏维持着繁忙的长征路的秩序。"藏区特色城市",这是所有香格里拉人的中国梦,在这场梦中,长征路,依然是书法中最浑厚、最传神的一笔,依然是小城的动脉和跑道,它也将是香格里拉乃至迪庆州身体上最重要的脊椎。

2017 年迪庆藏族自治州成立六十周年,长征路的长征,永不停息,它将如航母,承载着每一个人的热情和梦想,在时间的逆旅中勇往直前。跟随着敬爱的中国共产党百年长征的步伐,长征路的红色巨变,记录着我们亲爱的祖国建国七十年的坚实记忆和"改革开放"四十周年的真实变化。如今飞马仍在,古城载誉,串联其中的长征路日益坚固、繁华,终有一天,它将成为人们记忆的经纬,它也必将成为西南高原上永远鲜活的图腾。

B 面

柔软的馋

馋——舌头最锋利坚硬的刃。

为了不被人发现我的秘密,每次经过,我都低头快走。那家麦当劳开在青年路与人民中路交叉口,也钉在我痛痒的十字上。只有坐74路公交车从人民中路转向青年路时,隔着两层玻璃窗,我才敢看向那亚当的苹果、我的诱惑。

但车在移动,车窗昏花,鲜亮的麦当劳幻化成幽深变幻的隧道迷宫。我的目光被扭曲、拉长,最终被横进眼幕的坚硬楼房铡断,坠入无涯的空漠。篆刻的眼睛隐痛,我用力眨了一下眼,摇头,想把痛驱散,黑布景上闪烁着麦当劳残存的轮廓,神秘、缥缈,有如仙宫,生汗的右手,在上衣口袋里捻着一张纸币,纸币被摩挲的那一小块圆,更潮软了。

2002年,初到昆明读大学的我,身上有一百块钱,却迟迟不敢走进麦当劳。在许多次的窥探间,我盗取的碎影借着虚构的黏性重建了一间麦当劳,我清楚它的每一根直线、每一个转角,但我无法明白它运行的规则。规则是理解世界的道路。麦当劳如何点餐、点什么、贵不贵?面带微笑、询问亲和的上帝的化身,她手指飞快划过的小屏,是否是块磨刀石？我不知道，而猜想又引发慌与恐。后来，当我终于走进去并以此为常，我发现麦当劳其实并不神秘，使它显得神秘的是陌生，无知，胆怯，不及物的想象，慌张坚硬的孤单。

一百块钱，买汉堡可乐鸡翅鸡腿，买超值套餐全家桶，能把你撑成宰相，但那时的我就是不敢走进去，也不好意思老是盯着里面看。钱是人胆啊，"我们不过是穷乏的小孩子。偶然想假装富有，脸便先红了"。第一次去肯德基是朋友请客，怕朋友破费，谎称吃过午饭，只要了一个甜筒和一份鸡翅，没吃饱。

现在，我坐在汉堡王里，儿子坐在我对面，饿鬼样：手里拿着甜筒冰淇淋，来不及看我，脸忙不迭地侧向左，叼着吸管吸可乐。咽下可乐后，他抽空看我一眼，同时，手已经拿起一根薯条蘸了番茄酱，往嘴里喂了。要是他奶奶看见他这孙悟空般的猪八戒样，肯定会笑骂他："等烧不等煮。"

"有人抢你吗？"我气得牙痒，转头看向落地窗外。时间把神奇变为寻常，这是时间的伟大魔法。在我慌惶的岁月，在那个有如刺青的十字路口，不知是否有人接住过我隔着玻璃窗投去的期待又胆怯的目光。我突然想起朋友张大给我讲的故事，他也曾隔着玻璃窗投出惊雀般的探寻，有人接住过他微酸略苦的目光吗？

"元谋站到了。"

2001年冬天，夜班车载着张大回家。从昆明到宁蒗十六个小时车程，接近零点，那夜的渡口，飘往滇西北的夜班车，会在元谋站稍作停留。司机加油，乘客买夜宵，然后又起程，夜沉天阔，漫漫行程后遥遥故乡等在梦尽处和光源头。

梦是流动的。梦是需要流动的，现实与梦境，像河流与时间的河流，时而交叠，时而分离。掌舵的司机踩下刹车，时间的河流往下沉，沉入河流肉身里，而梦境，带着细微的误差，被镶回现实。

司机粗暴地大吼："休息二十分钟。"

张大说他在窸窣、咕嘟、走动声中醒来，透过水汽朦胧的玻璃窗看到乘客陆续下车，灯暗衣沉，走出车门的人流像夜班车吐出的一口浊气。

班车去往相同的目的地，总有认识的人。有认识的人喊张大，让他一起去吃东西。张大应了一声：你们先去。最后，车上就剩下他一人。张大不想动弹。除了寒冬中的被窝让他依恋暖洋洋的懒散，更窘迫的是他身上只有十块钱。买完回家的夜班车票，轻飘飘的十块钱如同佛祖贴在五指山上的符咒，镇住了张大心里的猴子。

躺着不动大概有五分钟吧，张大估计着当时的时间，后背发着热、冒着汗的他，右手伸进上衣左内侧口袋里捏着纸币。不知道，纸币是否被他的汗水浸得潮软。

符咒仍在。

符咒在，那只泼猴也就在。在闻到一股烟火气混杂的烧烤香后，一阵天摇地动的心慌偷袭了张大。心慌让他突然觉出自己的饿，饿如同坚硬锋利的锥子，一层一层，快要把胃钻通。而最靠近胃的心，那里有一只有执念的猴子发问了：十块钱能买什么？

这个问题，对于一个钱包比人还羞涩的穷男孩来说，缺少的不是计算力和想象力，缺少的是见识和自信。贫穷是坚硬的、锋利的，有时候，穷是一个人的骨气，有时候，穷又是一个人的口气。

可能过了十分钟，张大说。他又一次将玻璃上的水汽刮去。那天不断隔着玻璃窗向外搜寻的张大，放出一只受伤又受惊的小鸟，惊慌乱跳，寻找安心的枝丫。他想看清自己的心吧，或者是看清饿，又或者是想看到一个能管饱解渴又体面自尊的"可能"。然后，张大看到厕所旁有家小卖店。十块钱，买水？买炒饭？中转站的商品，会因为乡愁而贵出许多。不知道够不够买一瓶水和一袋饼干？但饼干又太寡淡，不够解馋消饿……

张大起身跳下车，闪进小卖店，包装精美的商品鲜艳得刺眼，商标上的数字简单直接得刮心。张大装作漫不经心地扫一遍，看书一样，突然——"￥9.50"——闪了过去。张大往回看，遇到了亲人：大麦酒！

"买这个。"

"补你五角。"

十五分钟。张大笑着说他夹着大麦酒上了个厕所，溜回班车，司机规定的休息时间大概过了十五分钟。张大开始喝酒，或者说开始吃饭，他坐在光影里，打开瓶盖，闻了闻，小小地喝了一口。一条火线蹿下。然后他放下酒瓶，用拇指按住瓶口，怕酒气逸出太多，怕被人知道。胃有点暖了，张大再次提起酒瓶，这次他嚅了三口，放下，用拇指按住瓶口，然后才咽下。火海漫开了。

还得提防着被熟人看见，张大讪笑，他说他心焦，食指和中指来回地点击着酒瓶。永不消失的电波？有乘客聚在车下抽烟、聊天，他们很快就要上车了。张大第三次举起了酒瓶，吹军号一样，扬起瓶底，猛灌一大口，受刺激的喉头本能地锁紧，用了好大劲，才咽下，像饮剑，利且硬的剑。

酒还有大半瓶。

有人准备上车了。张大说这话的时候，深深呼出一口气，那神情好似要跳水。他又一次吹响军号，瓶底扬得更高。从瓶口升起的水泡像弹出炮膛的弹壳，吞咽便是发射，身体的战场泡在一片火海里，那些敌人，那些冲锋的饥渴、锋利的贫穷、炸碎的羞涩、肉搏的自尊，你们哀号吧，痛哭吧，流血吧。胜利属于有着坚硬骨头的人。

有人上车来了。张大被酒辣得全身紧绷，他颤着手拧紧瓶盖，把酒瓶压在枕头下，然后侧身躺着，拉被子盖住头，等着酒意上涌，等着自己变柔软，等着梦开始流动，等着时间的河流浮出河流的肉身，飘飘荡荡，梦醒处是故乡。

班车开动了，张大没有察觉空气中飘着一股酒气，那缥缈的酒气，像战场的翌日清晨，摇摆的烽烟。

"爸爸，你不吃吗？"我回过神看向儿子。当他问我吃不吃时，我知道，其实是他快吃不动了。

"冰淇淋化了。"我提醒儿子。

儿子慌慌地咬一大口冰淇淋，咽不下又舍不得吐出，只好呼哧哈气。含了块烫红薯？而冰淇淋受挤压，融水漫出甜筒口，溪流般滑下，儿子慌忙去舔……

时光开始倒退了，你被封进一块淡黄的琥珀里。若有时光机，我觉得应该就是琥珀的样子，圆润、透亮，透过它，你可以细细欣赏动植物完整或残缺的肉身，时间是寄生，其实你更想看清的是封存在肉身上的旧时光。如果能从琥珀里面向外张看，世界应当呈现淡黄的视感，如同我们穿过回忆看向过去，总镀着一层淡黄。

回想我的成长，对"饿"我并没有什么分明的记忆，一个被人羡慕的小城镇男孩，对滚滚而来的现代世界，献上的最大讨好，就是"馋"。夏有水果，冬有米花，摆满零食的商店是超越了季节的，只要你有零花钱。我曾是馋嘴的小孩，一个词，都能让我口水直冒，而所有关于食物的名词里，"雪糕"，是最可口的那一个。水果冰棒五分，牛奶冰棒一毛，在上世纪九十年代雪糕就已经一元一根了，很贵。

"你的雪糕化了。"记不得那天我有没有这样提醒同学"八路"，但我清晰地记得他手里拿着一根紫色的香芋雪糕。雪糕我还没吃过。1993年夏天，高原小城中甸被日光灌成热海，红旗小学三年级二班教室外的柏油路，冒汗了，冒出黝黑刺鼻的沥青。因为就住在学校大院里，那天，我和哥哥很早就来到教室外。不一会儿，住在学校隔壁气象站的八路也来了，他手里的雪糕，一根烧红的针，戳眼。

阴凉是岛屿。走廊上，我们靠着墙，八路边吹牛，边悠悠地吃着。

雪糕融化得很快。我担心地想：融化雪糕的热浪，来自太阳，还是我灼热的目光，又或者我想开口讨要却又不敢的羞涩，是一块硬太阳？我只是偷偷看了一眼，雪糕就在热浪里大汗淋漓。

八路慢腾腾地吃着雪糕，说话很有城府的样子，但我记不得他说了什么，我想那时我肯定被雪糕催眠、蛊惑了，我肯定在想：雪糕吃起来是什么感觉？

它应该有雪的冰凉吧。我们吃过雪，我们也吃过甜的米糕，一加一等于二：先含住雪糕，舌头抵住一堵雪墙，但你能感觉到雪墙并不死板，它更像是一张被绷紧的网。慢慢咬下——网一格一格被利落地剪断——脆、软而有弹性。就让雪和米糕抱在了一起吧，在柔软的舌面上打滚，牙齿是吹过的风，阳光就是甜。

雪糕消失得很快，变成一个"中"字。但吞咽的停顿赶不上太阳的不倦，雪糕水沿着木片滑下，在八路的食指上停了一下，探出头，像是看看跳台还有多高，然后跳下，优雅入水。

八路已经不能再说话了，他低头舔掉手上的雪糕水，但你无法阻止奔腾的河，雪糕水又冲下来了。八路咬了一大口，站起身，似乎是想将不多的雪糕丢了，一抬头看到我看着他，便大方地将雪糕递给了我。我想我那时一定眼神刺人。我伸手接过，来不及说谢谢，急急地咬了一小口，然后像抬着一盆快要漫出来的水般把雪糕递给哥哥。交接的震荡让雪糕水沿着哥哥的手滑下，哥哥慌忙去舔……

馋，是一种行为主义。

孩子因为馋认识世界，但世界上有太多坚硬锋利的存在，当针尖对上麦芒，因馋而生的痛，你心疼，才会变得柔软。

你不会想象得到一个孩子因馋而生的创造力。堂姐和同学捡到方便面调料包，冲水，包剪锤，谁赢谁喝；水龙头里流出白色漂白粉水，学校的孩子们都当作牛奶，顶开对方的头，争着喝。小时候不会游泳的朋友阿四，花了一个早上的时间，舀水泼、石头砸、鱼竿钓，终于把水里漂着的调料包拿到手，跑回家泡水喝。他说他甚至想拿脸盆当船。

阿四是个固执的人，他一直拒绝承认朱古力和巧克力是一回事，他吃过的朱古力豆里藏着黑白分明的心事。

在小河口的桥边，阿四和妈妈遇到赶集归来的邻居，邻居给了阿四一包朱古力豆——一袋黑珍珠，黑珍珠里又包着一颗白珍珠，黑珍珠略苦，白珍珠很甜。沙沙沙，珍珠在嘴里嚼碎成了沙滩，唾液海浪般层层涌来，那美妙的滋味呀，荡漾成月夜下粼粼的大海。

"妈妈，给我买一袋，可不可以？"七岁的阿四对妈妈说。

看着阿四节省、小口地吃着那黑豆，妈妈有些心疼他，妈妈说："给你买两袋。"

赶集的镇子距离阿四的小村有三十里路，1995年，镇子其实只是一条街，但对村野蒙童阿四来说，那已经是世界的中心了，而现在，世界的中心包着一颗小小的心：圆甜的朱古力豆。阿四知道，街面上只可能有一家小卖部会卖这种新潮的零食。那家传说中的小卖店总是会有新潮的零食和流行的玩具。如果那间鲜艳、奇幻、美味的小卖部是个梦境的话，那么阿四相信一定有条梦的暗道通向更玄大的梦境，暗道里有蓝精灵搬运着小村男孩没见过的新奇。

阿四拖着妈妈快步走，临近商店，他放开妈妈的手，跳进商店。眼尖的他马上在货架上找到了心爱的零食，他拿了两袋转身递给刚刚进门的妈妈。

　　一个恶声从柜台里传来，吓了阿四一跳。阿四仰头看时，又被吓了一跳，高大的柜台上架着一颗硕大的头颅，柜台和头颅异形地组合成一个怪物、柜台怪兽。那怪兽说："你这小孩怎么没付钱就打开吃呀！"

　　"这包是别人给我们的。"妈妈说。

　　朱古力豆突然变成了黑洞，将时空扭曲，螺旋吸入。阿四不知道自己做错了什么，让妈妈和老板娘争吵、敌对和撕扯。最终，妈妈将两袋朱古力豆丢回柜台，拉着阿四走出小卖部，身后追来一串飞刀："付钱""小偷""癫子"……

　　阿四拉住妈妈："给我买，妈妈，你答应过我的。"

　　让我们在这里暂停一下。画面里，拔河的两边，单纯坚固的执念和复杂多变的心绪僵持着。一个孩童馋嘴的渴望，能拉住一个大人愤怒的骄傲、怯懦的委屈、难堪的自尊、烦躁的孤独和坍塌的承诺吗？

　　能。母爱本就是虚弱的偏心。

　　阿四和母亲回到了小卖部。怪物变得更巨大了，她是吃下了胜利、得意和鄙视，疾速疯长，柜台从身躯变成了怪兽环抱的手臂。妈妈也会害怕吗？但妈妈带着阿四回来了，母爱是作势的偏袒。

　　言语的撕扯仍旧围绕着阿四手中那包朱古力豆展开，老板娘要收三袋的钱，妈妈坚持只付两袋。老板娘认定阿四手里的那袋朱古力豆是偷的，她抽出手臂，食指在虚空里点，仿佛法官判决偷窃罪成立，用力敲下法槌。妈妈的食指也在虚空里点，就像割开指尖，滴血认亲，证明那黑豆是他们的，是血亲。

　　"买不起就不要买！就当喂狗。"

　　妈妈又一次拉着阿四走出了商店："太欺负人了。"

　　可是，阿四还是想要朱古力豆，他很委屈，他觉得自己那么乖，知道家里拮据，从不向父母讨要非分的东西。为什么妈妈不给他买，哪怕多付一袋的钱？已经走出一段距离了，阿四明白，再不争取，就"永别了，朱古力豆"，他拽住妈妈："我要，我就是要买。"

"你怎么这么不懂事。"恼怒的妈妈抬起了手。

阿四哭了："你答应给我买的，给我买嘛，我以后什么都不要了。"

妈妈放下了手："这不是五毛钱的问题，有人说我们是小偷，但我们不是。人活着要争口气。"

阿四似懂非懂，但他仍拽着妈妈的手。妈妈问："你真的想要吗？"

阿四不说话了，每次大人说"争口气"时，语气不屈又沉重，让阿四觉得自己和家人生来就比别人少了什么东西。他不想要朱古力豆了，比起刮嘴刺心的馋，坚硬的偏见与傲慢更让人畏惧，锋利的误解和争执更让人疼痛。阿四低下头，含着泪，紧紧捏着那袋剩下的朱古力豆，他准备妥协，这时妈妈突然说："你在这等着，妈妈去买。"

那天，阿四揣着朱古力豆一路跳着回家了。晚上睡觉前，他含着一颗朱古力豆，准备把甜带到梦乡里。就在他快要睡着时，几个念头跳了出来刺伤了他：妈妈是怎么买到朱古力豆的？她说服了老板娘了吗？我是不是不懂事？

阿四想不明白，朱古力豆在嘴里，甜得有些泛苦……

儿子喝的可乐发出见底的咕噜声。

是杯子渴了？

随后，儿子从可乐杯里捞出冰放嘴里吃，很享受的样子。见我看着他，问我："吃吗？很好吃的。"

我装作不屑，侧过脸，突然心疼起我的哥哥，那个总是被我抢走东西的双胞胎哥哥。

童年某天，哥哥拉着我的右手，我右膝跪沟边，左脚踩着水沟左壁两块石头中间的空隙。我极力俯下身,去捞沟底的冰块。是的,我们都是很馋的小孩,馋到在高原小城深冬的水沟里,捞冰吃。我和哥哥咬碎冰块,冰在嘴里像烫的太阳,我的舌头是风,刮来凉爽。

（发表于《草原》2020年第6期,《散文海外版》2020年第8期转载）

B 面房间

B 面

> 我们选择，选择不做阿怪。
>
> ——陈奕迅《阿怪》

A 面是一盘磁带、一个人、一个房间、一个世界的 A 面，它刻录着一个小镇男孩清唱而出的平凡世界。

现在，翻转磁带，播放 B 面，你会听到，B 面所封存的自言自语缥缈隐约、瞬逝空灵，它隐喻的歌词描绘了一个人的天空之城、海上孤岛和地下迷宫。

B 面的时空，偏僻、幽静、潮湿、荒凉、昏暗、浑浊，B 面是心。

B1

> 天黑黑，欲落雨 / 天黑黑，黑黑。
>
> ——孙燕姿《天黑黑》

我曾是一个怕黑的孩子。

夜晚,大人熄掉灯,进入睡梦,我却被关在梦境之外,徒劳地睁着眼,看着黑暗吞噬房间,与外面世界的黑暗连成一片、融为一体。整个世界的黑暗向我扑来,我的恐惧被献祭在黑暗的神坛上充当鲜活的牺牲。多少个夜晚,我——一只胆小易惊的兽,在黑暗的无风森林里惊惶觅食,我紧绷身体,将棉被拉到眼睛下方,瞪大眼睛竖起耳朵压低鼻息,防备着黑暗的突袭。不敢出声、不敢乱动,怕吵醒大人引来责骂,责骂意味着你将被推远、孤立、放逐到更深更黑的暗夜里。这会让我更恐慌更害怕,我只好依靠自己接近零度的胆汁,与黑暗对抗。

黑暗里到底有什么呢?

我总觉得在我看不见的暗处,有一个鬼影正试图偷偷接近我。我闭上眼睛,因为用力过猛,整个眼幕泛起了闪烁荡漾的光圈。那光圈因黑暗而生,在黑暗里繁殖,一层又一层的叠加,如同增生的肉瘤,增加了夜的病情;那光圈随意的分开又聚合,画出夜行的百鬼,在黑色宣纸上悄声乱舞;那光圈随着我的心跳而跳动,它变成了黑暗的心脏,激出黑色的血。

这是我醒着的噩梦。

黑是房间的另一道门。有这样一张画:一个人落进了光线暗淡的海里,深黑处,一只血口大张的海怪正隐在那里。未知就是恐惧,当寒夜降临,黎明尚远,失去太阳和神明的庇佑,对黑暗的恐惧是人类共同患上的恐惧幽闭症。但是,人心对于绝望之物充满畏惧的同时,也充满迷恋,像致幻的药品,明知可能致死,依旧沉迷其中。我开始迷恋、依赖黑暗。《少年派的奇幻漂流》里的少年,在大海的兽笼里,和一只饥饿的花斑虎隔船对望,要活下去,就得喂饱大虎,并驯服它。我试着驯服关在我身体里的恐惧,用我乏力的想象之鞭,讲故事是我对抗黑暗的方法,选择出现在我黑暗里的活物,虚构一些幼稚无害的情节,情节里有我,还有哥哥。我和哥哥在黑暗里编排故事,甚至躺着进行一些力所能及的表演。渐渐地,黑暗变成了故事,变成了夜晚的光。那些浪漫幼稚而温暖的讲述,来自于兄弟间的配合,这些时刻,有个双胞胎哥哥是件多么幸福的事啊。我不知道哥哥是否也怕黑,他与我的默契是否也是受迫于对黑暗的恐惧。我们闭口不谈躲在各自黑暗里窥探的鬼怪,毕竟,我们只负责各自的成长,毕竟,没有一个男孩愿意被别人称为"胆小鬼"。夜幕降下盛宴的布帷,我们念着咒语通过幻想的密道前往虚构的世界。后来,我搬出哥哥的房间,那些生于黑暗的故事悄然枯萎,但我们没有感到任何不适,我们是各自幻想世界里的英雄,同床而异梦,一条船不必有两个船长。

我带着那些黑暗里的想象,继续成长,某天,当我提笔写下那些故事,我突然明白,黑暗是菩提。

1999年,我和哥哥考上了一所寄宿制高中。我离开了独自营造的黑暗,住进集体宿舍的大房间里,与新同学共享逼仄的房间和浑浊的空气。二十多个男生被安排进中间通道、两边高低床的大宿舍,高低床像是赤壁大战连成一片的曹军战船。在夜晚,我们如上膛的炮弹般躺进床铺。很多时候,我早于众人沉沉睡去。我不知道我鼾声奇大,上铺的同学疲倦地说以为下铺睡着一头牛。我否认,但也怀疑,打鼾是一件我无法清醒验证的事。有时候,我醒着。诗人李娟写:"睡眠是身体的深渊",我在黑暗里猜想着同学们在各自睡眠里往深渊里坠去,而梦境在身体上空浮着,一个个气球般飘着,轻撞又弹开。梦境是一个个奇异的房间,我没有钥匙、没有咒语,梦境无桥梁,我无从知道他们梦里的绮丽。

当然，我们都不是乖乖入睡的男生。我们借着黑暗的伪装，窃窃私语。邻铺的男生是有多年住校经验的老鸟，他初中就已住校，谙熟睡前卧谈的内容，他压低声音、故作神秘地告诉我：女孩的耳垂。

如果你能够亲吻到女孩的耳垂，女孩的力气会马上消失，身体会软得像棉花。那一夜，突闻天方夜谭的我久久不能入睡。女孩的耳垂，一个神秘的机关，竟能牵动女孩身体的房间。我相信，关于女孩的话题，是大多数男生的睡前故事。黑暗是密会，我们跃跃欲试，又态度暧昧。有一段时间，男生们都很奇怪地发觉总有女生在自习时红着脸向老师请假，更奇怪的是老师从不盘问原因。不公平啊，男生请假外出，老师就像盘问间谍。睡我旁边的老鸟也无法解释女生间的默契，他也不了解那个紧锁着房门的房间里的秘密。

周晓枫从自身的视角和体验来看待女性，她说："你的身体是个仙境。"可是，被她形容为"仙境"的身体却没能给女性装点轻灵和洒脱，反而给女性带来太多的麻烦、伤害和痛苦。身体是女性的炼狱，而非仙境。男生们向往着汉字谜面下那个云雾缭绕、不识真面的仙境，急切地按照自己身体的模样，分辨着男女生的不同——男生是不是比女生少一根肋骨？神秘的女生是独立而封闭的房间，小小的窗扉紧掩，我们知晓房间的轮廓，却不明了世界的细节。

后来，我们没懂的秘密，渐渐清晰，水没有落下去，但我们知道水底有石头。电影《万物生长》里有个画面：伴随着剥离的痛和遗弃的血，像是房间的墙皮一块一块、一层一层地剥落。那一刻，懂得的慈悲让我变得温柔。但是在那之前，在阳光灿烂的青春，我们都是些粗鲁而自私的男生，我们只想无度地索取对我们有利的渴望。

高考结束那一晚，我借着酒胆第一次亲吻了女孩。她的嘴唇像樱桃，樱桃是春天的唇。

B2

> 让我将你心儿摘下，试着将它慢慢融化。
>
> ——伍佰《挪威的森林》

"然而当我探进去时，她却说很痛。"

《挪威的森林》有几页，因为被重复翻看，显出脏旧的神秘。那个"温和的雨夜"，被我反复抄写，默诵，断字句又重组。我的手指曾无数次缓慢地划过字行，似乎这样做，便能伸进那个雨夜房间，化身为渡边，触摸直子虚幻的疼痛。

渡边和直子之间到底发生了什么？我想不明白，那时，我贫乏的想象如粗针大线，如何刺绣细腻善变的隐晦？每次我想象着解开女孩的衣扣，打开，里面便爆出一片耀眼的白光。我无从想象出合理和真实。对于青春，其实不需要宏大奇特的想象，我们需要关于世界的真实细节。"探进去"——探到底，仿佛那是一个房间的尽头，在温暖潮湿间，渡边触摸到的铭心事物，让他一生陷落在只属于他的森林里，无法走出。那森林黑暗无风，如心。

"情欲，是忧郁的。"毛姆在《雨》里写。

我双手插袋，挪着懒步，一副不羁的样子。上午的阳光照在我身上，我的手在裤袋里握成拳头，拳头里攒着我的秘密。手，本身就是一门语言，拳头、刀掌、五爪、握拳、握手、握笔、竖拇指、竖中指、兰花指。手，可能是你为虎作伥的帮凶，也可能是你负隅顽抗的同盟，我的手就是这样一个矛盾体。

一场梦，在我青春的夜晚偷袭了我。一个女孩闪进了我的梦里。女孩面容模糊，马尾蓬松，一身紧衣，肉体饱满。我扑了上去，仿佛潜伏中一头蹦跳的小鹿停在眼前，仿佛她出现在我梦境里的唯一作用就是让我扑倒。我扑了上去。我抱住了她。我的手带着猛兽犬牙的尖利，穿透了鹿颈。那女孩无处逃脱，突然反向钻进我的身体里，在我身体里四处冲撞、奔袭，她想从我身体的缺口里逃逸，逃离我的梦境和我的身体。这让我害怕。梦境里涌出的兽意无法控制，它超出了一个小城男孩成长的经验。我突然为我冲动的侵略感到羞愧和惧怕，仿佛我真的做了错事，在梦境中也觉出羞耻和悔意。即便在梦境，我也不能为所欲为，我本能地抓向正从我身体的缺口逃逸的狐女，她正在把自己变成一道白烟。我抓住了她。我抓住了我的害怕，像抓住一条蛇的脖颈，止住蛇头向外吐的信子，但依然有少量毒液喷出。我掐住蛇头不敢松手，怕一放手蛇头就会反噬，可我又不敢太用力，怕将蛇窒息处死。半梦半醒间，一个声音告诉我：你就是蛇，蛇就是你。我在这时醒来，洪水和梦境一块退去，留下潮湿泥泞的河床，等待太阳升起。

　　梦境令人迷醉，现实让人惊慌。高中时的我们或许就是这样一个矛盾体，我们轻轻流露出暗恋的荡漾，我们深深隐藏着情欲的汹涌。一个个出现在我梦境的女孩，面容模糊，肉体饱满。黑暗的梦境里，有诱惑的果子，有蛇。那蛇将我缠住，对我耳语，悄念引诱的禁词，从此，我失去了坦然而干净的夜晚。我在一片潮湿间醒来，指间泥泞，除我之外，大家在我压低的喘息间安然睡梦，黑暗的宿舍里，我们拥有各自的绮梦和惊扰。

　　情欲，是我身体房间里的黑暗。它像一头苏醒的困兽，我的肌肤古铜，女孩的肌肤五彩缤纷。

　　我陷落在自酿的忧郁里。

　　冲撞了大人的禁忌，怀璧般揣着潮湿刺痛的秘密，不能说出秘密的人，如同急于表达的哑巴。我不能和朋友说，对羞耻的界定拒绝承认自己的不洁；我不能和哥哥说，那像对着木格窗忏悔，是的，我有罪；我不能和父亲说，父亲不会为我们解释梦遗的勃然和梦后的慌乱。实际上，除了听话，我不知道如何与父亲亲密交谈。但我知道，我必须控制住那条蛇，像控制黑暗那样。我开始与自己约法三章：不俯身入睡；睡前不想入非非；不看易燃的文字。我青春期的脑仁，像一根根火柴拼出的模型，而我的黑夜，就是一根火柴，一擦即燃。我开始在周日回校时，悄悄多拿两条足球裤。我们男生都不穿贴身而紧绷的三角短裤，在我们成长的小城的上世纪九十年代，"性感"还是一个伤风败俗、羞耻邪魅的词。

有一天，另一个相熟的好友神情恍惚地对我说，他梦到班上的一个女生，他把她扑倒，她让他迷醉。他说，他要去追那女生。相信一场梦的人，最终也只能得到梦醒的结局，梦中的女生一直在现实里拒绝他。后来我们毕业失散，再未见面。他还相信那场梦吗？

大学生活开始了，迎接我的竟是一个怪异荒诞的开头。军训制造了我人生中最诡异的一幕，因为男女生分营军训，整整三天我没见到过一个女生。军训的哨音不容我细想，第一天陌生，第二天疲惫，第三天夜里，许久未在我梦里出现的女孩又突然闯进我的梦里，她面容模糊，肉体饱满，我在梦中僵住，那女孩向我走来，她的手握住了我。我醒来，偷偷起身，像个贼，踮脚穿过全班男生的梦境，摸黑换上干净的足球裤。

《燕丹子》有个情节，只因荆轲一句："姬人好手"，太子丹砍下弹琴美人的手，以玉盘盛给荆轲。

一个刺客看中的是一双怎样的手呢？

我遇见过一双手。

一开始，我只能匆忙贪恋地隔空偷看。那双手有着怡人的比例和色调，白皙匀称，小巧紧致，没有皱褶堆积，没有骨头突兀。古书写女子的手,如葱、如笋、如荑、如脂,君子的远观,含蓄克制。后来,那手在我眼前静止。手背上一层淡淡绒毛半透可爱,轻淡的肤纹将细小的毛孔连成精致的网,网住柔和的光泽。手的掌面窄小,纤细清明的手指略长于手掌。手指指节饱满均匀,色调如脂。指甲红亮圆透。当我第一次握住这双手时,手温热,手心潮湿,手腕处传来一股柔劲,我像牵着一只风筝,在我的指间留下淡淡的香脂味。

我们在校园里牵手漫步,星空,微风,人在笑,血在烧。一双手能给予多少抚慰?我的手像一团燃烧的火。我将她牵进黑暗,她握住了我,黑暗的门被打开了,那房间仿佛电梯,我们被自己和对方追赶,借着身体的推力,一直上升、上升,像逃亡。

毕业分手那天,微雨,她一袭妥帖的白裙,站在那里,忍着哭,忍着不哭。我逃离了她的房间,她那被我逃亡时仓皇撞开的心门,是否一直在时间里漏着过去的风声,虚掩着,无法合上……

B3

> 她来听我的演唱会,在十七岁的初恋。
> ——张学友《她来听我的演唱会》

耳朵是声音的房间。

我听见病房的门开了。我听见医生叫我的名字,她问我:"你耳鸣的声音是什么样的?"我挑选着恰当的比喻:"像蜜蜂。"我听见医生自言自语:"哦,嗡嗡声。"形容词是累赘。

我听见了"嗡嗡"声。CT机像一个巨型耳道,我心怀惶恐地被推进甬道,如同一只误入耳内的蜜蜂,我在心里学着蜜蜂叫了几声:"嗡嗡、嗡嗡。"

我听见电动剃发刀发出"嗡嗡"声，由远及近，我即将遭遇蜂群的攻击。剃发刀划过的地方，连片脆响，父亲传给我的鬈发被锯断了，但时间不会断，虽然它亦柔软如发。我听见头发落地的簌簌声，像风吹过枯叶一般。

我听见消毒水在头皮上蒸发的声音，"嗞"。我被洗净切匀，倒入油锅："刺"。

我听见注入麻醉的皮肤被手术刀划开的声音，像针尖带着柔线缝合衣裳的破口。刀锋下流出的声音，轻且细，像鱼游过。

我听见柔软的棉花在耳道里转动，像雷声滚过，轰隆轰隆，轰隆隆。

我听见纱布缠绕头部的声音，窸窸窣窣。蚕群啃食新鲜的桑叶，绿汁吐白丝，茧是生命的情话。茧破了，纱布落在地上的声音，像蝶振翅。

我听见伤口拆线时护士剪断棉线的声音。棉线浸了血，变硬了，有了骨气。护士手指用力，"啪"，我新长出的骨头断了，疼。

左耳，一直是我的忧心和焦虑。

祸患始于童年，水珠落入耳朵，也落下病根。中耳炎，耳膜穿孔，听力伴随脓水流失，世界变得模糊而黏稠。一颗颗谷米般香软洁白的音节，在我渐渐失聪的耳朵里，被煮成一锅焦煳的粥。我担心有一天，世界被人按下静音键，我彻底聋掉，被关在世界之外，所有的承诺谎言、欢笑悲哭、甜言怨语，形同哑谜。我仿佛看到自己在落寞中枯坐，头顶一道光打亮稀疏的白发。那样的时空，在我的无声中，谁会藏起内心的纠缠与悲伤，然后画上笑脸，为我上演浮夸的欢喜默剧——卓别林并非为情而生。最后，我孤独地死去，还回一个残破的自己，打满补丁。

我渐渐失去我的左耳，以及左边的那部分世界。

世界失去了准心。

我的一个朋友说我谦和体贴，是个很好的倾听者，每每谈话，一米八的我总是躬身低眉，认真倾听。她不知道我的痛处。漏孔偏大的筛子滤去了细软的物体，我的左耳轻易地漏掉了亲切和蔼的慢声细语。为了听清，我必须克制地前倾，用力倾听，才不至于辜负那些话语里的善意和亲昵。我极力缩紧头皮，耳廓向后绷紧，似乎这样就能将传来的秋毫之声拉长、拉宽、拉慢，再让它从容地穿过我残存的耳膜，引起共鸣。

我害怕嘈杂的热闹，那些奔向我的声音，经过一路觥筹交错的碰撞，断续地注入我的耳朵时已残破不全。我猜不透蒙娜丽莎的微笑，只好讨好地笑，凑向发语者：你说什么？

因为名字契合我的心事，我耐心看完了电影《左耳》。女主角清秀善良、淡雅娴静，符合男生对初恋的想象。电影美丽而失真。破绽在于女主角太过从容，在她身上找不到任何失聪者应有的惶恐和惊虑，她不像一个左耳失聪的人。一个耳背的人——过街鼠，惊弓鸟，失群鹿——总是提防着突然而至的话语，捕风捉影，草木皆兵，惊疑不定。一个听力渐失的人，像在溶洞里匍匐摸索，迷失于幻听。溶洞般的耳道越来越窄，最终将耳聋的人夹在黑暗的石缝里，无声——一间黑屋、一口被填埋的井、一个禁锢的囚牢。

你降临人世，哭声是宣言。有声的疼痛推着我们成长，牙痛，伤口，尖叫与哭喊。但无声，也在悄无声息间占领我们的身体。皱纹无声，斑癣无声，萎缩无声，白发亦无声。死亡，生命的停顿，永恒的终结，亦是一种无声。这些变幻仿若时间的幻术，无痛无知，待发觉，一镜伤感，触目惊心。我的听声音的耳朵，先于我死去，它化身死亡的信徒，跟着我。

但是，我想我的左耳是喜欢歌声的，歌声是世界的灵魂。隔壁班那个喜欢戴帽子的女生又在楼道里唱歌了，我在听她的演唱会。她清亮的音色像彗星拖着的尾巴，咬字清晰像咬开绿色苹果，天生的节奏感让歌声在你眼前如舞似蹈。

她唱的是流行歌。我们这些在小城镇里长大的八零一代，会唱的民歌不多，我们失去了节气的节奏、土地的歌词和传统的情绪，流行和城市浸泡着我们。邓丽君的"靡靡之音"属于父母青春年代，父亲会在假期的早晨大声地放《采槟榔》。槟榔在我梦里一闪而过，我没看清，它是什么模样，长在什么地方？

我记得我会唱的第一首流行歌是《潇洒走一回》，"天地悠悠过客匆匆潮起又潮落"，一个乳牙都没换完的小孩懂什么沧桑恩怨呢？但它像一阵野风，自由、自我，带着江湖气息，一下就俘虏了我的耳朵。小学时会听"山鹰组合"的歌，毕业留念时，会在同学漂亮的本子上抄《七月火把节》留念，那时的字很丑但胆子很大。对于流行，我其实是后觉而慢热的那一类人。1996年上初中时，班上几个调皮男生迷恋"Beyond"乐队。我奇怪几个读英语结巴的男生说粤语居然汤汤流水，反正我英语和粤语都听不懂。1999年夏天高中入学军训，班中有男生为大家唱《挪威的森林》，很多男生跟着酷酷地唱，我才知道这个因考试考了五百分而叫"伍佰"的歌手。也因为这首歌，后来在书店里看到村上春树的《挪威的森林》，买了想送给一个女孩，买回家边读边冒冷汗，这书可不能乱送啊。

绿色的邮政音响店是我喜欢的地方，每次路过我都会进去逛一逛。透明的落地窗里一排排货架上整齐地摆放着磁带和图书，一盒盒包装精致的声音、一本本字斟句酌的心声，是等待我打开的房间，它们在呼唤我。我省下生活费买了羽泉的《最美》、游鸿明的《下沙》、动力火车的《背叛情歌》。周末回家，我将笨重的录音机搬到我的房间里，小声地放，对着歌单轻轻地唱。读大学时，大家都开始听陈奕迅的歌，随身听在兜里,耳机在耳朵里,我在《你的背包》里——"借了东西为什么不还?"但是那时一盒磁带要十块钱,太贵,更多时候我都是到盗版音像店买磁带,五块一盒,还可以讲价。

每个小城镇在成长时,或许都会有这样一家音像店,你进过那房间吗?店门洞开,三面墙边竖着半高的简易货架,货架上摆满色彩浓烈的磁带、VCD、DVD。磁带花花绿绿,封面印着硕大的半身或侧脸照,照片失真粗糙,像儿童剪下又粘贴的笨拙画报。VCD、DVD色调阴暗、画面怪异:变形的怪兽、滴血的死眼、暴露的肌肤、纠缠的裸体。音像店门口总会有一个大音箱,从早到晚不知疲倦地咆哮,一首《星星点灯》,全城会唱。

简陋、无序、嘈杂、廉价,上世纪九十年代的小城镇是一个混血的结合体,张狂而野蛮,渺小而脆弱。不同于吟啸徐行的山野江畔,不同于歌剧华丽的都市剧院,那时的小城,是一家盗版音像店。

是的,我成长的小城中旬,在那时,就像一家盗版音像店,而我的青春,是外溢的冲动歌声,我自恋地唱给自己听,不顾一切地自我沉醉。

隔壁班的女生还在继续着她的演唱会,我班上的女生小声咒骂,这让我生出唇亡齿寒的悲凉。高三时,隔壁班女生的歌声消失了好长一段时间,她去学声乐,准备艺考了。有一天,她站在楼道窗前,沉默地站着。我上去攀谈,她告诉我她不学音乐了,她说她只喜欢单纯地唱歌。我选择相信她的口是心非,如同相信张雨生依然活在他的《口是心非》里。班上弹吉他的同学告诉我,艺考要学一门乐器,她的手太笨,弹不了钢琴。她在钢琴前哭了。

我们都希望自己的青春优雅清香,落落大方,在观众前,从容按下钢琴的黑白键,一天又一天。谁愿意承认自己的青春苍白而贫乏,像一盒录制拙劣、包装粗糙的磁带?

我也喜欢在楼道里唱歌。曾有同学讥笑我，说我的歌声引起了理科班全班低声哄笑，老师不得不因此结束拖堂。他说我的语气像在讥笑一个小丑。有一天，我站在楼道窗前忧伤地唱水木年华的《轻舞飞扬》，隔壁班的女生站在楼道里，似乎是在听我唱歌。她来听我的演唱会。谢谢依。

B4

原谅我们，我们都还在找，而时间他只负责流动。
——陈奕迅《Baby song》

酒杯如同房间，父亲将自己藏在里面。

父亲在世时，总是往杯子里倒酒，后来酒杯空了，我心里某个地方也空了下来。

我很想知道，在我的儿子心里我是一个怎样的存在，但即便是父与子，也是两个人、两个世界，有些疑问终究会成为时间的谜语。

我时常对镜自顾。镜子仿佛是另一种形式的酒杯，你往镜子中斟酒般注入目光，目光穿过水质的空间，当你到达自己时，总会产生一些迷幻的恍惚和失真的醉意。马尔克斯说："一个人意识到自己开始变老，是源于他发现自己开始长得像父亲了。"于是我仔细地在镜中人的脸貌上寻找父亲的踪迹：卷发、日渐升高的发际线、浅淡的眼井、褐色的痣、坚硬的唇线、布满胡楂的下巴……像末日的预言得以实现，终有一天，我将与父亲重逢、重合：父亲是死去的我，我是活着的父亲。

如同"我爱你"这句誓言，热恋时口口声声，七年后避而不谈，如果我说"父爱如山"这一温情金句是文字自造的善意谎言和圆满假象，你是否会生出宿醉后的空虚和疲乏。我要像蒋方舟"审判童年"般审判文字，请相信我，我讲述的是另一种真相：父爱如刀。

我所认识的大多数父亲（包括我自己）其实并未具备世人所期许的父亲应具有的品质。包容、干净、沉稳、温柔、通达、智慧——这些精美的词语配在"父骑单车，儿倚父背"的画面下，父亲的背影，在柔曼的光辉里接近神圣。但真正的父亲们，其实是一群充满缺点的人，他们身上的缺点比母亲们多得多，破坏力也大得多。世界对于男性同等残酷，虽然在人生竞技场上，男性要比女性容易到达巅峰，但那毕竟是少数，大部分的男性一场平凡，一生庸碌，甚至落于庸俗。多数男性无法活出从容、自信和气度。父亲们懒散、易怒、消极，毫无顾忌地吸烟、酗酒、赌博。男人们惊人地相似：大男子主义，自负又小气，狂妄却怯懦。骆以军在《脸之书》里形容自己："如同我童年印象里同样总一脸怒容的父亲。"

总是一脸怒容，这是父亲留给我的形象，或许这也是我留给我儿子的印象。儿子总是向我投来探询的怯怯目光，好像我怒气隐现的脸是一杯倒满的白酒，他试图以目光猜测酒的度数和烈意。

为什么父亲总是一脸怒容？为什么我总是一脸怒容？是因为父亲在爱哭懦弱的我身上看到了他孤儿的童年，还是因为儿子强行占去我的时间让我不得不安身于一种陌生的身份？父亲是我急欲颠覆的王权，儿子是我私心想要开创的时代，父与子，轮回的交迭，我们同时都一脸怒容，我们又同时忧心忡忡地偷望各自的父亲，看他脸上是否有黑色的云。

父亲嗜酒，母亲恨酒，如同地球的两极，生成了我两兄弟对酒截然不同的方向：哥哥滴酒不沾，而我喜欢小酌。初中时，某天下晚自习回家，刚进堂屋，便看见母亲拭泪忍哭，父亲尴尬讪笑，地板上一地的碎玻璃，半个酒瓶躺在酒液里，酒像黑暗伏地蔓延。浓烈的酒味暗示着曾发生过的激烈争吵,甚至还可能有打斗。我和哥哥悄悄地退出禁区,默默地洗脸洗脚。父亲跟了出来,说些不着边际的话,他喷出的酒气要浓过他的语气。酒是父亲的知音,却是母亲的仇敌,他们的战争殃及孩童。或许就是从那一刻开始,父亲的生命、母亲的幸福,像酒气那样开始快速地消散。

父亲的酒杯是寂寞的。酒杯在电视机后,和一个酒瓶放在一起。多数时候酒杯是空着的,是寂寞的。父亲会时不时到电视机旁找东西,借机将酒杯倒上酒,一口闷下。由于家人的反对,有所忌惮的父亲只好喝"快酒",无法细斟慢酌,难得闲情雅致,喝酒,对于父亲更像是一次偷欢。快速麻醉,恍惚飘然,全然颠倒了梦境与现实。

酒中的父亲是寂寞的。父亲倒映在酒中的身影,如同海上飘摇的孤岛。高中时看曼联队比赛,父亲凑过来找话:中国队在踢?我回:不是,是曼联队,英国的球队。父亲追问:那中国队在哪?我回答:中国队不能踢英超。父亲继续说:红衣服的不是中国队吗?我不说话,父亲走开了。安宁来自于耐心,我希望父亲能原谅我,我只是无法向他解释我的世界,或许父亲也不知道如何向我解释他的世界。我不知道父亲的人生在追寻什么,甚至,我忽略了父亲也有他的人生,也有他的追寻。所幸的是,父亲他一直在找。他在找什么?找寻活法,找寻回家的路,找寻为人师表教书育人的意义,找寻"幸福"看它能否将自己融化,找寻童年源头的苦果将它连根拔起,又或者找寻祖先的归处暗暗叩响虚无的回音?我十四岁的心计无法猜透沉默的天机,我想,父亲没找到能让他安宁的事物,他心不安,他无法平和,他丢了魂,也失去了为他喊魂的人。父亲像铁笼里的困兽,一直在自己划定的距离里神经质地来回走动、低吼。

这时代太快,将一腔热血的人早早抛下。一个身陷在寂寞和困顿里的男人,他人生的际遇就像喝下的酒,回忆苦,今朝烈,和往事干杯,和梦想告别。当我站在三十岁的路口眺望父亲而立时的身影,恍然觉得那背影如同倒下的一线烈酒,我尝到了天地悠悠的悲怆,品出了欲说还休的苦涩,我甚至在父亲的背影里看到了同样焦虑暴躁的自己。我一直在找,也一直没找到让我安宁的事物。父亲,你能告诉我,为什么我们总是一脸怒容?儿子,别怕,为什么我总是一脸怒容,因为我们目光游离、心事重重的父亲总在另一个地方,想着两三件后悔的事,想着一些未了的心愿,酒杯,变成了逃离世界的安全出口。酒杯盛放了一个男人的心事与怨怒,最后也将盛放这个男人的灵魂。

"被酒打了"——我们方言里有酒的妙趣。某次上昆明和朋友醉饮翠湖到凌晨,第二天我"被酒打了"。浓睡不消残酒,睡到中午的我头痛似裂,乏力欲呕。强忍着不适,头重脚轻地起身找到了正在吃午饭的家人。母亲不理睬我,而我五岁的儿子则偷偷观察我,他脸色苍白,目光忧虑。宿醉难受,还招人嫌弃,我决定换家餐馆吃一碗咸辣的肠旺米线刺激一下疲惫的胃。走了一段路发现儿子悄悄跟着我,我和他说话,他不回答,只是低头跟着。我点了米线,儿子骑在一张凳子上假装若无其事地玩,不时偷偷看我。我逗他说话,他小声说,昨晚他大声叫我,我就是不答应。他是在担心我,他担心有什么事突然发生在我身上,灾祸或是惩戒突然降临将我吞噬,他要看着我才安心。

儿子三岁的某天,他蹦跳着来到我的书房。我扬扬手里的酒杯逗他:来,喝一杯。儿子认真地看了酒杯一眼,眼神戒备,然后看向我说:爸爸不要喝酒了,喝酒会死的,像爷爷那样。

我酒杯悬空,眼眶湿辣。

B5

> 我和你啊存在一种危险关系，彼此挟持着另一部分的自己。
>
> ——张惠妹《人质》

猫醒来，钻进我的右手臂弯，为我讲述她的梦。她梦见我死了。她哭着去找医生，要医生将我的牙齿留给她，作为遗物保存。我用右手抚摸她的头发，问她：为什么要保留牙齿？她悲伤的哭腔带着不可逆转的确信：因为牙齿硬，能保留很长时间，它可以代替你陪着我，直到我死。

为爱而生的感性女人，她们的可怕之处在于，即便是在梦里也能保持狂热而又清晰的强大逻辑。我抱紧她，左手放在她隆起的腹部。腹部平静。我们的第二个孩子正漂浮在充满羊水的子宫——温暖的房间——里安睡，那房间似乎有着很好的隔音效果，可以抵御一切侵袭，他（她）母亲的忧伤并没有惊扰到他（她）的美梦。

几次例行的产检，我都在B超室外等着。我想象着人耳听不到的超声波穿过猫的身体，转换为影像呈现在屏幕上。子宫——婴儿的天堂——以模糊昏暗的状态出现的我眼前，看上去如同静默漆黑、生命涌动的海底。猫一脸疲惫地走出房间，却压抑不住兴奋：医生说看到小家伙的手和脚了，医生说看到孩子的脊椎了，医生说照到宝宝的五官了，医生说这孩子一动不动很安静，你说会不会是个女孩？医生说小家伙可调皮了，不停乱转，会不会又是个儿子？

我总是无法从那一片昏暗的影像中看到惊喜，不知道这和我的色弱有没有关系，但每次我都要做出热烈的回应。B超的影像看起来像一团团翻卷的乌云，伴随着条形的闪电和圆形的滚雷，生命的雨就在这里孕育。后来照了一次四维彩超，小家伙的侧脸和他哥哥小时候十分相像，肉红色的画面，太阳高照，云层松软。

曾经的我也被这些松软云层、幽暗海水包裹着，我年轻的母亲带着担忧和期待，在疲惫沉重间，掰着指头数着每一秒钟，时间臃肿而笨拙。那时我还无法感受到父亲的存在。年轻的父亲坐在走廊里，带着尴尬和克制，正对着放射科照X光的房间门，想象着人眼看不到的X射线，穿过他妻子的身体，穿过他未来的孩子。1984年，小城的医疗条件有限，母亲简单的产检，听胎心时却听到了两个胎心音。年轻的父母肯定慌张而无措，最后决定照X光，虽然明知X射线会伤害身体。母亲说，当时以为怀着一个什么怪物，坚持要看个究竟。结果，体型比我略大的哥哥挡住了我的存在。医生安慰说，可能是双胞胎，问家族里有没有双胞胎基因。我的家族里没有双胞胎基因，我和哥哥是异卵双生子。我成长的岁月里，我总是费劲地解释我不懂的遗传学：我们不像，但我们是双胞胎，异卵双生，如假包换。

那是我的黄金时代，母亲的子宫是永远温暖的房间，温暖，安谧，甘甜，摆放着我们所需要的一切。我们在她的子宫里，极速成长，那速度快得如同世界已等不及要看我们的模样。

生命之门，需要鲜血才能叩响。

生我和哥哥那天的情景，母亲轻描淡写的叙述，屏蔽了寒冷、恐惧和危险。母亲说，生下哥哥和我后，她大出血。时隔多年，母亲旧事重提的语气轻且细，那些逃离她身体的鲜红浓血，在当时，飞快地涌向死神，而现在，清淡得像一场安静落下的雪。那场薄雪在我的记忆中经久不化，毕竟，它是我生命的一部分，是母亲的磨难，是我的血地。三十二年后的初冬，天气转凉，树叶枯黄，我即将迎来我的第二个孩子，孩子的名字就叫"小雪"，我希望她平安地落下。

医生把我叫到前台，向我做术后反馈。

医生说："割开了七层。"（七层，用锋利的钥匙解开生命柔软的保险。子宫，保险柜最后的密码。）

"子宫壁已经非常薄了。透明，可见婴儿头发。"（玻璃城堡，水晶鞋。）

"母亲在33周突发妊娠高血压综合征，34周强行剖宫，早产儿。"（世界已然等不及要见她。）

"是女婴。"（睡美人，白雪公主，长发姑娘。所有的女孩都应该有长发和花房。）

"体重1.7公斤，出生后送往新生儿科，在保育箱里进行专业护理。"（因为轻，才看得见轻盈的天使。）

"请签字。"（谢谢。）

儿奔生，娘奔死，生死只隔一层。产前确认胎位，给猫打B超的是个相熟的女医生，她对猫说："你太拼了。"猫那时大概已经虚弱得没有力气炫耀她虚荣的幸福了，她只能疲惫地报以微笑。一阵眩晕袭来，猫晕倒在B超室。医生赶紧找来轮椅，将昏沉的猫护送回病房。

为什么不顾生、不避死地生孩子？如果问男人，我猜测答案会是五花八门，甚至可能会出现茫然犹豫地说"不知道"的情况。如果问女人，你会得到坚决而肯定的答案：因为爱。为什么要为你怀孕，为什么要为你堕胎，为什么要为你生孩子？因为爱你，因为她是我的孩子，因为她是我们的孩子。在猫的词汇里，"我们"是一个万能词，像一个房间，围住了我和她，隔开了全世界。有时候，猫会因为"我们"的孩子在某个瞬间与我神似而高兴骄傲，全然忘了她自己。

童话，不只是写给孩子和成人看的，童话是写给世界的。《格林童话》的《糖果屋》中，某个细节被无限放大。被继母丢弃的兄妹在森林里迷了路，一座用糖果和饼干做成的糖果屋出现在饥渴难耐的兄妹面前。兄妹没有征得主人的同意,"忍不住飞奔过去,拆下房子忘情地吃了起来"。有人评论,这一情节隐喻了孩子对母亲的残忍掠夺。糖果屋代表着母亲,香甜、柔软、可口,你可以用她对你的爱,向她蛮横无度地索取。如果可以,母亲甚至可以付出自己的血肉之躯。我的一个朋友的妻子,她看自己儿子的眼神狂热而专注,见到一月未见的儿子时,全世界连同阳光空气都是多余的。

孩子有时任性而残忍,这或许是人类想要极力掩饰的丑恶。有一件事,我要向我母亲道歉。妈妈,对不起。我十岁那年,跟随父母去蝴蝶泉旅游。天气炎热,母亲买了三只甜筒冰淇淋,我一只,哥哥一只,她一只。我边走边吃,很快吃完,节俭的母亲是不会再给我买一只的。可我还想吃,我转身走向母亲,一把抢过她手里的半个冰淇淋。我一直记得这个情节,因为内疚,那时馋嘴的我残忍得像个魔鬼。我现在三十三岁,对世界充满了欲望和野心,那时年轻的母亲又何尝不是如此?是什么伟大的蛊惑,麻木了她,让她选择了隐忍与克己?

因为身体的特殊构造让她们天生就有包容的特质?

因为爱?

年轻的母亲喜欢一条蓝色牛仔裤,我曾陪她去看过好多次,但母亲一直没将它买下。每次,母亲都要比一比、摸一摸,也不好意思总是试,后来,母亲就只是进去看看。或许,很多次母亲路过那家店,都是匆忙走过,然后迅速地瞥一眼,或许,在我不知道的时间里,母亲隔街眺望,仿佛看一场热闹。有一天,牛仔裤被人买走了,挂牛仔裤的地方空了。我想,母亲那时的心也空了,又或者,母亲没有失落,反而骄傲地舒了一口气,她又一次战胜了自己,战胜了引诱她的魔障。魔障消失了。无敌是多么寂寞。

猫陪我去买裤子。恰巧导购员是我教过的女学生,十八岁的女孩,正青春。女孩为我热情地推荐，殷勤地夸赞。她或许只是希望我买裤子，但却让猫如临大敌。女孩的热情穿越了火线，抵达了猫的战场。猫溃败了。我能明显地感觉猫情绪一落千丈。女人间天然而古老的敌意，无法帮助猫忽略时间的公正，猫在刷卡付完钱后，竟失神将钱包忘在了柜台上。我将钱包拿在手里，客气地和店员告别。这件事我从未和猫提起，她出于本能而浑然不知。七年一闪而过，现在，我们很少说"我爱你"了，因为我们默默认同了"我爱你"的局限，那三个字像一个狭小的房间。曾经我们是两个人，所以我们说"我爱你"，如今，我们是一个人，我就是你，你就是我，我们在一首歌里，互为人质。

（发表于《青年文学》2019年第6期，
《散文海外版》2019年第8期转载）

气味博物馆

艾蒿味灌了进来，书房变成一杯棕红、酽酽的茶水。

杯外，艾蒿碎叶薄薄地铺了一地。母亲在阳光里剪艾蒿，她细致的样子，像是在拾起散落一地的棉絮，再将棉絮和阳光一点一点缝成厚厚的被褥、缝出一个暖冬。

母亲的根骨里种有节气，不似我，我只知肌肤的寒与暖。临近三伏天，母亲都会寻一抱艾蒿回家，剪碎、晾干，然后泡脚，然后催促我们泡脚。有时候，母亲甚至会泡好艾草，调好温度和时间，让我挪步，把脚放进足浴桶里，坐一会。她觉得我总是坐在书桌前对身体不好。很多事母亲都会觉得对她儿子的身体不好，这是一个母亲的偏爱和偏见。

沸水里的艾蒿，它吸收的天地气息，将化成白雾。那气味浓烈，带着焦煳的苦味，浓热的苦中又有丝丝清凉。泡久了，我也开始喜欢艾蒿那闷、熏的药香。

阳台上，母亲仍低着头剪艾蒿。寒舍粗鄙，小阳台和小书房原本一体，被一大扇落地窗隔开，右边开一道纱窗的小门，这像我和母亲，原本一体，后来被透明、渐远的时间隔开，那道小门，只漏过断续的语句、有限的心事。但气味无法阻断，它穿门而来，无法阻止，如同现在，我的书房，注满了母亲的艾蒿香，竟让我有些醉意。

最初，母亲的气味是血的气味吧？

但初时，伴随着疼痛的羊水落入阳世的我们，还不知道血气是什么，只是本能地察觉凉意、陌生和危险。我们哭出声，身上染着母亲的血。危险的是母亲。母亲说，生下哥哥和我后，大出血。三十五年后，每当我的脚伸进深红的药水中，艾蒿的枝叶总让我想起从母亲身上逃离、凝结的血块。我又一次泡在奔生赴死的血地里。

血，有着尖锐刺人的铁锈腥味，三十五年前，手术室里血气弥漫，虚弱的母亲的上空，悬着千万柄锈剑。

气味无法回忆和保存，后来，被我遗忘的还有乳汁淡淡的香甜气。此后，母亲的身上的油烟味和食物香时有时无，我和母亲越隔越远了。现在，我身上有酒气，有意地躲着母亲，怕她闻到。

母亲认真地剪着艾蒿，她是在剪碎自己的心吗？一点一点，细细碎碎，晾干后，用纱布包好，放进足浴桶里煮，让潮热的蒸汽钻进她那长大成家后不知如何疼爱的儿子体内？儿子越来越像他去世的父亲了，沉默、易怒，柔软的母爱已经无法关照他的内心，不如剪碎，如艾蒿，至少对他身体好——我被艾蒿香牵引出的遐想惹出一层泪来，像蒸汽突然在眼镜上结下朦胧氤氲。

我突然察觉，时间已经将母亲身上被赋予的锋利和坚硬泡软、消融，还原了她原本草木的柔软身心。母亲是一株艾蒿，被生活剪碎。但时间仍将她浸泡、煮沸，她的气味不断变着，血气、乳香、油烟味，最后溢出的草药香，是母亲的气味，环抱着我。

那也是时间沉淀下的母爱最后的气味吧。

母亲站起身来，拍掉身上的碎艾叶，然后打开纱窗走进书房又转身拉上纱窗。我假装看书，等着母亲走出去。母亲说话了，边说边往外走:"昨晚梦见你父亲,他喝醉酒,一身酒气。"我能从发音中听出母亲说"酒气"时皱着眉,仿佛那酒气熏暗了她昨夜的梦境,那酒气甚至从梦的裂缝中逸出,刺到了现实。

"是吗?"我含混地应了一声。我心虚,我身上宿醉后的酒气一定被母亲闻到了。母亲讨厌酒气。

父亲生前酗酒,酒气是他常有的味。他闻不到。喝酒的人闻不到自己的酒气,就像他不愿承认自己喝醉,不愿承认是孤独将他灌醉、寂寞让他不醒。我也闻不到自己身上的熏人酒气,就像我不愿承认醉后的我,像父亲。

我们带着一样的酒气。

说起父亲的酒气,我想起父亲让我和哥哥去打酒的青稞酒厂。我们拿着酒瓶出门右转,再右转,沿着路走,很快就会到酒厂。隔很远,酒厂飘出的酒糟味道,就带着糯软烘热的异香将我们罩住。蒸煮而出的青稞香味让我对长大后喝酒一事充满期待。酒厂到了。说是酒厂,但其实只是一间泥土藏房,无窗、狭小,像酒鬼的心吧。跨进小门,酒糟的烘热香味变凉了一些。气味变得复杂,常年的潮湿、幽暗、杂乱,让酒厂里的光影变得沉郁、迟钝、浑浊,酒糟香中混杂着一种荒腐之气——层积、凝固、变质的酒气。我觉得,那酒厂一直在岁月的幽暗里醉着、昏睡着,而它怀里的酒,是唯一清醒的事物。

老板询问斤两,打开酒桶,青稞酒香传来,比酒糟的香味冰凉、浓缩,如同冰片,很多年后我喝下它,像喝刀片。

父亲喝下那些刀片,芳香、清冽的新酒气息——新收的青稞——在他身体里再酿了一夜。父亲变成了那个酿酒的小黑屋,他度数偏高的固执、无法提纯的心事,染浊了酒气。酒气漫出身体,我们隔很远,就能闻到捂闷、钝钝、腥臭的霉腐酒糟气。

妻子进到书房，站到我身后，我听见她急促地用鼻吸了一下：艾草的清香和酒糟的腥腐，一冷一热、一淡一浓。妻子抬手从我的书架上拿香水，往自己身上喷了两下，还趁我不注意往我身上喷了一下。我侧过身瞪她，但来不及了，冰凉、细密、饱满的香水味，将我围住、包住，往我怀里钻，像一群野孩子、野花的孩子。

妻子喜欢用"海洋系"的香水，清冽、偏冷的香，如一床薄薄的罗衾，美丽却带着凉意，透出冷艳的美感。帕·聚斯金德的小说《香水》里写到世间的味道，那是生活的元气和泥沙，而香水是美学——"柔和、力量、持久、多样、惊人、具有巨大诱惑力的美"。香水的存在，在于美，在于吸引，在于诱惑，高冷或是热烈，含蓄或者亲和，像一件隐形的新衣，自己美，也要让别人看到自认为的美。带着香雾的女人都有一个花神的梦。

这是一种怎样的诱惑之味？有人说香水是看不见的华服，但我觉得，香水更接近女人的肌肤、粉状的肌肤。香水美人周身裹着一团花粉，你擦肩带起的风，吹起的香粉，落到了你的呼吸里。你觉得你好像可以触摸到那粉末，像用手指摩挲蝴蝶翅膀上的粉末，你触到的香气，有肌肤的感触，缤纷、细嫩、柔密。

香水是女人的肌肤。

香水也让我想起春风，一夜催开人间的梨花，拥有温柔却迅猛的力量，能与之相喻的，或许只有爱情。但香水和爱情不同，爱情是有热量和人气的，即使是《香水》里格雷诺耶用"激起爱情的极其稀少的人的香味"提炼的香水，也是对体香的仿制，是外来的，如果爱情是种香水，它应该发自体内。

妻子准备出门，她俯身抱了我一下，以示安慰，说："少喝点不听，你自己难受嘛。"她身上的香水不浓不淡、恰到好处。但在饱满的花香中，我闻到一丝枯味。我们的肉体是个滤器，会短暂保存凡尘的气味。前不久我去甘肃、宁夏，顿顿吃羊肉，回到家妻子说我是一只羊，身体上浓浓的羊膻味。我说我换衣服行吧。她说羊在你身体里。有时候我熬夜写作，妻子说我身体疲惫时体味特别重，散发着熏人、黏稠的奶腥味。

在一起十多年，我们熟悉到闻一闻对方的气味，就能推测彼此的体况和心情。香水里的妻子，像秋冬的草木，失去了一些让生命鲜艳的水分，借香水弥补略显枯萎的疲惫。

草木香清，猛兽腥熏，我们身上的气味源自口舌之欲还是缥缈心绪？妻子身上某个地方正在沙化，有时得借助药物才能浇灭野火般的炎症。但是，心呢？少女的清香来自被世界宠爱、被时间宠溺的心。我喜欢泰戈尔的诗句：“你不知道你有多美丽，你像花一样盲目”，花样年华，热烈的爱正好可以挥霍盲目的美，像一口盐井，桃花开时，晒盐的卤水最充盈。

"香水活在时间里"，渐渐失去的关爱、渐渐增长的忧心，我们被心火慢慢炙烤，散发出干枯、烫灼的苦味、馊味、腐味，气味里充满了无奈和忧虑。妻子两次剖腹产手术，让她长时间卧床，每次去卫生间都需要搀扶。当我掀开被褥，会闻到一股浓烈的气味，那气味混杂着消毒液的气味、内脏好似被开膛晾晒的气味、多日未能洗浴病服散发的微酸气味、被褥被身体焐热的暖暖气味，这气味——还混合着无力的喜悦、虚弱的幸福和被人照顾的羞涩——妻子变母亲的生涩味道。

走廊里传来一阵犹疑的脚步声，儿子做完作业，需要我检查。他怕我检查他的作业，其实他是怕我。不知道从什么时候开始，儿子和我渐渐生出隔阂。以前我拉着他、抱着他，如同他就是我的一部分，但现在他是另一个人。或许对于儿子来说，他也已经模模糊糊触摸到世界暗河的支流:"世界不过是身外之物",父亲也只是另外一个人。

有时候我拿着手机玩,儿子会好奇地凑过头来看。他靠得很近,近到让我本能地紧绷身体,像一头狮子,防备着另一头狮子。肉食动物用尿液标记自己的地盘,尿液苦咸似硫黄的味道,是刺鼻的警告。不知道什么时候,我把自己变成了兽类。儿子的气味很淡,充满热量,像块火炭,无味、温热。我不防备母亲或者妻子的气味。我依赖她们。而我把儿子当作另一个男人的时候,辜负便开始了。我不知道我在什么地方把儿子弄丢了,而他要在以后迅疾的人生里,回忆、猜测,捕风般寻找他心不在焉的父亲。

在汗漫的《一卷星辰》中读到写菲利普·罗斯的文章。菲利普·罗斯的《遗产》,"书名就是来自罗斯父亲的屎"。罗斯细心照顾自己患上脑瘤的父亲,"这个犹太老头大便失禁,把浴室、地面、睡衣都挥洒出斑斑点点的屎迹"。罗斯说:"我得到的遗产,不是金钱,不是经文护符匣,不是剃须杯,而是屎。"一个父亲最后的气味,是屎味。时间是最强壮的男人、最强势的王。我记得儿子很小的时候,我抱着他拉屎,孩子的屎味并没有成人的味道浓重、浑浊,也不觉得恶心。我那时把他当作我的一部分,我爱着他——爱屋及"污"。儿子渐渐长大,开始说"不",躲到自己的世界里去了。时间原来是一条无间道、一个双面间谍。我对儿子的防备是否是因为我潜意识里觉得是他将我丢弃,将我放逐在他的世界之外?

我把作业递给儿子,让他去改错。书房里气味混杂,他一定闻到了我身上捂闷过的酒气,他父亲的味道,令人厌恶的气息,让他心生沉默的敌对。

酒气,会不会成为我留给他的遗物?

女儿爬楼梯的声音传来,她听见她哥哥的声音,以为可以玩耍了。

我叫了她一声。不一会儿，女儿小小的身影出现在书房。我转过身，俯下，张臂。她跑进我怀里，我将她抱起。我正爱着她。

女儿快三岁了，她身上有一种淡甜的奶香味，那奶香味柔软、蓬松、均匀，像笼罩在身上的一团看不见的绒毛。不对，我觉得女儿身上的奶香味是有眼睛的，有一双大、圆、无邪、好奇的眼睛，小狗的、小猫的，或者是小羊的。她的气味会拿大眼睛看着你，会来嗅你，会伸出柔软的舌头来舔你的脸，并且用小爪子挠你。

我喜欢抱紧女儿，深深地吸她身上的味道，那气味总让我想起一些柔软的记忆。我问过妻子关于气味的问题，她说儿子是咖啡型的男生，女儿是奶茶型的女生。"就知道吃喝啊，"我嘲笑她，"世界的复杂程度取决于你对它的比喻程度。"

气味，是世界的一部分，也是我们和世界的关系。对于生活，眼见耳听，除了抚摸，还有闻嗅。某天在街上看到一家店，店名叫"气味博物馆"，棕色的玻璃瓶里储存着各种各样的气味，我闻所未闻。但那些气味精致，都有着精美的名字，如果这家店要称为"气味博物馆"，我觉得还应该收藏泥沙俱下的气味，生活，原本就是一座隐形的气味博物馆。雕塑家罗丹——"在搓揉泥土和女人身体的过程中，才能逐渐找到精确的造型"，我想，那些看不见的气味，像泥土，正在为我们塑造生活隐秘的一面。

（发表于《青年文学》2020年第3期）

巴别塔的砖

一

找到线头，就能拆掉整件毛衣？

线头一般出现在袖口，领口，毛衣底部。

那是入口。

"自龙泉路，经小菜园立交桥进入鼓楼路，到达北门；从一二一大街进入圆通北路，第四个路口右转，到达西北门；绕翠湖，过云南大学南门，经凌云路、丁字坡，到达西门；沿青年路向北，至圆通街交叉口，到达东门，即正门。"

这个寻宝路线，是昆明圆通山动物园的四种走法。是入口。

小时候父母每次带我们到昆明，动物园必去。刚上大学，几个好友商量去哪儿，动物园？走。后来假期带孩子去昆明，依旧是全家旅行必备良方之动物园。并且，时常会在里面遇到同事：这么巧啊。是啊带孩子来看看。2015年到成都——成都动物园——是想听虎啸有没有四川口音，还是想看大熊猫是否吃泡椒竹笋？

当然，去动物园是没问题的，但——为什么总要去？动物园之遇就真这么巧？

一加一背后隐藏着一个哥德巴赫猜想。

人潮车流涌动，复制的楼房起伏，向四周漫开去，又像是向着我涌来。城市多像海啊，我是个落海的人。远处，一方船影慢慢驶近，那船，是否是诺亚方舟？

"那个无限蔓延的城市里，什么东西都有，可唯独没有尽头。"《海上钢琴师》讲述了某种真实错觉：一座城甚至大于一片汪洋。大城市太广阔了，有限的目力无法看清城市庞大的边界和微小的脉动，那些高楼、道路和天桥，蛛网纵横，向四周延伸。不休的白天和不眠的夜晚也被连通了，失去了轮回和停顿，城市进入极昼，像一盏忘了关的灯。每个人都向往城市，但没有一座是完整的。流动的城市时刻都在生长、变形、组合，快于且大于我们的猜想。而对于某些人，城市只能是片段、掠影、惊叹、迷茫和畏惧之外，无法展开更长的抒情。

试探着向母亲问出我的疑惑。母亲的回答带着骄傲："带你们去见识一下嘛。"

见识，先见后识，我们与城市的第一类接触，是看。

我在看什么呢？我想是看小县城没有的鲜艳和繁华吧。城市太让人激动了，我的目光赤裸而凶猛。我记得父亲时时盯着呆看的我，小声懊恼地喝骂：不要盯着看！我站在商店外，橱窗透出店里的光景，又反照着窗外的风物。当我将目光收回，视线返回途中，与一个橱窗上的影像擦身，在渐渐定格、清晰的橱窗上，我看到自己的脸，带着痴傻，眼睛长着牙齿。

"盯"这个字让我想起蚂蚱。把蚂蚱捏在指间，不能动的它会咬住你，吐出黑色毒液，作势地告诉敌人：它有毒。被打断呆看的我就像那只"盯"在城市大手上的小小蚂蚱，眼睛离不开那些精致和妖娆，我想看啊，想把城市拖入眼眶，想看清城市的毫厘和轮廓，贪婪的私心里，或许也想多看到一些裸露出的雪白肌肤。

我继续问母亲："到大城市看野生动物，不觉得诡异吗？"母亲的语气像苹果结在苹果树上："大城市才有嘛。"

"大城市才有"。城市拥有巨大的体量和能量，让许多奇迹和荒诞成立得寻常且合理。于是，我们自然地认同野生动物园是大城市消遣的标配——王冠上的宝石、毛衣上编织的图案、近水楼台的月亮，而这一切成立的基础，是人群。

通往城市的路，去往人群。

城市的需求和审美来自人群，人群积淀了城市的根基、口音和体温，城市因人群而生出磁性，又以此吸引更多的人前来。无数去往城市的人中，有来自乡村和别座城市的人，也有小城镇来客。殊途，同归，这条路上载满风雪天光，渴望和欲望，有歌声，有叹息，有开出花朵的梦想，也有碎梦的残片。

"没想过带我们去其他地方见识见识？"我故意问母亲。

追问像揭短，母亲被问得瞬间烦躁，反问我："那去哪里呢？"

我也不知道，城市对于我同样是"X"。通向罗马的大道，进了城被逼成了幽闭小路，甚至成为死角。我的父母一路摸索着从农村走到城镇，再一路节省地带着我们从滇西北藏区小城香格里拉到大城市昆明一游，现在，我能体会他们内心的自豪和虚弱了。道路，意味着吸引接纳、距离阻隔的存在，路在脚下，但如何走才能真正走进城市、走到它的深处去？我们走出城镇，在城市的边缘徘徊，渴望进入又不知道往哪走。好在城市有着巨大而醒目的路标。所以，我（我们？）对动物园的熟悉，因为常去，因为那是城市开放的入口。

动物园像节日的气球，鲜艳、廉价，吸引孩童的目光，体贴大人的心。它是眼神收容所，会让远方来客觉得安全而自在。在那里我可以肆无忌惮地看、笑、指指点点，戏谑地看猴看虎，放肆地拍打玻璃窗看看蟒蛇是死是活。我的目光被难耐的心火煮沸，滚烫地泛滥开去，也把自己溶进去……我到了，到城市里了……

水族馆在圆通山动物园正门左边，进去要另买门票。

馆内阴暗潮湿。墙上有几个透出光亮的大窗口，不太干净的玻璃后你能看到几只脏脏的企鹅，几条热带鱼，一动不动的海龟。出口处的小池子里还有两头瘦小海豹。这水族馆只是一块薄薄浮冰。在浙江杭州极地海洋公园，我第一次看到海洋的"群星"，冰凉、精美的公园是被人海巨大浮力托起的一角冰山。但隔着明晰的玻璃，我总生出观看纪录片的虚妄感。

我向一个窗口里探看，近十米高的宽大水槽里，一头白鲸缓慢游动着。水里的光线抑郁，白鲸孤独地游着，它是否唱着人类听不到的鲸歌，吞咽之间，哼出永远无法回去的海洋故乡。

二

2002年，上海太平洋百货。

当她仰头默数叠加的楼层时，重心偏离、云影飘移让她觉得高楼正在坍塌。一场山崩扑下来，凶猛地灌进她的脑海。记忆里的一朵小花被岩石层层覆盖，坠往时空深处成为记忆的遗产。在两个时空的拼接、碰撞间，1992年的昆明百货大楼如同陨落的恒星，某些回忆失去了光芒。

但它曾经那么鲜艳明亮温暖啊。初一暑假，母亲带着她和妹妹坐了三天的班车去看望在昆明培训的父亲。后来，她们去了昆明百货大楼，再后来，她们每次上昆明都要去那儿。

"里面多数东西都很贵,只敢飞快地看一眼,但好不容易到省城一次,也想带点东西回去。"她说。

我问:"那……你去买钻石了?"

"是啊,买了一大把,还可以随便挑呢。"

"珍珠?"

她轻轻说:"纽扣。"

"即使你穿上天的衣裳,我也要解开那些星星的纽扣。"这是芒克的诗,也是一个男孩粗糙的心事和被他忽略掉的精致。"买纽扣,"她说,"因为纽扣便宜,更重要的是你可以摸到它们。"

抚摸,与城市的第二类接触。在昆百大一楼一个柜台前,一个女孩看着台面下的纽扣。她的双眼一定像两个太阳,射出炽热的光,一不小心就会熔掉那些漂亮纽扣。还好,各式各色的纽扣们被一块厚玻璃保护着,分别放在玻璃隔出的小格子里,她只能隔着玻璃敲点。轻轻敲,敲碎美梦唤醒它。售货员拿出纽扣放在台面上。她右手捻起一颗纽扣,平放在中指上,食指和无名指压住纽扣边缘,拇指轻缓、来回画圆。因为指间的汗水与体温,白色珍珠和链状金属包边多了些湿气和暖光。被唤醒的纽扣里流过一条春回的河。随后,她左手拿起另一颗两环细纹金属包边中间隔着一圈黑色树脂的珍珠纽扣,目光在两颗纽扣间来回跳跃。第三、四颗纽扣纯色,简洁。她拿起一颗纯黑色珍珠扣,抚摸了一下,马上又拿起第四颗。上部亚光黄铜、下部珍珠白塑料的纽扣也没让她停留太久。最后一颗贝纹扣,右上角荡出墨迹。她轻轻抚摸着,像是在阅读来自沉默世界的金色盲文。

"为什么要抚摸?"

"母亲会织毛衣,我需要摸着纽扣想象一件衣裳。"

一颗纽扣,缝在一件漂亮的毛衣上,也缝在她青春的虚荣和城镇的外衣上，给她的生活带来许多喜悦和期待。城市是城镇的漂亮外衣。在她的讲述中，昆明城，仿佛在一颗纽扣里面。我想，她一定时常抚摸纽扣，走神，从一颗纽扣出发，一路回到城市，进入让人激动雀跃的现场。她摩挲着，想象着，让思绪穿过玻璃，去深入那些路过的鲜艳和斑斓。昆百大是昆明的一颗珍珠扣吧，精致、华贵，那翠湖就是贝纹扣，湖面的涟漪在纽扣上荡漾，镶嵌着老虎的那颗无疑就是圆通山动物园了。城市是人群的圆心。对于她，云南的圆心是昆明，昆明的圆心是昆百大，昆百大的圆心是一颗纽扣，纽扣在她拇指和食指的圆心间。那放着纽扣的漂亮柜台是昆明城的一张剪影，让来客隔着玻璃观看、艳羡。街道是玻璃格子，商业区、住宅小区、广场、工厂，带着各自的颜色大小优劣，被一格一格分开。

人群也被分开了。

"那你在上海太平洋百货买纽扣了？"

"没有。我买了其他东西，也在一楼，作为礼物给自己也给妹妹们。"

"买了什么？"

"美宝莲，唇膏。"她笑着说。

从此她擦唇膏时会想起上海。她将唇膏均匀涂抹，然后对着镜子噘噘嘴，做出亲吻的样子。她在亲吻那更遥远的城市。亲吻是最细腻、最渴望的抚摸。

三

母亲伸出手，拇指和食指掐住衣服，搓了一下，然后收回手，装作随意地踱向前。

我跟在母亲身后，伸出手在母亲掐过的地方，用力搓了一下——猝不及防的阻挡。我用力，指肚与布料之间有锉刮感，沉重、迟钝，像垫着圆木滚动石块。

母亲在另一件衣服前停下了，伸出手，又搓了一下。随后让老板取下衣服，叫哥哥和我过去"套"一下，看看合不合身。我费劲地钻进衣服里，探出头时脸有些烫。春天探出泥土的芽大概也有这嫩嫩的娇羞吧。母亲拉着我的手臂，看看正面，又看看背面，似乎是从正反两面验证她的判断。我装作拉袖子，加大力量，掐住衣袖用力搓。石块纹丝不动。

当时我站的地方，是昆明螺蛳湾商场。到昆明，父母有时会在这给我们买一套新衣服。

我不知道为什么母亲总要"搓"衣服，她内心判断一件衣服好坏持着怎样的标尺？当我触到布料，只能感受到来自那个世界的沉默和顽固。一个沉默的世界，如何获得需要阐释的真理？或许，沉默和顽固就是母亲选择衣服的真理，毕竟两个儿子一直在长高，买大一号、厚实些的衣服，总有一天会合身。于是，我在大一号的衣裤里悄悄长大，身体里刮出的风，在衣裤空荡的两壁间冲撞，我像一根细线强拉着宽大的风筝。小孩难当，得体谅家庭的拮据、父母的苦心，不合身的衣服又让我害羞委屈。那件大一号的衣服，反而让我看上去小了一号。

在螺蛳湾里，没有螺蛳，那里是衣山裤海，纽扣倒是挺多。但我只记得一些昏暗的轮廓，那个世界早已暗淡，失去光泽。我甚至无法在回想中为那些衣服着上颜色，为活在那里的人填上音容，它们只是黑灰，像褪色的门神。唯独闪亮在记忆中的是财神像，它有着艳俗、凝固的红。某天，当我为了去丽江古城口搭公交车而穿过"华都商贸城"时，新衣服上的甲醛味和炒菜的油烟气、密布的小间商铺和挂满衣服的墙壁、花色繁艳的老人服装和收腰窄领的韩流服饰、陌生新鲜的外地口音和音箱里传出的震耳歌声，向我扑来，似曾相识中，螺蛳湾就这样从天附体了,像我试过的衣服,拉扯着套在了华都商贸城身上。

你的小城是不是也有这样一个地方,它有别于农村集市和都会商厦,它堆积物廉价廉的商品,满足一些人的虚荣和审美。有许多爱与渴望的故事在此发生——母亲计较地为自己孩子买过年的新衣服,或者是女孩羞涩地抚摸花纹繁杂的内衣,又或者男孩为一场球赛挑选仿真的耐克球鞋——雷同的情节,可能和我们大部分人的人生有交集,你在这里买过衣裤、仿品鞋、毛线、旅行箱。

对你我来说,这是个廉价的商场,对另一群人来说,这里是生活的现场。这里的人们卖着外来的商品,试着成为本地人,又无法真正成为本地人,你和他们讨价还价,互开玩笑,买完,你就离开。但他们住在那儿,成堆的衣鞋深处,有他们隐秘的生活。你能看到被油烟熏得油腻黝黑的木板灶台,一根橡胶管连接着液化气罐。你能看到衣墙后的门或是悬在天花板上的胶合板房子,那是卧室,进而你可以想象卧室深处有张凌乱的床,粉红色的床单上花朵巨大的牡丹被一团被子压住了一半,露出的那一枝花,皱皱的。枕头巾上有泛黄的口水渍——不规则的圆、被梦流放的岛屿。而在床的深处,某个私密的小铁盒里,藏着饮食男女渡夜的皮筏和风声。

时间附身在建筑上,如果废墟是时间的骨骸,那么商场便是肌肤。(《清明上河图》是北宋的肌肤?)华都商贸城旁,隔着一堵墙,是几栋现代高楼组成的商业中心,这里有个宽阔的名字——"国际购物广场"。国际购物广场也许会是丽江人的骄傲之一,因为它让丽江看起来像一座城市,就像曾经的华都商贸城是丽江的骄傲,让无数乡村山野的人渴望期待着。我一直觉得这是个戏剧化的场景,两种风格的建筑代表着城市发展的不同时态,并列在一起。华都商贸城是过去时,它沿着时间的马道,拄杖扶腰,缓慢行走到这里,老态、陈旧、布满皱纹。国际购物广场是未来时。像科幻电影里的远程传送，带着超前性和时尚性，从大城市发展进程的前线逆时间空降到小城镇。小城镇的现在，同时拥有了大城市过去和未来两种时态，而小城镇生活的真实又是什么？

小城镇照着大城市的模样成长、化妆。作为城镇居民的我们生活在城市的雏形里，生活在模仿、不安分和向往追逐的落差里。丽江模仿昆明，丽江城是昆明城的雏形，而昆明又在模仿谁，又是哪一座更大城市的雏形？城镇与城市，像我和我的大一号衣服。

2009年，螺蛳湾商场搬迁。曾经生活在那里的人们，如今去了哪里？他们是我最早接触到的生活在昆明的人群之一，他们有没有从零售和批发的间隙找到入口，成为一个城市人？螺蛳湾旧址上，建起了新兴商业城。曾被时代搓了一下的地方，被抚平，又捏起一个大地的褶皱。我要如何轻轻搓动，才能找到一座城市从深处荡回的质感？

一件衣服，也需要空间给它尊严。昆明新螺蛳湾国际商贸城的平面图，像一只飞蛾，反光的鳞片、蔓延的彩线、奇异的斑纹都是人造出的。新螺蛳湾现在是座"城"，浙江义乌之后的中国第二大国际商贸城。我们慕名前往。在小菜园立交桥站坐103路公交车，一个小时十分钟到站。很多事都变了。大片玻璃，光洁地砖，衣服奢侈地享受大片留白的墙壁。但"搓"衣服的动作没有变。搓衣服的母亲开始为她的孙子买衣服，她的内心是否也像螺蛳湾发生了变迁？至少母亲开始注意衣服的品牌和款式。如果她提出买大一号的衣服，我得阻止她。但我发现我的担忧是多余的，儿子专挑大一号的外衣穿，说这样穿才有范儿。时间流过三代人，母亲、我、儿子和大一号衣服的恩怨，剧情戏剧性地反转。只是，我的害羞和忧心，在当时和现在都显得滑稽可笑。

儿子开始走上他通往城市的道路，街舞老师带他们到昆明参加比赛。老师说孩子们比赛的地点"大悦城"，那地方曾经是老螺蛳湾商场，家长可以自己找着去。我恍然。曾经感慨"物是人非",现在"人非物也非",事物的变化甚至要快过我们。我曾经徘徊的地方,儿子要在那里起舞,不知道儿子的舞步会不会正好踏到我曾经的脚印上。今年他11岁,那年我也11岁。不知道儿子站在舞台上时,脸上会不会有我在老螺蛳湾商场里试穿新衣服、脑袋钻出领口时的羞赧。

我无法定位他的舞台在哪儿,曾经的螺蛳湾已经消失在我的城市地图上,不知所终,只剩下记忆的遗骸散落在时间的断层里。我只能想象整个城市就是一座舞台、孩子们的舞台。以后他们会去往更大的城市、更大的舞台。出国已经是平常事情,他们可能会去午夜巴黎,去 City of stars 洛杉矶,去布满石头的耶路撒冷,去人烟密集、由人们心灵协同施法造成的梦境布宜诺斯艾利斯……我对遥远城市的想象只能暂停在电影和书里,想象力匮乏。

有个开服装店的朋友,她时常从昆明飞往广州进货。广州于她是一座服装城吧。2020年,她在广州的朋友告诉她,衣服滞留成堆,如同垃圾。水不流动,会成为死海。

听了我的故事,朋友说她买衣服看一眼就能知道优劣。

我问她:"不拍怎么知道西瓜熟不熟?不搓怎么知道衣服的品质?"

"品质好的衣服,是皮肤。"

四

他说第一次去拉萨,是朝圣。

第二次去,是逃。

他给我斟酒。我给他斟酒,啤酒泡沫连同心事,漫出他的杯口。我们干杯,大口地消耗着酒和夜,因为我们都知道,所能虚度的时间和奢侈，不多了。我和他在北京相遇。分别时，我先离开，回我的边陲小城。他让我悄悄地走，别张扬。我安静离开，像个小偷，提防着有人在背后，叫我的名字。后来他也离开了北京。我知道他先回了甘肃老家，随后回到了拉萨，他把家安在早上起床就能看到晨曦照耀布达拉宫的地方。

我从小就认定不到北京，不到天安门看升国旗，就不算是真正意义上的中国人。所以，我一路向东，到昆明，再到北京。而他，却是一路向西。辗转颠沛，他去往他的城市，像鸟飞往它的群山。

向东、向西，南辕北辙的两个人心里的城市，天壤云泥。

他的城市，是一座坛城。

雅鲁藏布江边的白石，碾成细沙，染色、赐魂。燃香，念经。墨盒弹出白线勾勒出天圆地方的城，彩色的沙粒，堆出火焰和莲花、圣城和宫殿，你和万物。堆出的坛城，你在其中又不在其中。

沿着他通往城市的道路，我记忆里的西藏，开始重新闪光。2012年，我从成都乘坐火车去往拉萨，四十四个小时的路途漫长而单调，像是一秒钟的无数次轮回，时间荒凉而缓慢。成都十字路口斑马线上向我拥来的红男绿女、变幻的色相，在高原只剩下天和地，近于静止的高处，生出虚妄。火车经过唐古拉山，朋友们惊呼着观看。现在，我隔着回忆看着当时远处的雪山，我想，如果"沙"是构筑世界的基本元素，那雪山应该是白沙堆积成的，蓝天是青色的沙。几个白昼在旅途的夜里闪过，像你在大片黑暗里点起的一小团灯光。灯光，是黄色的沙吧。不知名的村庄灯光微弱，在无眠的夜，你的故乡是我的天涯。照在布达拉宫上的阳光，扎什伦布寺里的酥油灯光，大昭寺前磕长头的石块泛着月光的清冷，我看了它们很久。纳木错湖岸边有红色的石头，湖水一浪一浪地扑到岸边，像磕长头的人。雅鲁藏布江底有黑色的石头。黑色的沙？而你又是什么颜色的沙？经历世事，从指间洒下时，是否还保有最初纯净的白？

我不是信徒，朝圣的人群里不会有我的身影，但是会有他，拉萨是让他安宁的信仰之城。

无论是信仰之城、欲望都市，还是网络空间，作为一种因人而存在的存在，城市形态不同、风格各异。无法回避的事实是，我们都在奔向城市。2015年，当我走出地铁口，仰酸了脖子，看到上海中心大厦直入云层，那一刻我想起了"巴别塔"的隐喻。城市就是人类不断修建的巴别塔，人们带着野心拥向各自的城市，造砖建塔，希望能借高塔窥探天堂。如果能从上帝高阔的视野看大地，那些散落的小村庄、小城镇，都朝向城市，它们都是城市的巴别塔周围大大小小、散落的砖。

《耶路撒冷》的扉页写着："这么早就开始回忆了。中国的年轻人如今像中子一样，全世界无规则地快速运动。——都出去了。都出去吧。跑得越远越好。"耶路撒冷是世界的代名词，"到世界去"——到世界的大城市去。1994年，在我还没有到过昆明时，北京人就已经在纽约了。那部电视剧我只记得几个情节，有一个镜头在理发店，理发师问音乐家：确定要剪掉辫子？音乐家点点头，表情坚定而苍凉，他向往的城市最后改变了他。每个人都有自己的"城"缘和道路，只是有时候我们分不清是人成就了城，还是城成就了奔向它的人。

2018年，我去到云南红河。路向东南，将到达红河与南溪河交汇处，那里是河口。河口是一个渡口，我脚下的岸叫中国。清晨，我们站在桥头，看着对岸的人潮涌进河口。来自越南的商贩，戴着越南帽、斗笠，推着改装的自行车。自行车空车或者拉着货物。他们争先恐后地穿过桥，排队，等待边检。这是他们一天的开始，来回穿梭在桥两边，运送货物，像一个个红细胞运送着氧气。这是他们的生活，对岸的中国是另一个世界。在河口的一个工厂里，我们采访一个爱笑的越南姑娘，她讲着一口流利的普通话。2009年，她来到河口，当时她还不会讲普通话，连比带画在一个餐馆找到工作，慢慢学习汉语。她说她喜欢中国古装电视剧，她先生是中国人，会留在这里很长时间。她向往的城市，就是河口。

一个1991年出生的越南华裔男孩站在镜头前略显拘谨，作为工厂培养的年轻人，他需要代表工厂与不懂汉语的越南工人沟通。被问到以后有什么打算，越南男孩用普通话回答，希望工厂越办越好，这样他就可以到更大的城市去看看。

我问他："你希望到的更大的城市是哪里？"

他说："到蒙自，到昆明。"

好吧，到城市去。从你的乡村城镇出发，到各自期待的城市去，建造巴别塔。

五

他有一张昆明市城区地图。

火车站附近旅行社赠送或是报刊亭廉价售卖的那种地图。

地图上画着些不规则的小圈、三角形和数字，密密麻麻，但并没有标注动物园、翠湖、大观楼，也没有标注昆百大、螺蛳湾、云南大学、云南师范大学或是某某小区。他标注的是什么？那些摩斯密码，一旦破解，就会找到他藏在梦境里的黄金。

他来自一片"黄金之地"。他和父亲在四月之前种下被称为"黄金叶"的烟草，"六月末到七月，大雨不停，一些烟叶在地里腐烂。短暂而疯狂的七月，烟叶肥厚，上天所赐的金银，我们已经得到一些。八月生育的空荡。不要过多雨水,不要九月深入时,贬低烟草价值。"他将自己的青春典当给了金沙江边"凶险的静谧的富饶的荒凉的"烟草地,当烟叶金黄出炉,他向父亲讨要车费,要继续到城镇里播种金黄烟叶的美梦。但父亲拒绝了他。他向邻居借了二十元钱去往丽江,这个烟民的儿子、我的"老庚"、他自己的诗人,其实是个出走的人。他悄悄走出家门,小心提防着,怕关门时有人叫他的乳名。他在夜色中到达丽江,为了马上寻得食宿,他只能在夜总会里找工作。我比他虚长一些,2005年,当我在云南师范大学虚度着阳光灿烂的日子时,他披上一件锦衣,穿行于觥筹间。不知道夜的深处是更亮还是更暗,有些心事,比任何根都隐藏得深。

2007年,有着烟草叶般敏感自尊的男孩离开丽江去往昆明。黄金梦仍在继续。如果说我通往城市的路是跳棋,那么对于来自乡村的他是在攀登天的阶梯,他比我要多走一站,这一站,许多人要走一生。他像一棵烟草,把自己种在了城市里。他不是游客,他是蟹居的租客。他的地图与工作有关。脱下锦衣,穿上制服,他成为某牛奶品牌的片区经理,骑着电动车穿梭在城市里,开发经销店和专卖店,将产品推进四处分散的生活街区里。

小区外的超市玻璃和内墙上,贴着海报:蓝天白云绿草地,牛儿在远处悠闲吃草,衣服素净的明星手拿牛奶,四十五度仰望远方。他在眺望的是关于你可以触及的美好生活,他在广告一种可能性——喝这牛奶,就能生活在充满感官韵味的舒适世界里。

在超市冰柜里,你就能买到广告上的牛奶。如果你留心,还会发现附近有该牛奶品牌的专卖店,冰柜里放着瓶装袋装的牛奶酸奶鲜奶水果奶炼乳奶油奶酪奶粉,你可以挑选并买回家。如果你订了鲜奶,你家门口的牛奶箱里,每天会按时放着配送的鲜奶。牛奶就这样渗入你的生活。

　　一只蜘蛛要在一片"空"中织网，它在上风口吐出黏液。黏液遇空气凝结成柔韧的丝，飘荡、粘牢、加固后，蜘蛛从丝线中心下坠，固定好第三点。随后，从网心为中心向外框架吐丝，再螺旋结网。蜘蛛建好了它的城市。烟草男孩也在建筑自己的蛛网，圆形的经销店，三角形的专卖店，一个点又一个点，在他的地图上标注。地图很快揉皱了，变破旧，但他内心的地图每天都在更新。他每日奔波，熟悉了昆明的大街小巷。每个月都有几个三角形、圆圈在地图上画出，新街区被纳入地图。有时候，联合促销，烟草男孩会去到其他片区，把蛛网织得更宽阔。在牛奶的消耗中，城市的存在反而渐渐清晰，整个城市被他织出的蛛网勾连起来，这是大家的城市，也是他一个人的城市。在他的地图上，所有高楼大厦都是虚设，昆明城对于他是一张销售网、平面之城。

　　"蜘蛛侠。"我调侃他。

　　"嗯？"烟草男孩有些醉了。

　　"我说你是蜘蛛侠，卖牛奶的蜘蛛侠。"他笑了。

　　"苦活路。记得有一次骑着电动车跑业务，遇到暴雨……"他喝了口酒，停顿了一下，"……每一颗雨，都是疼的……"

　　城市的暴风雨同样猛烈。他说他还见证了更强烈的暴风雨，无数楼房被推倒，瞬间建起更高的大厦，城市变高、变宽了。原本空旷的田野，烟草般长出一片片商品房，交织出一个巨大的黄金之梦。三环线新建的立交桥，仿佛是在梦里穿梭、回旋。那暴风雨掀动天地，昆明城，对去往它深处的和蜗居在里面的人来说，一时间，是一座惊呼之城。

　　烟草男孩的蛛网在惊呼之城捕捉到了什么？

　　北岛，《生活》："网"。布下的蛛网捕捉城市人们的生活日常：基本的需求、细碎的花销、最本真的口舌欲和最诚恳的喜恶。烟草男孩触到了这城市的基石、普通人的柴米。某个时刻,他在楼房拥挤、造型庸俗的城中村租的房子里,看着城市灯火,是否在想象未来的自己也能成为城市人群中的一个,有自己的蜗居,能从门口的箱里取出鲜奶,回屋,进厨房,牛奶倒进锅,点火煮,等着,发呆,想起烟草地,大雨将至……牛奶溢出来了,他慌慌地去吹……

卖牛奶的蜘蛛侠后来变成了钢铁侠,去推销摩托车配件,云南地州都有他的足迹,他大概准备了一张"云南地图"。他真的有那样一张私人地图吗?上面勾勾画画都是他的心路,也许地图某个角落,还有几行他临时涂鸦的诗,那些幸福的闪电字迹潦草,但鲜活。

他把烟草诗写在城市上。

六

我坐在公交车上。

小城丽江的公交车是一封到达、送达时间不详的信。车窗里的我,会像哪一个汉字,作为城市文本的微小部分,被细读或者被略过?透过车窗,我也是一个城市阅读者。盛可以在《实相与倒影》里写:城市因为人群而生动。城市的字句篇章是人们的阴晴悲喜。

2路公交车从2007年的北门坡驶下,转两个弯便到玉缘桥。桥下是玉水河,河水带着两岸的倒影向南,悠悠穿过丽江古城。玉缘桥站原先没有站台,公交车招手即停,有乘客在玉缘桥上下车。在那里,我时常见到两个奇特的乘客。

两人五十开外年纪,四川口音,身材瘦小,衣着简朴。每次公交车快到,我透过车窗看到男人夸张招手,生怕司机看不到他一般。随后他会转身向女人微笑,很开心的样子。女人也微笑。车停门开,男人先招呼其他乘客上车，然后将坐轮椅上的女子环胸抱起，由于两人身量相当，男子向后仰着才能让瘫痪女人的脚不触地。上车，找座，安顿好女人，男人再下车，抬轮椅，放稳，回身投币，堆笑地向司机致谢，向车里乘客点头致意，最后回到女子身边扶住她。仿佛看到仰抱着十字架的耶稣，平日里多是暴躁的公交司机，在这时平静而耐心，他等到男人扶稳女人才继续开车。

那男女的举止并没有显出夫妻的亲昵，我推测他们是兄妹。我不知道他们要去何方做何事，但隔一段时间就会在2路车上遇见。后来，有很长一段时间，没见到他们。我看着车窗外流动的光景猜测他们的境遇。猜测总是流向忧心，毕竟人会老去。若有一天男人走不动了，无法抱起女人，他会用长茧的手轻拭女人的泪水吗？或者，在持续的昏暗和沉默间，用方言断续闲聊，聊聊故乡往事，让那些心底的人、等待他们的人，再活一次。

2019年，北京。地铁很快就来了，两分钟一班。地铁来时，会有风。我听着风声，看着玻璃门上的叠影，有些恍惚，难道是风拉动、推动地铁疾驰的？突然的静止生出突然的自我。在奔走的喘息和失神的间隙，我忘了来处和目的，甚至忘了我的等待。风有些冷。你无法想象地表下，原来有烈风奔跑。还有我无法想象的——城市用它向下的扩张延伸，获得了下坠的速度和力量。城市生活，在地下，被提速、成倍提速。

我曾在一个下午逛完了北京的三里屯、王府井、天安门和北海。浩荡的北京用几个蒙太奇的镜头剪接在一起。我在红墙朱门和时尚都会间随意穿越。对！"穿越"，只能是这个词，才能表达我的眩晕。被强行点亮的"蚁穴"是这城市在地下的快进键。

地铁上，都是奔跑的人，行色匆匆，面容笼统而模糊。在高速运转的城市生活里，路人男女将各自的生活、记忆和宋体小四号加粗的心事编进电子邮件，出门时把邮件添加为"附件"，鼠标移动到地铁某一条线路的某一站。然后，上地铁，等待"发送"，等待自己被简化成二进制里的"0"和"1"，光速般穿过电的甬道，瞬间抵达，快捷、完整、干净。只是，作为数码的你，必须完整，否则无法转换为有效的意义。我很少在地铁上看到身体残缺的人。小城丽江那对等车的男女坐地铁会怎样？在飞快拥上前的人流里、在地铁精确到秒的停顿间，他们行动艰难而缓慢，像落水的人。

盘龙江还盖着夜色，我去赶两小时后昆明到北京的飞机。

到地铁站，显示屏提示——

"下一列车到达时间：5分钟。"

好慢。

三十岁以后，与病痛的交集渐多。孩子多病，母亲年岁渐长，而忽然有一天发现自己也会病重，需要手术。我们在内心里认定，大城市的医疗条件远远好过小城镇。惜命的心态推着我们汇入到城市的疼痛中去。

医院是城市繁华皮囊下的一处炎症，红热、肿胀。白细胞、致炎因子、坏死或治愈的细胞在痛处消长，人间的欢笑哭泣、冷漠悲悯在生死场交叠。钢筋水泥修建的城市也不能修得金刚不坏之身，病痛间，它也可以孕有肉身的伤感和忧心。

心为身役，我们通过病痛了解自己的身与心——疼痛是另一种触摸，在我们寂静时，它如观音的千手。伤口和炎症呼喊出疼痛，我们以此了解自己，由此，我们也可以从医院了解一座城市的明暗。

我站在云南省第一人民医院二号门诊楼的大厅里，要去七层的"耳鼻喉科"就诊。耳膜穿孔、听力渐失，我需要做耳膜修复手术。我随着人流挤上自动扶梯，扶梯上站满了有心事的人。二层到了。我随人流右后转弯，踩上去往三层的踏板。自动扶梯倾斜角度为30°，二层与三层间，像一张折叠后的硬纸、折扇的局部。扶梯速度为0.5米/秒，10秒左右到达第三层。我右后转弯走，去往四层、五层、六层……每上一层，我都寻找标识牌，以验证内心的默数准确无误。如果不是来苏水味提醒我，这穿行的游戏会让我愉悦。这是一个空间的游戏，你一层层上升，经过许多等在人生转口的病痛。扶梯上挤满了人——你的前后左右、倾斜的上一层和下一层、与你相逆去往"一层"的对面扶梯都是人。他们，或者说，我们，静等着扶梯将自己送到就诊的楼层。我们来自各处，城市，城镇，乡村，带着各自忌讳的隐疾和惧怕的噩运，来到大城市的医院，在折叠的自动扶梯上等待着送往扑克牌般有号数、被折叠的某一层。比如，第七层。

我们处在折叠的空间里。

城市是向上、折叠的。

女儿发烧四天了。住院吃药、输液都无效。商量着转院到昆明或者大理去，孩子生病可不能拖。

"昆明要预约，可能马上看不到医生。去大理吧，城市大一点医疗条件应该比丽江好一些。"

到大理医学院附属医院，医生也要求马上住院。所有可有的检查再来一遍。我去医技楼预约"拍胸片"的号。在狭窄的大厅里，排队栏杆将空间分割成一个正逆并列的四方形迷宫。预约的人在水平线上折叠着。这是另一种折叠。

预约好，回病房。我坐上电梯去往十三层儿内科。白天，电梯总是拥挤。门关上，我在右墙上看到楼层提示："1F 监控中心 中心药房……3F 重症医学科 麻醉科……8F 心内科……14F 产科……16F 妇妇科 17F 内分泌科……21F 老年病科……"

病痛也是折叠的。老年病科是不是更接近天堂？

因为是疫情期间，一间病房只安排了两个病童。某天下午，先是护士进进出出，在临床的柜子上摆满仪器。不久，一对年轻父母抱着一个婴孩冲进病房，神色焦急。婴儿是个女孩，七个月大。昏迷。父母呼唤无反应。心率140次/分。小便失禁。插氧气管无哭闹。抽血无反应，且血量不足。心跳骤停。女人哭。三联针。心率129次/分。孩童昏迷一夜。早晨医生查房。瑞氏综合征。非死即残。救不救？救。做好心理准备。中午，心跳骤停。女人昏倒。医生心外按压，像在捏气球。屏住呼吸，不敢动。心率120次/分。松口气。护士通知我们换房，说影响救护。一小时后，楼道里突然传来哭声，持续很长时间。

哭笑、生死、聚散都在医院折叠，也在城市里折叠。十三层有个女婴走了，母亲长哭，父亲抱着凉去的小身体。在其他层，十二层或是十四层，可能有人治愈，笑着出院，还有人在病情的拉锯中，生死不明。

我到走廊一头透气，回去时看到那位施救的医生看着窗外发呆，他的手，是轻了一些还是重了一点？大理是个风城。窗外风很大，同样吹着远处林立的高楼。高楼一层层折叠着。目光停在某一个窗户上，那后面是某个人的家，他的平淡油盐、日常爱恨都围在那，和其他千家万户一起，折叠进这座城市。

我有好几个朋友，贷款在昆明买房。

"这么辛苦，为什么要去昆明买房？"我问。

"大城市教育、医疗、交通条件都比地州好啊。即使不住，也可以做投资。"

我们未到城市，已有折痕。

雪孩子

早晨，母亲打好酥油茶，倒入碗中。我喝一口：盐味过淡。那瞬间，突然想起前一天晚饭时我随口说炒肉盐放咸了，母亲顿了一会儿才低声回应：那多拌点米饭吃。

春夏秋冬，柴米油盐，我们每天都做菜煮汤。山珍海味，粗茶淡饭，盐可以决定一盘菜的滋味。但放盐却没有一个标准，必须撒几克，不好量化。我们都是估摸着将盐撒入锅。盐像雪孩子一样融化，躲进菜肴里，促成美妙的滋味。

我也时常下厨炒菜，等油热了，将切好的食材倒入锅内翻炒。烟火升腾，在猪肉变色、青椒变旧的几个瞬息，撒盐。撒多少？少许。少许是多少？说不清。但每个做菜的人心里都有个谱，当你身处油烟，面对快起锅的菜，不用多想自然就会撒下适量的盐。

万事万物都有门道——"门道"这个词很有形象感，先入"门"，后寻"道"，只要找对"门"，你就可以沿着"道"走到事物深处去。盐，自然也有门道。平常日子一日三餐，每个人都要面对油盐琐事，如果花开可成菩提，那么盐粒亦是门墙，拿捏、估量它，我们可以找到一条进入世界的道，或许也可能在这条路上与自己相遇。通往世界的道路千万条，悟道不一定非要遁入空门闭关参禅。六根不净关心粮食的凡人哪，就让我们一起穿过食色之门，去看世界，去寻本心。这场探索是因我母亲打酥油茶而起，不如我们先来聊聊酥油茶。

我从小喝酥油茶，久了，自己烧水煮茶，慢慢就会做了。

在滇西北，我们把制作酥油茶的过程叫"打茶"。打茶杆上拉下压，将圆柱木桶中滤掉茶叶的混着酥油、盐、核桃末的热烫茶水"打"均匀，倒入碗，就可以喝到一碗热气腾腾的酥油茶。后来，我们用打茶机。放入所需物，盖上盖子按下按钮，等待片刻就行。精确的机器劳作解放了人，打茶更轻松，掐算着时间觉得差不多了，我便会打开打茶机的盖子，闻一闻。

这个习惯是从母亲那里学来的。母亲炖汤，会时不时打开锅盖，微微弯腰，将脸埋进升腾的热气中，去闻。一开始，我对"闻气判味"这门玄学表示怀疑。玄之又玄，众妙之门，只因那时我是局外人、"气"外人。单靠闻气，就能知道食材与调料交融的火候，就能知道金风玉露一相逢胜却人间无数的烟火美味？某天放学回家，路过一排简易的砖房，里面大概住着些漂泊人。一个窗口里飘出油烟，传来锅铲搅拌声，接着就闻到青椒炒肉的味道，青椒的辣味中有鲜咸的酱油味。那一瞬间，我觉得自己甚至闻出了颜色：青椒的绿，酱油的黑，白盐粒化成透明，肉丝在搅拌中渐渐变色。那一刻，我知道世界也可以去闻。

闻世界。闻要比目睹耳听更深入，比品尝和意会要更早体验。煮汤炒菜，闻一闻。到陌生的房间，悄悄吸气，闻一闻有没有让人不舒服的气息。晒过的被子、洗好的衣服、盛开的花，闻一闻。喜欢的人要闻一闻。或许我们没有察觉，有时候我们是靠鼻闻在模糊的推断中去确定这个世界的。

打酥油茶久了，我也渐渐从扑面的热气中，悟出一些玄妙又朴素的门道。水,多少按需定量。茶是从下关砖茶上随手掰下的茶块。酥油,适量。盐,少许。打好茶,打开盖子,闻一闻,并不需要特别用力,从间隙中奔出的酥油茶气,就能让我对茶盐油的比例做出预判:刚刚好,或是茶苦了盐多了酥油放少了。眼耳鼻舌身意,身体即量具。每年春节去独克宗古城藏族亲戚家拜年。吃饭间,喝一碗酥油茶,心里暗暗赞叹。虽然我们几乎每天都要喝酥油茶,但还是觉得藏族人打的酥油茶要更好喝。食材和步骤都一样,但吞咽间,总能体验到出自藏族人之手的微妙口感,仿佛他的手一触到这些平凡之物,便认出前世的血缘,并且马上连为一体气血贯通。这些妙不可言的秘密、成精的经验,连他自己都无法破译。

后来,炒菜我会习惯性地闻气,闻清淡蔬菜气味里混着的调味用的腊肉味,闻蒸鱼上铺着的新切葱姜丝的刺鼻鲜味。打开盖,煮好的饭要闻米香,这些田地里结出的玉粒,在生长时,一定充满饱满的欢喜。

闻,如同撒盐。我们无法带着直尺秤砣烧杯生活,让判断时刻处在精确中。盐少许、望天闻气、难得糊涂,这些言行藏着我们的处事方式和人世智慧,虽然只能推测个大概,也能够让我们确定世界依旧在惯常中行进,没有偏离大路。

但如果有人失去了惯常状态呢?比如,我的母亲。显然,母亲在意了。我无心说出的话里,"盐"也放多了,母亲尝到,回味有些苦。母亲将厨房视为领地,她熟悉这里的一碗一筷。她知道哪个碗缺了,不能给小孩用。她知道每把菜刀的利钝、酱醋的位置。拧动打火器,听电频快慢、看火焰强弱来判断是需要更换电池或是换气。厨房某个隐秘处,会存着许多宝贝:天麻、松茸干、薯片……母亲是厨房的魔法师,挥动锅铲,念着咒语,撒下有魔法的沙粒,变出一道道有滋有味的菜肴。可这一次,母亲失手了。魔法师忘了秘方。她把那句话掂在心盘里,天平倾斜，砝码只是几粒人间白盐。

可以想象，母亲在第二天一早，是如何双眼紧盯、手臂缓慢地将盐勺平移到茶桶上方，又是如何倾斜盐勺、食指轻点，抖下少许盐粒。放盐，本该是母亲再熟悉不过的事，却让她方寸有失。她的心在惊疑间变小。一粒粒盐，颤颤巍巍，穿过她眼睛里的针眼。怕又放多了盐，她小心而刻意，仿佛勺里盛满的不是盐，而是一整个失眠的前夜。时间的沙漏在失眠的夜晚颠倒，白昼倒流，无数巨大、晶莹、沉重的西西弗斯的圆石，穿过她，轰隆坠落。

对于母亲，她曾用盐来确定外部世界，而这一次，她用盐来拿捏、判断自己。过咸又过淡，她试着修正，却又在估量的模糊世界里失之毫厘，对自己的确定，也由清晰滑向模糊。类似的事情很多，挡不住的白发或落发。上楼梯时膝盖酸痛。牙齿断了，舌头无意识地去顶剩下的牙根。切掉了甲状腺，每天得按时吃下药片，但总会忘记。一些细小的事，会不经意间引发内心的失措，那撒出的盐像蝴蝶振翅，卷出母亲内心孤独的海啸。

几个无声瞬息，她的心神经历了怎样的动荡、坍塌和战后重建？一个几十年炒菜做饭的人，因为过量的盐，开始警惕自己对盐以及盐所代表的外部世界失去了控制，进而怀疑自己身心老去、感觉退化，由此牵引出更强大的恐慌和崩塌。

我曾短暂照顾过瘫痪卧床的老人，心怀同情和忧惧，暗暗祈祷自己不要陷入这样的绝境。老人身体插着续命的软管：氧气管、输液管、导尿管；不能喝水，嘴唇干裂，得时常用棉签蘸水涂抹嘴唇；躺太久生褥疮，需要给他翻身擦洗；排便只能靠开塞露，当身体的仙境沦为自己的地狱，一层层不停下坠，永远无法触底。那一刻，我们或许宁可坠落到巨石或刀阵上，摔个粉身碎骨。但是，身不由己。

这也是母亲的担忧吧，熟悉的世界突然陌生、变形，同时也失去对自己的控制。我是否该安慰母亲，像在她交杂翻炒的心里，撒少许宽慰的盐。当然，也许母亲没有想得这么幽深又萧瑟，她只是因为菜咸了，感到不好意思，并试图弥补。内心戏只在我心里。有时和亲人相处反而会有些生疏，我们都回避着，很少做出亲昵的举动，说出热情的词语，更多时候，亲人间，也像是互相试探着撒盐，一把重，一把轻，一次多，下一次就得少些。试探间，有猜测的理解、沉默的退让，试图让变化的一切，保持常态，哪怕只是假装。

母亲如盐，过咸或过淡时才会察觉她的存在。看破不说破，怕又戳痛母亲的忧心，这次我没说盐淡了，悄悄把茶喝完。

刚到丽江教书那两年，住集体宿舍。不做饭，又嫌学生食堂饭菜差。所以时常沿着金虹山的小路，下到古城边上一家小食店吃东西。一溜小店铺，那间小店不显眼，普通到我忘了它的店名。只记得店前的水泥地总是湿漉。水龙头总是开着，一股水垂到放满白瓷碗的大盆里。盆里堆起洗涤剂白色的泡沫，白瓷碗沿粘着红色辣椒碎皮，碗底的黑色酱油像是研化的墨，撒到水里，水草一样轻摆。店内几张桌子，包了铁皮，容易擦洗，看起来也干净。最里面是灶台。锅、液化气灶、墙壁，都粘着一层烟熏出的黑油渍。老板娘在烟味和香气间忙碌，做着各式小吃。小吃也普通，寻常的饵丝、米线、炒饭。我喜欢小店的煮米线和煮饵丝，地道的纳西风味，量足，可口，并且便宜，三块钱一大碗。去多了，有次老板娘煮好米线端上桌时对我说："你不喜欢吃韭菜，韭菜没给你放了，虽然放点韭菜味道才好。"她的语气，像亲戚。

我确实不喜欢吃韭菜，韭菜有腥气，难嚼烂，容易塞牙。每次我都会把韭菜从碗里挑出来。我无心，旁人有意，我和老板娘的交谈仅限于付账找补的片刻来回，老板娘似乎猜出我是老师而对我言行客气。那天，我这个吃便宜餐饭的大男孩，竟然在异乡得到了母亲般的体贴，那一瞬间，我有些错愕，之后，心里生出感动。

生活在城市里，日日路过的街巷，就是你的人间。熟悉的城市里，知道什么地方有好吃的，酒又好又便宜，去了，老板会亲自为你下厨，菜上桌，和你干杯，喝多了也会送你回家或者送医院。那个让我觉得温暖的小食店，或许是它先开始熟悉我的。十多年过去了，不知道小食店是否还在，老板娘幼小的儿子，或许已变成一个吃东西狼吞虎咽的大男孩。我把小食店写进文字，是遥寄谢意，希望每个在外买食果腹的人，都能得到母亲般的关怀，在唇齿起伏间，咽下热腾腾的人情。

我还想讲讲另外一家小店，它在另一个城市另一条街上。

这小店你一定见过。

通常，街面上最多的是食店。其次是便利店，香烟在柜台里，矿泉水码在门口。药店也多，铺面大，并且地段最好。店里药架密集，如同高墙，组成了变幻重复的迷宫，寻找解药、毁灭魔戒的险途，必须要经历幽深繁杂的考验。岁月繁忙，生老病死，衣食住行最惹人烦恼，也最牵人忧喜。房屋中介卖的是另一种胶囊。和药店的拥挤幽深不同，房屋中介整洁，明亮，一览无余。工作人员西装革履，一张嘴，为你虚构、带你想象向往的美好生活。街上也会有服装店、理发店、奶茶店，但不太多，各自一两家。

我说的那间小店，是两家大小相当的店铺中的一家，它卖计生用品，像一个将自己藏起来的模糊孩子。另一家卖小吃。它们像楼房的两只眼睛，一只属于白天，一只在夜晚睁开。

每天，食店门面大开，吃饭时段，人往声杂。小店门帘深寂，闪动的，只有影子。

两家店对面是个花坛,种着寻常花树,也供人歇脚纳凉。据食店老板娘目击,时常有一个拄着拐杖的白发男人,走到这里时,会突然走不动了。脚像是被粘住,拔不起来。老人拄杖叉腰,明显地喘气,看到花坛树荫,便拖着脚步走过去坐下休息,然后,向这边投来跃闪的目光。

食店内桌椅有序了然,主客行色疲惫,价目透明实惠,而隔壁店眼睑低垂,一只入夜的眼。老人在看什么?

隔壁店刚开业时,太安静了,似乎是刻意地保持着安静,没有一点声音。刚开始门口会贴一些裸露的宣传广告画,后来创建文明城市,不准贴了。它卸下浓妆,换为素颜。食店老板娘说,很长一段时间,都不知道隔壁店老板长什么样。这家计生用品店二十四小时营业,老板大概是住在里面,很少外出。平常也不见有什么客人。

有一天,一个女人出现在食店,自称是隔壁店的,来换些零钱。女人神色冷静,倒是食店老板娘有些慌张。后来,会有另一个女人从隔壁过来换零钱。那两个女人一个年长,一个年轻,眉眼相似,大概是母女。交往的次数渐渐多了,食店老板娘发现小店的生意其实挺好,虽然总是悄无声息,大概,买用品的顾客也都踮着脚进出。

因为需要换些零钱,也可能因为好奇,食店老板娘也打开隔壁店的塑料门帘,走了进去。小房间被一个靠右的大柜子隔成两半,柜子和左墙的空隙用厚布隔出一道门。房间里光线暗淡,却带着夺目摄魂的诡秘,现实世界的模糊地带变成了妖魔化的清晰世界,陈列的器具让食店老板娘面红耳赤、眼皮沉重。本该模糊的存在,却在这里变得清晰、刺眼、抓心,食店老板娘觉得房间变得无比幽深、模糊,并且不停晃动着,她觉得自己也随着这异度空间的弧度,开始变形、扭曲。这时,布帘掀开,隔壁女人捏着零钱出来。在起落的瞬间,食店老板娘看到里面只有一张小床,女儿坐在床上,正在往钱包里放钱。

食与色，两道窄门，通往我们内里，也通向世界深处。只是在清晰和模糊之间，普通人的口色欲和忌讳心，像黑白之间那片灰。

卷帘门开合，眼皮睁闭，生意好好坏坏，一天天就过了。疫情期间，大家生意都不好做，很多店铺都关门倒闭。隔壁店依旧悄无声息。只是食店老板娘发现隔壁女人外出的次数多了起来，时常会看到她戴墨镜围丝巾长风衣，低头外出。有时，小店会锁着门，过一段时间，两个女人戴墨镜围丝巾一前一后回来开门，进去，又悄无声息。

她们去哪里？

在那个密布着仿真器官和香艳图片的二十四小时营业的只有一张小床的逼仄小店里，母女俩如何度过其余的白天和黑夜？她们吃什么东西，怎么做饭？她们怎么聊天，聊那些局部器官的尺寸、形状和感触，以便清晰地判断人们的偏好？她们自己贪恋或厌恶的情欲呢，那是否又是幽闭小房间里更加私密、沉默、挣扎的灰色空间？这些模糊不得而知，就让它模糊地存在吧。

小店越来越安静了。

那个时常散步到隔壁店对面突然失去力气的老人，听说有一次在花坛休息时，被食店的顾客认出。顾客不知其中幽深，上前叫老人"老师"，热情地寒暄。但从那天以后，老人再也没有出现过。

原本是个让人低眉邪笑的故事，听到最后却是悲凉。老人在看什么，想象什么，期待什么？我听说，经常被抚摸的婴儿会比没有被抚摸的婴儿发育得快且健康。而被我们屏蔽掉渴望的老人，他多久没有被人拥抱、抚摸过了，他们内心是否还有热烈的渴望？

我们的父辈，他们如何消解涌出的纷纷的情欲？

1997年5月4日，那时我读初中二年级。之所以会清晰地记得日期，是因为那天父亲在我心里分裂了。五四青年节，学校举行活动，要求家长到场观看。像往常一样,我和哥哥起床、洗漱,自己做早餐。客厅的座机响了。我从厨房穿过院子到客厅接电话。打开客厅门,我看到父亲赤裸着身体讲着电话。见到我,父亲用手挡住下体,侧过身,眼神示意我关门离开。后来,我站在班级的队伍里,看到身穿西装戴着墨镜的父亲走近,突然觉得眼前的父亲太怪异了。西装笔挺的父亲和赤身裸体的父亲是一个人吗?为人师表的父亲,突然一百八十度旋转、颠倒,在身体深处荡出一道与他往日的严正、刚猛和神圣相逆的深渊。父辈经历了什么,这是不得而知的隐秘、不能打探的禁忌,深渊里的一切,都是我不敢想象的。可以猜想,我们的父辈们也一定经受着情欲的撕扯。他们也是凡人,和我们一样。

隔壁店也有热闹的时候。

食店老板娘说,有个醉酒的男人常常在夜晚闯入小店,赖着不肯走。隔壁门口会有些推搡、争吵。有一天下午,男人又来了,是醉着的。他女人随后跟来,一言不合就打了隔壁女人。隔壁聚了很多人,从没这么热闹过。后来报了警,事情才平息下来。这让隔壁店又蒙上了一层更加暧昧的色彩。一个被酒精模糊了边界的男人,闯入到那个模糊的世界,当四周居民窗帘半遮面,向这场纷争探看,是否在这场闹剧中看到了被我们回避克制的本能?

我们身上都有着自觉、克制的情欲。闭口不谈,它依然清晰尖锐地存在着,当我们直面它时,甚至要躲着自己。回避并不能让它消失,渴望在我们的本能里,融于血,刻于骨。它孩子气、爱生气,随时会跳出来在你心里滚地哭闹。你只能消融这个雪孩子。它性阴郁、不知足,脆弱孤僻又敏感易怒。你只能安慰这个病孩子。你和它之间的猫鼠游戏,生命力的渴望与悖德的冲突,控制与反噬,让人时而迷狂时而消沉。你得安抚这个血孩子。这场安静的战争,硝烟滚滚。

成人用品无人售货店的出现，让我感叹，最微小私密的隐私需求，在城市进程中得到了文明的供求、尊重的安抚。我曾在黑夜走进成人用品无人售货店。不是误入，蓄谋已久——那间"隔壁店"，我也曾借口"随便看一下"潜入那光怪陆离的现场，布帘后面，女子苍白的脸露出一弧如同夜云遮住的新月——成人用品无人售货店门口贴着"私密空间，无人售货"的标语。我看准四周无人，快速闪入，厚塑料门帘唰啦作响，像我的心慌。自动售货机里陈列着各式计生用品和情趣用品。我一边打量一边用余光瞟门口，觉得自己是个贼，并且还时刻小心提防着另一个随时可能闯入的贼。但我又能清晰地感受到来自售货机里突兀、饱满、透亮的器官的刺激和撩拨。我感到自己有股欲试的兴奋。没有停留多久，我便慌忙离开了那里。走出一段路，我回过头看它，这个在白天、在人心里可以被模糊的存在，在夜里、在人心里清醒地亮着。它带给我的感觉依旧强烈。我觉得自己仍在那房间里，又觉得那个房间是在我心里，我和它，像庄子和他的蝴蝶梦。

如果我们是蚌

一

我站在邻居家柴门前,向木板缝隙里的菜园窥视。那是很多年前,我家住在红旗小学的教师宿舍。三年级的我是一名偷窥者。

我从门缝隙里看到了赛虎,那条高过我腰际、背覆黑甲的狼狗。因为和邻居家共用一个院子而我家靠外,被拴在铁窗栏上的赛虎也拴在我的忧心上。它是我的恐惧。据学校里的大孩子说,狗能清楚地记住它的仇人。我心虚,我曾偷走过赛虎的心上之物,赛虎一定记得并视我为仇敌。所以,出门时我总是吊着胆,担心赛虎突然挣脱铁链扑来,咬住我的后颈狂甩乱撕。我在恐慌和剧痛中看到自己的手脚像父亲狠命砍开骨头时弹出的碎骨和细肉,碎开了。

但那天,我却悄悄靠近、从木板缝里偷看赛虎。我很害怕。让我害怕的是赛虎身上笼罩的神秘力量。前些天,我看到赛虎躺在菜园柴房下喘息。它被更强悍的猛兽咬住了脖颈。它看见自己的呼吸和生命像消失的碎骨和细肉了吗?像锈迹蔓延,赛虎误吃了被药毒死的老鼠,毒性慢慢腐蚀着它的内脏。我感觉得出,阳光和风对于伏地喘息的赛虎都是沉重的，都带着压痛。赛虎快要死了，力气被一点点抽空，就连它一生爱恨的宿敌——粗黑铁链——也失去了刚劲和血气，萎靡在地。我对赛虎的恐惧并没有因为它将要死去而消减，相反赛虎带来了它更强大的盟友、万物的公敌。

透过木板缝，我看到纸板窝空空，昨天躺在那里喘息的赛虎不见了。我向四周张望，同时绷紧耳朵倾听。我防备着铁链震响，赛虎从某个角落蹿出，立身扑上柴门向我狂吠。或者，我能看到赛虎换了个地方晒太阳，伏在地上舔着爪子。病后初愈的舒坦，让它放松了敌意。但是，没有。我只看到铁链挂在淋不到雨的柴房檐下。风无法带响它。

我家曾养过几只狗，第一条狗是一只四眼狼狗，它是赛虎的被我偷走的孩子。我和哥哥太喜欢这只小狼狗了，就在小四眼刚能慢跑撒欢时，趁赛虎不备，我将小四眼偷偷抱在怀里。小狗在臂弯里随着我的走动轻晃着头，它的身体柔韧温热。我侧过身挡住它，不让赛虎看见。赛虎正躺着晒太阳，它的乳房夸张地鼓胀着，两排乳头桃红，白色的乳汁因身体的放松而溢出。因我的到来，赛虎抬头看了我一眼，试图让身体紧张起来，但第一次做母亲的疲惫软化了它本能的警惕，我看见那星点般的乳汁缩回赛虎的身体，随后又溢了出来。

山茶牌电视里播放着译制片，那外国男人的名字很好听，于是我们带着骄傲的腼腆的笑，给小四眼起名叫"大卫"。

大卫转眼就长成了一条大狗，拴它的铁链也很粗。遛狗是我俩兄弟的任务，事实上，是狗遛我们。每天，学校里的小伙伴们都可以看见一场不公平的拔河，小伙伴们摆手招呼：阿大、阿弟，来玩啊。我俩兄弟被兴奋异常的大卫拖着往前走，停不下来。

大卫曾经丢过一次。它被来学校做木工的工人哄走了，那工人在学校里做木活，进进出出让我们和大卫都放下了戒心。我们在卫生学校的木材加工厂里找到了大卫，或者说是大卫见到了我们。它记得我们的身影，认出了我们。在铁链的束缚之下，大卫兴奋地前爪离地，直立跳跃，口中悲鸣。父亲试着叫了一声："大卫。"它更兴奋了，不断往前扑腾。我们理直气壮地解开铁链，拉着大卫回家。木材加工厂的工人赶来交涉，希望父亲能给一点狗食费，父亲拒绝了他。那时我眼里的父亲英明神武。

我家养的第二条狗，我却想不起它的名字。我的家人也都无法从回想里找到这只狗的名字。在我家搬离红旗小学住进建塘镇现在的庭院后，家里养了这只看家狗。我们暂且叫它"无名"吧。无名是一条土狗，有着狼狗的骨架，少了狼狗的血气。那时我读初中，世界渐渐扩大，我已不再为养一只狗而骄傲了。无名在我家两年，但我对它的记忆近乎空白，连同它的形象都只是一片灰色的影子。我忽略了它，将它隔离在我的世界之外，它不是玩伴或者宠物，它只是看门的活物，风霜雨雪，它的冷暖无法让我痛痒。

第三条狗是一条板凳狗。我想你一定见过这种狗，它毛色花白黯淡，白不纯黄不明；突出的下前牙咬在上前牙外，地包天泄露了它驳杂低贱的血统。母亲从老家带回这只小狗，突然变换了环境，怕生的它躲在桌子底下不敢出来，又虚张声势地向外叫唤。因为它的毛色，我们给它起名叫"花花"。花花是一个符号化的名字，这种杂种板凳狗，十有九只叫"花花"。花花不是宠物，看家又少了气势，养它只是图个声响。除了虚张声势地看门之外，花花还负责消灭家中的剩饭，虽如此待它，但每次叫它，它都对家人摇头晃尾，一副亲热激动样。花花是一只聪明的狗。有时被关在大门外，它会用前爪敲门；有时在屋里，它大小便急，会用爪抓门后，那门被它抓出一个明显的坑槽；它口渴时，会用鼻子拨弄它的喝水碗，乒乓作响，我就给它倒上冷水。

即使是一只狗，也能证明时间的流逝。花花渐老。后来新鲜猪肉它都吃不动了，没了力气，没了精神。某天，时间呈现出僵硬冰冷的另一面，温热柔软的花花死了。时间太沉它拖不动，它停下来。母亲将它放入纸箱，扔进了垃圾车。我默许了这个结局，对一条平凡的狗，简单的葬礼和潦草的土坟都是奢侈的。

花花死后，某天周六从学校回家，开门蹿出一只黑白相间的小狗，我试着叫它："花花"，它摇头晃尾，一副亲热样。它也叫花花。不久，这只花花被送了人。

我一直记不起名字的那条逃离我记忆的无名狗，因为清理粪便的麻烦，父母把它送回了老家。

某次回故乡，我推开沉重的木门，一道灰影突然立起，吓我一跳。我没认出眼前这只骨架粗大、嶙峋如狼的狗就是无名。无名认出了我，它在铁链圈出的范围里跺脚摇尾，头左右疾摆，铁链被它拉得哗哗作响。我知道，匮乏是生活的本质，匮乏能让身处其中的事物变形、失神，但我没想到贫穷的痕迹在一只狗身上竟会如此明显，无名变得瘦而粗野，一根根肋骨铁条般突出。因为饥饿，无名吸收了自己，变成了另外的模样。我四下张望，希望能找到一些吃的，但屋檐下只有几个暗黄的南瓜。我切下一片南瓜扔给无名，它闻都没闻一口吞下，随后，又期盼地望着我。一只吃南瓜的狗，这让我心酸。

再后来，听说无名被卖给了屠宰场。九死一生。

那次大卫失而复得后，我们不怎么锁它了。它记得我们。我深信大卫不会再丢了，我不会再失去它了，大卫是我们家的人。有一天夜里，大卫听到校园里有响动，便循声冲出家门。不久大卫回来了，它躲进了我的木板床下，发出压抑的哼叫声。父亲听到大卫的哼叫声，那声音像是受到扭绞而变了形。父亲叫唤大卫，大卫飞快跑出，急急地围着父亲转了几圈，口中哀鸣不断，随后它飞奔出院门，消失在暗夜里。父亲追出院门，大卫又跑了回来，又躲到了床底下。父亲想叫住大卫看个究竟，他连续叫唤大卫。听到主人的呼唤，大卫从床底跑出。这次，父亲抓住了大卫的皮项圈，但大卫无法安静，似乎有什么恐怖而怪异的力量正侵扰着它，腐蚀着它，它大力甩头，挣开了主人的手，跑出门外，又跑回屋里，在我床底惨叫，叫声凄厉。伴随着一声声惨叫，床下传出刨抓的声音，那声音欲以尖厉刨开钝沉，全身力气拧成一股狠劲，似乎是想用锋利的外物剖开自己，往内里钻，好找个出口逃离这个世界。大卫最后死在我木板床的黑暗里。父亲掀开床板，昏黄的灯光照亮了大卫。大卫口吐黄沫，眼鼻流血，神经质地抖动，痉挛不止。原本被怪力扭绞的一切，现在突然绷直，大卫的命，快要断了。

　　大卫暗黄的前爪，血肉模糊，爪骨扭曲。它用自己的爪子刨抓木地板，想要逃离这个恶意的痛苦世界。

　　父亲并没有详尽地向我叙述大卫的死亡，一个男人，或许更懂伤心。在我俩兄弟随母亲从老家回来后，面对大卫的暴死，只得到几句简述和安慰。父母或许会这样安慰我们：以后我们再养一只。但之后养的狗，我都和它们保持着距离，没有用心。我记得知道大卫死时，我和哥哥很伤心，都强忍着不哭。那时是九十年代，小城香格里拉贫乏缓慢，学校里的老师家家养鸡，偷鸡贼将裹有耗子药的腊肉扔给大卫，最后，大卫在巨大的绞痛中悲鸣死去。我虚构了大卫的死亡，在那绞痛的挣扎、垂死的时间里，它有没有想起我？脑海里有没有闪现一些温馨快乐的镜像？大卫痛苦地死去，我借倒影重返现场，含着泪，却形同死神。

二

一粒沙侵入，蚌受痛分泌珍珠质将沙粒包裹住，层复一层，最终沙成了珍珠。珍珠的光芒，大概来自层层相拥的痛吧。如果我们是蚌，那些一层又一层裹住你的带痛的回忆，会将你的心泌成珍珠。

一群奔跑的孩子，争着向前。小丽云在队伍里面。起跑的时候，小丽云被旁边的孩子推了一下，有些慢了，但不要紧，她很轻易地超过了其他小同学。她跑得很快，她觉得那是因为妈妈给她起的名字里有个"云"字。比云跑得快的只有风了，而风是看不见的。

脚步声像是鞭炮炸响，笑声是串起鞭炮的火药线。小丽云前面还有五个同学。

教室到操场间有一条笔直的土路。下一节体育课，全班同学在教室门前排好。这是个游戏。小江泉说，谁能跑第一，谁就能站第一排的第一个位置。小丽云很激动，第一啊，你知道第一吗？第一意味着——你最接近体育老师；报数你是第一；左转弯齐步跑你是里面的第一个，跑的圈最小；你一会儿跑慢，全班人都得跟着你跑慢，你突然加速，全班人都得哼哧哼哧加速跟上你，你像是流星带着一大个尾巴绕着圈，那多神气。

小丽云跑得很快，她快跟上跑在第五名的小兰珍了。小丽云觉得自己能跑第一名。妈妈调回老家的村镇完小教书，也给小丽云转了学。到新学校时，妈妈让她留了一级，重读三年级的小丽云比班上同学大上一岁，而且她之前就擅长跑步。小丽云用力蹬了两步，就超过了小兰珍。超出去的一瞬间，小丽云看到小兰珍眼里有些惊慌，但小丽云没有犹豫，她想站在队列的第一位，她想第一个报数，她更想回家告诉妈妈，今天和全班同学做游戏了，并且是第一名。妈妈一定会很高兴的。

跑在第四名的小文俊飞快地扭头看了一眼，他大概是听到了从身后扑来的严实激烈的水浪声。小丽云放缓了一步，和小文俊齐平。要不要超过他呢？小丽云想，小文俊是她的同桌，也是隔着一堵墙的邻居。虽然小文俊上学放学也不等她，而且还在桌子上画了"三八线"，但他奶奶每次见到小丽云都会给些豆子、瓜子什么的。有一次妈妈让小丽云带几颗水果糖给小文俊，她给了奶奶几颗，奶奶一直放在口袋里，很珍惜。要不要超过去呢？小丽云发现小文俊的步伐有些沉缓了。她飞快地看了小文俊一眼，脸有些发烫：小文俊在学校不和她说话，但在家里，每次一起玩，他都红着脸。小文俊是不是喜欢我？小丽云看着前方，她咬咬牙，双腿用力，狠心超过了小文俊。小丽云太想得第一了。

世界在快速流动中剧烈摇晃、变形，又回归原形。小丽云发现，前面奋力奔跑的第三名摆动的手掌怪异得像一只葫芦，而脚步声——落地的雨点——像砸到坚硬水泥地上的雨点，摔得更碎、更脆。

小丽云已经猜出前面的第三名是谁了：班里只有小银丽总是穿着一双拖鞋来学校。小丽云曾问过妈妈，小银丽没有其他鞋了吗？她脚后跟的皮都变硬并且裂开了。妈妈说，她家条件不好。小丽云发现同学们都不爱和小银丽玩，小银丽脸上有一块一块的癣。小树钢说小银丽有羊角风，会传染的。小文俊说小银丽奶奶养蛊，路过她家门口要飞快地跑过去，还要吐口水。这让小丽云有点害怕小银丽，但小银丽是唯一一个来找小丽云玩的人。那次小丽云背上外公新买的红书包去上学，她是那么喜欢那个小红书包，多么希望大家围着小红书包称赞它的美丽。但同学们都没有看到红花一样开在小丽云背上的书包，只有小银丽过来，一脸喜欢，满眼羡慕。小银丽说，能背一下吗？小丽云迟疑了一下——羊角风？蛊？就这一迟疑，小银丽马上说，让我摸一下吧，只摸一下。小银丽是害怕小丽云的，因为小丽云穿得漂亮，因为小丽云是"城里来的老师家的孩子"。最后，小丽云让小银丽摸了一下鲜红而冰凉的书包。

小丽云心里其实很佩服小银丽，有一次音乐课老师让同学上台唱歌，台下沉默了一会儿，小银丽便积极举手了。当小银丽走上讲台时，小丽云听到小淑玉低声咕哝：丑人多作怪。好表现，哼！

小银丽开始唱歌了，小丽云从没有听过一个人可以把声音唱得那么宽，那声线一出口，像是打鱼的人往天空撒下一片巨大渔网，试图捕捉天上的云朵。第二天，小丽云给了小银丽一颗水果糖。很多年后，小丽云第一次听到《青藏高原》，突然想起那天唱歌的小银丽，小银丽的声音，就适合唱这首歌。小银丽也想站第一位，你看她那么用力地跑，已经准备要超过第二名了。

要不要超过她呢？小丽云有些不忍心。班上同学只有小银丽没有欺负过小丽云，赢了小银丽她会不会生气呢？小丽云转念想到自己一路雀跃地跑回家、激动地告诉妈妈自己得了第一的场景，脚下就生出了波浪，推着她超过了小银丽。对不起了，小银丽。

前面是小江泉，小丽云继续用力蹬地，毫不犹豫地超了过去。小江泉很坏，总是欺负她。有时候故意撞你一下，有时候在过道里故意绊你一下。上个周课间，小丽云打开文具盒，里面的毛毛虫吓得她尖叫，慌乱间，听到小江泉笑得最夸张。那天的尖叫引来了老师，后来妈妈赶过来，冷着脸，一言不发，拉着小丽云回家了。回家的路上，妈妈没有安慰小丽云，却责备她：以后不要和那些坏孩子玩。

那晚上，小丽云听见妈妈偷偷地哭，那哭声停停断断，像是在咽坚利的骨头。

如果妈妈知道自己和同学玩耍得了第一，妈妈会笑吗？小丽云太渴望和朋友一起玩了，但她怕妈妈生气，她想让妈妈笑，她不明白妈妈为什么总在晚上偷偷哭。

前面只有小银花了，超过她，就是第一名了。

小银花是"三好生"，而且爱漂亮。小银花曾问过坐在她前面的小丽云：你的头发怎么那么香？小丽云说，我妈妈用洗发香波给我洗头呀。小银花没有听过洗发香波，她都是用洗衣粉洗头的。那天下午，小丽云将外公的药瓶倒空，偷偷灌了一小瓶洗发香波送给小银花。放学后，她们一起拉着手回家。第二天，被女生围住的小银花头发飘出香味，她说是她爸爸从城里买来了洗发香波，洗头发可舒服可香了。小银花家真的买了洗发香波吗？小丽云无法确定，但那天小银花就不和小丽云玩了。

篮球场就在眼前，小丽云内心掀起一阵激动，她加速撞过隐形的终点线，用力往上一跳，双脚并拢，重重落地。一股刺疼的眩晕从脚上传到全身，小丽云觉得自己幸福得快要死掉。快颁奖啊快颁奖，第一名呀第一名，第一名站在领奖台最高的地方，观众都站起来为第一名鼓掌。那鼓掌声杂乱得像跑步声，但那不重要了，一会儿还有鲜花，雄壮的国歌，金牌灿灿的光像妈妈的笑。小丽云的得意带着害羞，她觉得自己应该右手环胸、左手向后，弯腰，优雅地鞠躬，致谢观众。

很多年后，当小丽云为我讲述这个故事时，我依然能够清晰地捕捉到她神情里荡漾沉浮的欢乐和失落。那天，站在第一排第一位的小丽云突然听到身后传来一阵笑声，这让她有些心慌。她回神看向后面，发现只有她自己一人站在空处。两米外，同学们排成了整齐的队列，小江泉站在排头，大家看着小丽云孤独的队列，窃笑不止。

笑声像鱼线，小丽云被拖出水面，吊在半空让人笑话。为什么？不是说好谁跑第一谁站排头吗？小丽云看到站在排头的小江泉一只手抱着肚子一只手指着小丽云，笑得很夸张。小丽云看向小银花，小银花用手挡着嘴偷笑。小丽云委屈，她偷偷送了一瓶洗发香波给小银花啊，那么讨好她，为什么她要欺负人呢？小丽云看向小文俊，小文俊跟着其他同学不自然地讪笑。还有小银丽！小丽云看到小银丽被挤到排尾。小丽云鼻子有些发酸，小银丽为什么不排过来，那样小丽云就不会被人讥笑了，她们可是朋友啊。

小银丽看到小丽云看着她，慌张低下了头。

一张张脸掠过小丽云的眼帘，被羞耻和失落充斥的小丽云有些恍惚，她似乎从那些孩子的脸貌上看到了他们父母不加掩饰的神情。孩子是大人的倒影，童戏也是倒影。身后的队列里传出声音："喔喔，城里孩子哭了！""没爸爸的孩子哭了！""我妈说，她爸妈离婚，不要她了。"小丽云哭了，她捂着嘴，蹲了下来，脸埋在另一只手里，用力压着身体里的颤抖。

在黑影里，小丽云看到了妈妈红肿的眼睛。

三

记忆是张奇异的漏网，它筛掉了那些大块粗粝的日夜，却留下细小尖利的片段。

我记得那天父亲执意要送我。我到丽江一所中学实习。如果打车去，十五分钟左右能到车站，但父亲说班车会经过三号路，不用去车站。那时是2005年9月，从香格里拉到丽江的班车，半小时一班，可以不用到车站买票，乘客等在路边招手即停。班车会开出客运站，左转，沿着长长的三号路驶来。

我们的冲闯的父辈，他们有着无需验证的凶猛自信。无数次，我面对父亲——弹琴者试图用音乐去包裹一头牛。某次，父亲走在前，侵占了右行车道。我听到后面有车驶近的声音，便快走两步去拉父亲。父亲转身吼我:"拉我干什么?"我蒙了:"后面来车了。"父亲提高音量:"车会让人的嘛!"这便是一对父子无法沟通的日常,我们倒映着各自相信的世界。我遵循各种"行为守则",而父亲脱离农村独闯城市,他在创世纪的无畏里行险处事,夺得的微薄富贵如同零星蜜糖,让一只蜜蜂错以为偷得了整个春天。所以那天,我顺从了父亲的固执,父与子站在路边等一辆开往丽江的班车。

半小时过去了。

车不断驶过,私家车谨慎、三轮车得意、出租车三心二意总想靠边载客。旅游大巴车和客运汽车外形相似,客车会在挡风玻璃里放一块"××⇌××"的牌子,但要临近了才能看清去往何处。每次方形的大车由远驶近,父亲都会抽出手,作势欲搭,但每次都又垂下手,认错老友般。

我开口让父亲先回家。父亲抬手看看表,说:"半小时一班车,快了。"然后手插裤袋,继续看向三号路尽头。我也看向左边,借机偷看父亲、我的小个子的父亲——藏青色西装、白衬衫、黑皮鞋,这是父亲这代人的服饰标配,是他们对"俊朗体面"所能做出的简单表达和复杂搭配,也是他们漏洞百出的狼狈:从不打领带、衬衣领内侧汗迹黑灰,以及贴身汗衫透出的弧形和异色……

我和父亲就这样等着,沉默掩饰着尴尬。刚出门那会儿,过马路时,我对父亲说:"找工作不用你们操心,我自己找。"我走过马路回头看车、看父亲——看到父亲慌忙戴上墨镜,茶色镜片后眼眶湿沉。父子多年,我们都缩在自己的身份里,三言省作两语,再滤掉些热情,不多的关切竟成为近身的针。

我的话刺伤了父亲。

父亲是他那一辈兄妹中唯一一个在"城里"工作的人,一棵嫁接的梨树，一座灯塔闪烁的孤岛，等待苦海上有船来自故乡，载来血亲、土壤和乡音。父亲的荣耀也是他的痛苦。当我们这一辈的兄弟姐妹面临着毕业、就业，父亲突然发现他少年独行异域、动物凶猛的血气已经稀淡清寡，初时开天辟地的经验失灵失效，像个陈旧的神话、过气的笑话。他生活了三十年的小城，突然变得幽深宽阔，不多的几条街，不高的几栋楼，如王城，如海。

就在那个夏天的7月，哥哥专科毕业。而我的堂哥两年前专科毕业，参加招考一直未能考上，我的父亲没有其他门路，只好找朋友说情，让堂哥先在一所学校代课。哥哥不愿当老师，他准备参加某单位的招考，考前父亲带着我们去找一位他认识的朋友。

父亲对教师的荣光充满信心，也自以为窥得了这世界的陈仓、暗门和潜流。那位朋友，其实只是一个学生的家长。担任教导主任二十多年，大半个香格里拉县城的孩子，都是父亲的学生。那朋友并不在家，已读高中的女儿在家。俩女孩年纪比我兄弟俩小，却比我们冷静。她们站着不动，我们也只站着。简短交谈，她们并没有对曾经的老师表现出特别的热情或敬畏。我们中间像隔着一条河，她们的河面宽阔，见过波涛，不惧微风。父亲示意我们将礼物放过去，哥哥阴着脸站着。我涉水而过，内心慌张，像偷鱼的人，脚步放轻。最后，父亲摆出老师的姿态、以强调的口吻对那两个学生说："和你父亲说一声，教导主任李老师来过家里。"

父亲的话没有回音。

又过去了半小时，我开始有些焦躁。

以往，我都是到车站买票，按时间等车，世界会在准确、规律的秩序中前行。我对着父亲以外的空处说话，试图反抗一下："客车是不是从环城东路绕道走了。要不然我打车去车站看看吧。"父亲的回话透出恼怒:"不用,一会儿就来了,我上下班天天看见班车往这儿过。"

其实打辆车到车站,便可以解开谜团,但你无法跟固执的人讨论对错。我再次偷看父亲、我的越来越小的父亲,他环抱着手、板着脸。在生谁的气?我吗?因为我质疑了他、否定了他的世界和经验?还是父亲在生那不知踪影的班车的气,让他失信于儿子?

父亲的世界在缩小,洗过的羊毛衫般死板僵硬,缩水失掉的柔软蓬松,是父亲的发量、皮肤的弹性、生命的好奇和对世界的认知。对于父亲,世界已经缩成一条短线,线的两端是家和学校,而那被放逐的故乡,是他虚设的另一个点,在时空中构成一个三角,框住他的人情和生活。父亲早已习惯用自己的经验来判断世界,他觉得他的经验安稳可靠,世界按照他的认同运行。

时间又过去了半小时。

父亲开始来回走动,时不时抖手看表。时间流过,像开过的车,喇叭在我们心里响着。他说话了——对着空处?对我?对他自己?——"怪了,今天这车怎么不来?"

"再等等,快来了吧。"我附和上一个儿子的听话和顺心,父亲的世界有了裂痕,我得为他补上,如同为过期的面包偷偷延后生产日期。

但面包是什么时候悄然变质、过期的?

2007年,我参加工作当老师一年后,哥哥才考上公务员。我放暑假回到家,一家人等着哥哥的体检结果。我和母亲说着话,高兴止不住心酸。母亲说我哥哥连说梦话都在背考试内容,一会儿用普通话,一会儿用方言;母亲说她监督着我哥哥学习,所有的内容她都熟,所有的试题她都会。没高兴多久,接到电话——哥哥的血检不合格,要求第二天重新抽血化验。我们听过太多因为体验不合格而失去工作机会的前例,而这一次,有可能发生在哥哥身上,发生在我神经衰弱的家中。那天,我见到一个虚弱多疑的父亲。一家人压抑地坐到深夜,父亲突然喃喃自语地说起家族的病史:爷爷死于肝炎。我的大伯曾患过肝炎。父亲自己酗酒多次肝昏迷。会不会肝出了问题?

第二天,一家人等来了体检负责人。父亲说着不合时宜的话,他指着我哥哥说:这孩子很努力,请给他一次机会。那负责人不敢定论,回话得体:考生因为抽血时间早,化验时血凝固了,得重新抽血、重新化验。我看见父亲的脸是黑色的。只是两年,这男人经历了两极的颠沛,而我从一开始就倒映父亲的干涸。

让时间回到父子等车的那些个"半小时"里,三号路依旧车往人来,只是不见开往他乡的班车,一辆辆沙沙开过的车,像火柴擦过磷纸。在我觉得快要被点燃时,父亲突然对着我像做了英明抉择般说:"不行,等下去不是办法,你快打车去车站看看。"他的脸上挤出的笑容和褶皱,我不敢看。

最后,我坐上了开往丽江的班车。班车开出客运站,向右转入环城东路,驶出小城。

我没有给父亲打电话,不用去指明一个父亲的误判。我看着窗外想,父亲应该回到家了吧,又或者,他仍旧固执地站在三号路边,心存希望,希望载着他儿子的那辆班车经过。班车和儿子经过他,像掠过的夕阳倒影,为他送回一点珍珠般微弱的光,为他送回一点父亲的尊严。

猜童话

我们习惯在生活中猜测，我们习惯在猜测中生活。猜——无法参透的执迷，近于本能。

猜猜，明天雨或晴。猜猜，谁来的信，邮票倒贴。猜猜，下一班公交是几路，我等的那一班总是来迟。"猜猜"，这忐忑的游戏藏着我们的忧心，但我们仍狡黠地偏信侥幸，认定自己的选择是天意。小丑手心里的糖果一定会被我猜中，公主被王子选中，海盗会找出闪光的金子。

我猜你从未注意，《白雪公主》里的七个小矮人，他们没有名字。

没有名字——一个可怕的魔咒，咒语催生的强大魔力将七个小矮人变成了一个有着六道影子的人，如同河谷幽深，你的呼喊，叠音重重。

一个美丽的女孩，因为"皮肤像雪花一样洁白"而拥有了一个名字：白雪公主。

有名字——另一个可怕的魔咒，命名形同施咒，以"雪"为名，惊艳却脆弱。白雪公主携带着咒语，她变成了拥有奇异魔法的人，人人都喜欢白雪公主，没有谁能拒绝一场白雪的降临，包括入冬的人间、渴睡的大地和时间的魔镜。

是华特·迪士尼在动画片《白雪公主和七个小矮人》给矮人们起了名字，分别是：万事通、害羞鬼、瞌睡虫、喷嚏精、开心果、糊涂蛋、爱生气。

现在，故事可以开始了，让我们猜猜，七个小矮人里，谁最爱白雪公主？

"是你，王后。"魔镜回答。

一面镜子，可以盛放一双眼、一张脸、一间房，如果你能深入得足够远，它甚至可以容纳下一整个逆世界，但实质上，镜子不过是一个针眼，越看越小，你带着盲点，永远无法穿过它。

镜子的构成含有"猜疑"的虚构元素，童话中其实加入了大量的现实成分。我们都有一面隐形的魔镜，随时召唤，即刻出现。只有你能看到它，也只有你能在镜中看到与你对视的天使、魔鬼和另一个你。我们对着魔镜念咒，说出猜疑，但多数时候，在询问之前答案早已确定，但我们仍执迷于这自欺的猜疑、欢愉的游戏。你总是问："你爱不爱我？"你对着我，我被虚化成为你的魔镜。我回答："是的，爱，我爱你，我的王后。"你笑。我也马上跟着笑，毕竟，我是你的镜像，需要和你同步。虽然慢了零点一秒，但被幸福麻醉的人，不会敏感地触摸到魔镜上零点一秒的迟疑、误差和裂痕。

王后早已知道答案，但她仍然念出咒语，这是第一万零一次："魔镜，魔镜，天下最美的女人是谁？"

"你很美，可是白雪公主比你更美。"

长久以来，你忐忑等待、忧惧猜疑的一刻终于到来了。你不再被时间宠爱，美貌是魔镜的执迷，魔镜需要更美的容貌作为牺牲，献祭给镜中的世界。所以，我猜，白雪公主必须死，王后要夺回世界对她的偏爱。

"魔镜，魔镜，告诉我。"我问出我的疑惑，"白雪公主是否真的善良无害？"

就连童话也在无意间说出世人的偏心——美丽的女孩会得到更多眷顾。为彰显善意，童话忽略了细节的合理。猎人放走了白雪公主，带回野猪之心给王后。逃向森林的白雪公主在未锁门的小木屋里，吃了小盘子里的面包，喝了小杯子里的果汁，然后，形同巨人的她躺在某个小矮人的小床上睡着了。

小房子的主人回来了。小矮人是干什么的？这似乎并不重要，配角只是饰品，即使是钻石，也得等待爱情赋予它永恒之意。小矮人们看见睡梦中的白雪公主是那么美丽，一下就喜欢上了她。白雪公主终于走进了故事的中心。在那座幽暗的森林里，她的到来将给七个小矮人乏味的生活、寂寞的心带来怎样的冲击？多好的故事啊，小矮人的森林，像不像我们安静得让人心慌的青春期？我们一定是太寂寞了，才会去喜欢一个同样深藏惶恐的人。

这是白雪公主闯入的第一夜，一切都要做出改变，改变意味着牺牲。说谎的匹诺曹要成为真正的小男孩，他必须要诚实。哑女要将尖刀刺进心爱的王子的心脏，才会变回人鱼。睡美人在暂停的时间里青春永驻，王子的吻带来爱，也带来衰老。

一切已经改变，但别为天使担忧，总有人会为她牺牲。可谁又注意到一个小矮人的委屈，虽然你只是矮人里的七分之一，还有六个与你相同。白雪公主动了谁的面包，喝了谁的果汁，占了谁的小床？谁饿，谁渴，谁困？小矮人，准备迎接伟大的太阳，她的光热、微笑和爱，将均匀地洒在你（你们）身上。你是七分之一，你是矮人甲乙丙丁戊己庚的其中之一，你是木头人一二三四五六七的其中一位，你是行星水金地火木土天王海王星（第八个？）的其中一颗。你将绕着白雪公主公转，公主给予的美丽和亲近是公平的，除非你有可耻的私心，除非你在自转中制造了爱的阴影，除非你偷偷接近，越接近光源，阴影越大。

小矮人，七分之一，你准备好了吗，讨她欢心，去采摘多刺的玫瑰，用鲜血将花瓣染得更红？你准备好了吗，为她伤心，将眼泪锤打成水晶，把白雪公主埋在深深的心里。但我告诫你，小矮人，要小心，这不是爱情，也不是友谊，你要让自己习惯，把被剥夺当作恩宠。

无智的善良，等同罪恶。

红丝带，木梳，最后是苹果，白雪公主有惊无险地在王后的狡诈和矮人的哭笑间死去又活来。白雪公主同样受困于自己的美貌，受制于自己喜欢的饰物，执迷之物，有时成为我们的生死之地。孔雀的羽、貂的皮、蛇类诡异的肤色和斑纹，自然的残酷法则定义：美与危险并存，才能拥有生存的权利。或许，唯有危险才能将白雪公主推向美丽的爱情。

王后念着咒语："让苹果浸满这汤，渗入沉睡与死亡。"苹果当然是诱饵的不二之选，它鲜艳、漂亮、香脆、甜蜜，却代表着诱惑、争执、纠纷和禁忌。

白雪公主是另一种形态的毒苹果，卡在小矮人喉间、眉头和心上。别担心，白雪公主不会死去，她躺在水晶棺里等待着王子的爱。但是另一个人——艾伦·图灵——却死于苹果里注满的毒。这个计算机科学之父，在世人喃喃咒语间变成了被放进毒汤的苹果。被控以"明显的猥亵和性颠倒行为"的罪名，舆论的偏见凝聚成一个巨大无面的巫婆，往他身体里注射荷尔蒙和屈辱。图灵用最童话最浪漫最天真的死法结束了自己的生命，他往苹果里注射了剧毒氰化物，然后，咬了一口，冷静咀嚼，慢慢咽下。

是谁说，被上帝咬了一口的苹果，是因为上帝偏爱它的芬芳？

王子轻易就带走了白雪公主，他甚至都没有为白雪公主哭过，没有为白雪公主哭得缺氧而昏天又黑地，哭得死去又活来。但我们都默认甚至是期待这样的结局，陪公主幸福生活的人，该是王子，而不是其他人。

王子见到水晶棺里的白雪公主——水晶棺与白雪公主，就像血钻与血——一下子就爱上了她。王子央求小矮人们允许他将公主带走。别在意剧情，美可以成为一切荒诞的理由。而且，王子才是卡在白雪公主喉间的苹果——亚当的苹果。

好了，睡前故事从很久很久以前就开始了，就在这里停一下吧。白雪公主逃离了暧昧的灰色、隐约的猜忌，去往王子的城堡。

但故事仍在继续。生活就是故事。我们都是王子矮人公主巫婆小丑人鱼匹诺曹。

我们一起来玩游戏吧。

玩什么？

猜猜。

江湖远

> 就让雨只是场雨,不是浓淡墨色/渲染的寺宇,留白的红尘。

我曾是个喜欢发呆的孩子,江湖,是我的执迷。

未承想,某年月日,落到信笺上的字,会成为一篇武侠。似是故人来,我写下第一行:时间如针,我们都是偷针的人。

时间如针,细碎、闪亮,我们贪恋的快乐,是否藏着偷窃的快感,是否都带着细小难觉的刺痛。更多时候,时间如磨,沉重、粗粝,磨盘慢慢转动、碾轧、研磨,将疼痛磨细拉长,将时间磨得缓慢冗长,这酷刑,是不能承受的生命之轻。

难熬的时间,十面埋伏,临睡前怕黑的辗转,课堂上飘浮的昏沉,某个死去又活来的瞬间,年少的我虚构生死窥得天道——时间是寄生,我们以痛供养。玛格丽特·杜拉斯在《情人》中哀叹:"我在十八岁的时候就变老了。"是的,十八岁时,我们就已经变老了,甚至更小的时候,我们就已经很老很老了。这是时间的幻术,这是时间带给我的痛。痛让人躲,我选择逃离,幻想是我逃离世界的密道。

回忆是时间的恩赐,幻想,则是儿童的天赋。

我是在"罐头"里的孩子，流水线上成长。我生活的高原小镇荒蛮闭塞，如果我想认识世界，必须幻想，只能虚构。但我缺少细节，让虚构显得真实的细节，我一生都走不出狭窄逼仄的横断山脉，无法想象加勒比海盗迷恋的惊涛骇浪，无法虚构银河舰队穿越的浩瀚宇宙，无法铺叙双枪牛仔驰骋的狂野西部。我只能从小说的只言、电影的掠影中，虚构我秘密的世界。

女孩怀春红楼，男孩心泊江湖。一场雨，似留白的水墨，江湖，是我执迷的幻想。

就让雨只是场雨，不是青瓷篆刻的城 / 青衫湿冷，纸伞带晴 / 一眼万年。

我一袭青衣，笑傲江湖。可我始终无法在梦中看清自己的眉眼，我明白，成长平凡，长成平庸，只能是偷故事的无脸男，只能盗用别人的脸貌和故事，浪迹自己的江湖。

我沉迷，成瘾。

我喜欢把自己幻想成一身正气、以武犯禁的侠客，年轻、英俊、正直、多情剑客的笑里藏着一把无情剑。我喜欢大侠乔峰、浪子燕青、大唐双龙徐子陵、书生卢云和李寻欢，我倾心于儒侠的书生气和英雄志。让-保罗·萨特说，现实的精华就是匮乏，一种普遍而永恒的欠缺。如同丑小鸭的天鹅梦，皇帝的新装，小女孩火柴擦燃的圣诞节，我的江湖梦，包含我所有的不可能，因此，它失真、狂妄、苍白，仿佛脱离重力的太空漫游，现实被异化，来填补匮乏的存在。

但是，我的江湖梦虽荒诞却给我温暖。

故事的开头，我还是我，一个平凡、贫寒、瘦弱却固执的书生，落魄间奇遇高人。平凡人总希冀奇遇，才子希望佳人垂青，女孩的公主梦里于千万人之中遇见想要遇见的白马王子，那个叫匹诺曹的木头人，它希望奇遇仙子最后变成一个真正的小男孩。我遇见隐世的高人，习得武功，背负着正义和绝学，凭着一腔英雄气概，奋勇向前，闯荡江湖。"大圣，此去欲何？""踏南天，碎凌霄。""若一去不回……""便一去不回！"如果江湖是一片草原，那我便是永远奔驰的烈马，如同那只一直在飞、至死方休的无脚的鸟。我以为我是江湖之剑、天地之心，能为生民立命，能为万世开太平。我是自己江湖中的大英雄，四海八荒，振臂一呼应者云集。

现实渐渐侵蚀我的江湖，布下锈迹斑斑的背景。盛宴过后，我依旧是我，幻想的落差造成的巨大空虚海啸般充斥着我。有那么一瞬间，我厌恶现实的自己，越发觉得自己丑陋、无用、懦弱。绮丽的白日梦，却有着一颗玻璃心，梦，也染上了悲情。需要英雄的时代是可悲的时代，这句话是谁说的？萧峰自尽；梁山崩塌；卢云孤苦；双龙隐退；天下探花小李飞刀，一身苦楚，在黄昏落日里，一杯一杯醉饮往事和心酸。

偷故事的无脸男开始伤心。江湖，成为放逐之地。

一个梦中梦悄然而至，爱情，是江湖中一场躲不过的春雨。

　　就让雨只是场雨，冷不透、点亮故事的烛火和欢会 / 小楼歌夜，黄梅温酒 / 青丝暖，雨丝凉。

天地悠悠，过客匆匆，潮起又潮落。恩恩怨怨，生死白头，几人能看透。红尘啊滚滚，痴痴啊情深，聚散终有时。留一半清醒，留一半醉，至少梦里有你追随。《潇洒走一回》里透出的洒脱不羁，音韵格律中流转的爱恨痴缠，如同江湖夕照的波光粼粼，让我饮醉痴迷。

侠客倾心，儿女情长，江湖在一场突袭的雨里缩成一座红楼。

你是林诗音、石青璇、顾倩兮、赵敏和碧瑶，我是李寻欢、徐子陵、卢云、张无忌或者张小凡。相逢最好在雨天，最好在黄昏，最好是细雨，有桥，有柳，远处渔歌隐隐约约。伞，最好是一把落梅的昏黄纸伞，一回头，刚好看见你的眉间晴朗，眼眸温暖。酒，最好是青梅煮酒，小楼听雨，你为我清唱。最好有古琴，碰巧你纤细的手指留得住琴弦上流逝的细光与浅音。一曲终了，雨刚好停，酒微微醺。

醉生，梦死，相逢莫厌醉金杯，愿长醉，忘纷扰。

《神雕侠侣》里有情花，被伤者不可动情，而能解情花剧毒的药却又叫断肠草。绝情需情花，动情需断肠。小龙女一去十六年，郭靖黄蓉战死襄阳。李寻欢，不过是一个最最寂寞的名字。今宵酒醒，梦中之梦，让我看到爱情与江湖的命运。年少的我还没有经历爱情，幻想的虚无就让我将爱情看得苍凉，我是个悲情的人，我以为，离别与等待，是爱情最美的样子。

沙漠、茅屋、光影、桃花，王家卫《东邪西毒》里，黄药师有一坛酒——"醉生梦死"——喝了之后，可以叫你忘记前尘往事。我看那片江湖，却看到一群寂寞的人，一场比烟花还寂寞的相遇，爱情是他们的醉，江湖是他们的梦，生生死死，爱爱恨恨，每个人都欲说还休，他们都静坐在自己阴凉的回忆里，相望于江湖，也相忘于江湖。

这是现实的一种，爱情，终将沦为回忆。没有谁会为爱情永远停留，也没有谁会为另一个人永远停留。没有谁。

天快亮了，你假装浓醉未醒，我离开，关上门却留着灯，假装，我还会回来。

就让雨只是雨，不是/剑光里擦亮的江湖/但那时那雨，却不是雨／是眼泪打湿的恩仇，淋透的离别。

所有离别的人中，你是否忘记了与自己告别，短短的一生，长长的离别，每一次，告别的其实都是自己。但相遇与离别总在继续，相遇种下离别，我陷进你的背影，正义、爱情，我的江湖与它们挥手作别，也送走了某一刻的自己。我告别了那些刚猛如剑的侠之大者，嫉恶如仇的天行之人，似乎都不得善终。某天，当我读到李逵喝下宋江备好的鸩酒，突然感到我虚幻的江湖开始退潮，浩浩荡荡的水泊，干涸成眼前的一杯酒。

这杯酒，是不是叫"醉生梦死"？

江湖之路，越走越窄，侠客之行，越走越险。

我的江湖，只剩下英雄志，如尸骸遍野的战场上斜插的旌旗。

江湖已不复初见的容貌，但我似乎开始渐渐懂得了江湖。江湖，未必有江与湖，但总少不了漂泊之感。江湖不在剑鞘深处，不在马背中央，不在泊舟与水月之间，江湖在心，江湖是人。令狐冲说要退出江湖，从此不问江湖之事。任我行说，有人的地方就有江湖，有恩怨就有江湖，人就是江湖，你怎么退出？金庸封笔了，飞雪连天射白鹿，金大侠写下侠客的命运，最后逍遥八方的竟然是痞子韦小宝。大学老师给我们讲武侠，玄机重重，他说："非无赖无以为侠。"武侠亦如人生，江湖就是现实，穿过刀光剑影，吟啸徐行，我们失去的不只是热血和爱情，最后，我们终将失去侠气和信念。那天，我看着云师大校园外浩浩荡荡的城市想，昆明，也是我的一片江湖吧。友谊、爱情、青春、未来，那些江湖人江湖事，最后也将沦为回忆。

台湾作家吴钧尧写"侠"写得透彻："侠，如果是四季，仿佛该在深秋……侠是一种奇情，我们的现实缺乏它一口气。"但江湖，陪伴我度过年少时光，它是我舍不得丢弃的残梦，就像你喜欢过的人，无法说忘就忘。

我开始在自己的江湖里归隐，开始化身孤清邪魅的江湖人，那些人，像刀锋。这场遇见，在偏锋上行走。

刀锋，可杀生；刀背，可藏身。刀锋柔软，刀背深厚。

退去的江湖，最后聚成一座岛屿。东海，孤岛，岛上开满桃花。不问江湖正义，只看桃花正好。

我喜欢"黄老邪"这个名字，名字透出的邪魅之气，像袖子里藏着的针。关于我的样子，更多时候是王家卫《东邪西毒》里的黄药师。即使是在幻想的世界里，我也不得不接受我无法永远年轻这个事实。江湖夜雨十年灯，光影迁移，如果我仍在江湖，那我应该就是这个样子：长发枯黑，脸颊消瘦，眉眼阴沉，郁郁寡欢。

武侠，渐渐变成一条自救之路。

我没能改变江湖，江湖改变了我。

> 就让雨只是一场雨，不是今生／不是来世／落雨声，也不是念珠默诵的心经／回音太浅／不够摆渡痴怨的情歌。

为什么王家卫电影里的东邪西毒，总是一副深陷回忆的样子？像坐禅，江湖在他们口中，只是故事，陈年心事。

时常梦见自己飞，山川江湖都在脚下，我极力跳跃，但肉身沉重，连梦境也受累。

我把梦境告诉父亲。父亲沉吟半晌说，梦见飞是在长高。这解释让我很失望，我期待父亲为我讲述江湖的存在，然而，父亲的回答并没有漏出江湖的风声，从此，我的江湖中没有了父亲。此情成追忆，我明白了当时的惘然。再繁华炙热的梦，都是孤独，而那时的父亲，早已回忆成瘾。

有的回忆像落发，随风遗忘，有些回忆似皱纹，越来越深沉。如何向英雄暗示来路，如何与回忆成瘾的人解释幻想的轻盈，我不懂，也只好如父亲那样沉默地沉回到自己的心湖深处，然后屏住呼吸，仰视湖光。我们都是自沉于湖底的人，只是那两片湖泊，隔着无法逾越的时间和误解。

再美的梦也会醒来，梦醒时分，一地落寞无法拾起，无法取暖。如何向美人隐喻迟暮，如何向执迷于幻想的人解释回忆才是时间的恩赐，而幻想只是一条漏网之鱼？我想，这时间的残酷谜语，系铃与解铃，终有一天会懂，总有一天会忘。

我写下的武侠，起名：《针》。一个偷针的孩子成为江湖暗处的刺客，淬毒的针是他的暗器。我发现我偏爱疼痛的意象，针、刺、血、皱纹，以及落入蚌心的以疼痛供养的沙粒，总有一天，沙粒会成为一颗晶莹的珍珠，它是幽暗河床上闪亮的星。我明白，我写下的其实不是武侠，是我渐渐稀少的幻想，趁我还记得，趁我还觉得自己是顾城所说的那个被幻想妈妈宠坏的任性孩子，趁我还没有执迷于回忆。

回忆如棉线，将过往缝进正在流逝的时间。我们都是穿过针眼的人，屏住气，凝起眼光，颤颤巍巍地穿过时间的针眼，能拉过多少回忆之线，将昨日重现？

我写下故事的结局，那个偷针的刺客，抱着心爱的姑娘桃花，吞针而死。

就让雨／只是场雨。

我在影院的黑暗里偷偷抹泪。陪儿子去看《头脑特工队》，那只长着猫尾巴的粉象是小女孩莱莉脑海中幻想的伙伴。小女孩莱莉给自己臆想的朋友起了一个可口的名字——冰棒。只有莱莉看得见冰棒，她们你追我赶一起玩耍。冰棒哭的时候，掉出来的并非眼泪，而是五彩缤纷的糖果。在记忆深渊，那个大脑中的遗忘之地，冰棒决然跳出了火箭车，让乐乐逃离遗忘深渊，去拯救思维混乱、离家出走的莱莉。

当冰棒在遗忘深渊的谷底，边招手边消失，最后如尘飘逝时，我的眼泪掉了下来。粉象冰棒，如同我的江湖，是我们每个人幼稚荒诞的幻想。我们要去的地方很远，路还很长，记忆太沉、幻想太重，往前走，有些记忆需要遗忘，有些幻想需要舍弃。

很久没有遇见心仪的武侠书了。某天，读到徐浩峰的武侠，侠，已是普通人。徐浩峰写江湖干净利落，江湖，不是幻想，是人生，是生活，充满烟火味，暖心。从江湖里窥看人性，人人都不愿做郭靖乔峰，在刀背里藏身，人人羡慕韦小宝，那就做个普通人，卸下侠义，留一身硬骨。

木心写诗释怀：诚觉世事皆可原谅。江湖，我自以为、曾以为的《东邪西毒》，其实是别人眼里的《东成西就》。

原谅年少的江湖痴梦，原谅迷幻的刀剑快意。原谅仗剑天涯一马平川。原谅我们自己。

放下执迷，如同佛家所说，放下屠刀。我们无法不悟，与幻想为敌的，除了现实，还有回忆，还有遗忘。

让江湖停在远方。眼前这场雨，就只是一场雨，我手拿酒杯，饮尽残酒。酒烈如针，一如时间。

我们都是吞针的人。

（发表于《边疆文学》2019年第4期）